黛莱丝的一生

[法] 弗朗索瓦·莫里亚克——著

罗新璋——译

天津出版传媒集团

天津人民出版社

CONTENTS　　　　　　　　　　　目 录

Thérèse Desqueyroux

黛莱丝·戴克茹

> 主啊，发发慈悲，怜悯怜悯那些痴男怨女！
> 哦，造物主，难道天下真有这类怪物！只有你才
> 知道人世间为什么会有他们，是什么因缘造成他
> 们，怎么才能不成为他们……
>
> ——夏尔·波德莱尔

黛莱丝，众人都说，像你这样的人是子虚乌有的。但我知道，你确乎存在，我窥探了多年，时常拦住你的去路，揭去你的假面。

记得我年轻时，曾见过你那白净的小脸，没有血色的嘴唇，坐在沉闷的法庭上，听凭律师摆布，他们倒还算好，不像盛饰的阔太太那么刻薄。

后来，在乡间的客厅里，你又出现在我面前，样子像位

幽怨的少妇，生活在守旧的婆婆和良懦的丈夫之间，对他们的照应管束，不由得感到愠怒。"不知她是怎么回事，"他们不解地说，"我们可事事都给她张罗得好好的。"

此后，我也多次欣赏你托额沉思之状，用你那稍嫌大了点的手托着宽阔而清秀的前额。有多少次，透过一家老小排成的根根栅栏，看你蹑手蹑脚，绕室徘徊，还用哀怨的目光，恶狠狠地瞪我一眼。

你比我笔下的其他主人公，还要不讨人喜欢；很多人感到奇怪，我怎么会想出这样一个人物来。对品德高尚、心无愧怍的人，难道不能去赞一词？须知心无愧怍的人，就没有值得说道的故事；而深藏的心灵，卑污的肉体，他们的种种情事，我恰好又有所闻。

黛莱丝，但愿你的创痛能把你引向天主，望你无负于圣女劳居丝特的令名。有些人，尽管相信苦难的灵魂可以堕落，可以得救，但还是嚷嚷不要亵渎神明。

至少，我希望，把你抛弃在街头时，你不会是伶仃一人。

一

律师走过来把门打开。黛莱丝·戴克茹在法院幽隐的甬道里，感到雾气扑面而来，不禁深深吸了一口气。她怕有人等着看热闹，迟迟疑疑不敢出去。梧桐树下站着一人，竖着大衣领子，她一眼认出是自己父亲。律师嚷了一句："免予起诉。"接着转向黛莱丝：

"你请便吧，外面没有人。"

她走下湿漉漉的台阶。可不，广场虽小，也显得十分空旷。做父亲的也不过来亲她，甚至瞧都没瞧她一眼。他只管向杜霍斯律师打听，律师放低声音，生怕给人偷听去了似的。她隐约听见他们说：

"明天，我可以收到免予起诉的正式文本。"

"不至于有意外吧？"

"想来不至于。像俗话说的，生萝卜已煮成熟萝卜了。"

"我女婿肯做证词，案子准会这样了结。"

"准不准，谁知道。"

"既然他亲口说，滴剂他从来没数过……"

"你知道，拉罗克先生，这类案子里，受害人的证词……"

黛莱丝这时提高嗓门说：

"压根儿就没什么受害人。"

"我的意思是，受他自己有欠谨慎的害，太太。"

两位男子朝这位身裹大衣、站着不动的年轻女子，看了看。她脸色苍白，没有一点表情。这时，她问马车停在哪里。父亲让车子停在城外布朵大道上，免得惹人注意。

他们穿过广场。梧桐的落叶，三片两片，沾在被雨水淋湿的长凳上。幸亏天时短多了。再说，去布朵大道，可以走专区行署那边几条比较冷僻的街巷。黛莱丝走在中间，身材比两旁的男人要高出半个头。他们重新推敲案情，好像没她这个人在场似的。但中间隔着个女人，似乎有点碍事，胳膊肘不时撞着她，于是她就退后一步，脱掉左手的手套，一路走一路刮落墙上的青苔。有时，有名工人，骑着自行车超过他们；有时，是辆马车，泥浆四溅，逼得她往墙边靠。这时，暮色昏黄，遮天盖地，过路人认不出她来。溟蒙的雾气和烤面包的香味，不仅是小城傍晚的气息，对她这个重返人世的人，也是生活的芳香。沉睡的大地，湿润而带草香，她闭起眼睛闻了闻。随父亲说什么，她竭力不去听。这矮个子男人迈着罗圈腿径自往前走，也不回头看自己女儿一下。黛莱丝这时要是倒在路边，恐怕她父亲和律师都不会发觉。他们现在不怕放开喉咙说话了。

"戴克茹先生的证词很好，这不假。须知，那张药方是确有其事的！所以是个伪证……而且，起诉的是裴德梅大夫……"

"原诉已撤回了……"

"无论如何，令爱的解释，是授人以柄的：什么陌生人交给她一张处方啦……"

这几句话，听了几个礼拜都听烦了；黛莱丝倒不是走不动，而是不想再听了，索性放慢脚步。可是走得再慢，也照样听得见她爸的尖嗓子：

"我对她可没少说：'哎，倒霉的孩子，再找个别的说法吧……找个别的说法……'"

他的确没少说，应当还他一个公道。那么干吗还这么暴躁呢？家声清白保住了，到议院选举之日，这件事早已冷了，谁还记得？——黛莱丝这样忖量，不想去追上他们。两个男人，你一言我一语，连说带比画，就在当街停了下来。

"听我说，拉罗克，你得顶回去。就在《播种者报》星期版上发起攻势。要不要我来主持其事？想个好题目，比如'恶意诽谤'之类……"

"算了，老兄。再说，万一回敬起来，怎么措辞呢？预审这道，明摆着是草草了事，还不清楚？连笔迹都没送去鉴定。避而不谈，息事宁人，看来只有这个办法了。要想有所动作，就得付出代价。但是，家丑不可外扬，遮掩过去算了……"

黛莱丝没听到杜霍斯的答话，他们迈开大步走远了。像一个濒于窒息的人，她大口吸着雨夜的空气。脑海突然浮现一张陌生面孔，那是她外婆朱丽·贝拉德。——说陌生，是因为无论在拉罗克家还是戴克茹家，都找不出一张她的画像或照片。大家只知有一天她离家出走，其他茫无所知。黛莱丝想，自己说不定也会给这么轻轻抹去，了无痕迹。日后，她的女儿，她的小玛丽，也休想在相册里找到一张生母的照片。玛丽此刻在阿什鹭鸶家里该睡着了吧？黛莱丝今夜晚一些时候就能赶到。等会儿走进黑沉沉的房间，就能听到孩子的鼻息。她会俯下身去，像找水喝一样，嗫着嘴唇去找这睡着的小生命。

沟旁停着一辆四轮马车，车篷已放下，车灯照着两匹瘦马的屁股。往远看去，路的两旁是黑沉沉的树木，像一堵厚墙。近处，青松夹岵，树梢交覆，状如穿门，伸出去一条神秘的路。头顶上，只露出一长溜天空，像一条枝丫交错的河道。

车夫贪看了黛莱丝一眼。黛莱丝问，到了泥栈车站，是不是还赶得上末班火车。他告诉她尽可放心；不过，还是赶紧点好。

"求你干这份苦差事，也是最后一次了，卡尔丹老爹。"

"太太在这里没别的事要办了？"

黛莱丝摇了摇头，车夫看起她来，像要把她吞下去似的。难道她一辈子都得这样被人打量吗？

"怎么样，还满意吧？"

她爸仿佛这才看到她似的。黛莱丝迅疾一瞥，见他脸色蜡黄，满脸的硬胡子，给车灯照得白里泛黄。她低声说："受罪真受够了……累死我啦……"跟着就住了口，说了又顶什么用？他既没听，也没瞧她。黛莱丝难受不难受，跟他有什么关系？他所关心的，是不要因这个宝贝女儿，连累他进参议院。（女孩子家，全都歇斯底里，假如不是白痴的话。）

幸亏她已嫁到戴克茹家，不姓拉罗克了。逃过刑事法庭这一关，他松了一口气。怎么提防政敌来揭他的伤疤呢？对，明天就去谒见省长。谢天谢地，《保护荒原报》的社长还攥在他手里呢，那桩渔色幼女的事……他搀着黛莱丝的胳膊说：

"快上车吧，该走啦。"

这时，律师或许是使坏，或许仅仅想在黛莱丝走前招呼一下，便问："今晚是不是就跟贝尔纳·戴克茹先生聚首。"她答道："那当然啰，丈夫等着我呢……"离开法院之后，她这才想到。可不，再过几小时，就要跨进家门，看到丈夫还带着病容躺在那里，而后，就跟这男人厮守在一起，开始那无穷无尽的日日夜夜。

从开始预审以来，她就搬到这座小城里，住在城门口父亲家里。今晚要走的这段路，她无疑已走过多次。那时，她没别的心事，只考虑如何把案情的进展如实告诉丈夫。每次上车前，听杜霍斯最后的嘱告，倘若她丈夫再次受到质询，告诉他该如何回答。——那个时候，黛莱丝没什么愁苦，想到要和这个生病的男人见面，也不觉得有什么难堪。他们之间，要紧的不在乎事情的真正经过，而是商量哪些话可说，哪些话不可说。夫妻俩只有这次为开脱罪责进行辩护，才这么齐心，正像他们只有在亲骨肉玛丽身上才这么融洽一样。他们得编出一个简明、严密的故事，好应付那位喜欢推敲的法官。那时节，一乘上今晚来接她的这辆车，就急着想赶完这趟夜路，而此刻倒巴望这条路永远走不完才好！她记起来，那时上了车，就把丈夫急于想知道的情况回想一下，恨不得马上到了阿什鹭鸶的那间房间。（贝尔纳倒不怕承认，说黛莱丝有一晚跟他讲过，有位陌生人，推说欠药房的钱，不便再去，托她代为按方取药……贝尔纳记得当时还埋怨妻子做事冒失，但律师不同意他这么说……）

噩梦做完了，今晚，贝尔纳和黛莱丝，两人能谈什么呢？她脑海里又浮现那幢偏僻的房屋，丈夫在等她。她想象得出，房间的方砖地中央，摆着一张床，桌上放一盏低低的灯，旁边是报纸和药瓶之类……马车开过，守夜犬给惊醒过来，狂吠几声，接着又是一片寂静，静穆得跟她瞅着贝尔纳狂吐的那些夜晚一样。黛莱丝竭力想象等会儿他们彼此怎么瞅第一眼；过了今晚，第二天，大后天，以后的日子，一个又一个礼拜，就得在阿什鹭鸶这幢房子里度过，对他们亲历的这场戏，无须再编什么冠冕堂皇的说法了。而留在他们记忆中的，倒是真实的经过……真实的经过……黛莱丝一惊，急忙转身对律师（实际上是对老父）说：

"我打算先在丈夫身边住几天，等情况好转，就回父亲家。"

"啊，不必，不必，我的小乖乖！"

看到车夫在座位上转动身子，拉罗克先生压低声音说：

"你疯啦？这种时候离开丈夫？你们得像两根手指……骨肉相连，懂吗？直到老死……"

"你说得对，爸。我的头脑不知到哪儿去了。那么你到阿什鹭鸶来？"

"这样吧，黛莱丝，跟早先一样，每逢星期四赶集那天，我在家等你们。你们像从前一样，到我那里来！"

她真不懂，难道老规矩稍微改变一下，就会要他们的命？事情就这么定下来了？他还信得过我吗？我给家里招来那么多麻烦……

"你丈夫叫你怎么办，就怎么办。我言尽于此了。"

说罢，他把黛莱丝推进车里。

黛莱丝见律师向她伸过手来，指甲又黑又硬。"结局圆满，一切美满。"他说。这倒是实话。要是案子按正常程序进行下去，就不会有他的好处了。家里到时会另请高明，搬请波尔多的贝卡夫大律师了。可不，一切美满……

二

旧式马车，皮面有股霉味，黛莱丝倒爱闻……烟忘了带，也好，她本来就讨厌摸黑抽烟。车灯照出路旁的斜坡、杂树和巨松的树根。马车的影子，掠过碎石堆，忽高忽低，起伏不平。有时走过辆大车，骡子自己会靠右走，赶车的安坐不动，只顾打盹。这样姗姗而行，黛莱丝觉得会永远到不了阿什鹭鸶，也巴不得永远到不了才好。马车走一个多钟头，可到泥栈车站，再换站站都停的小火车，到圣格雷下车，然后搭乡间马车（路糟糕透顶，汽车夜里都不肯走），过去二十里路，就到了阿什鹭鸶。在随便哪段路上，命运之神都来得及突然跳出来救她。开庭前夕，她怕起诉得以成立，曾瞎想最好来一次地震。此刻又陷入同样的幻想之中。她摘下帽子，一张小脸很苍白，头在皮革气味很重的靠背上摇来晃去，身子也随着车子的颠簸而晃动。直到今晚，她的生活总是这样被人追着逼着。现在总算解脱了，但感到疲乏已极。脸颊凹陷，颧骨高耸，嘴巴瘪缩（只有前额开阔、优美），这副相貌，活脱是个囚妇——不错，尽管别人并不认为她有罪——判定她受永世孤独的罪！以前，大家说她风姿动人，其实这种魅力，是所有不想用强颜欢笑来掩饰内心苦闷的女子都会具有的。马车颠簸不已，走进一条从茂密的松林里开出来的路。坐在车厢后面的少妇，现在面罩已经揭去，用右手轻轻摸着发烫的脸。贝尔纳用伪证救了她，见面之后，他第一句话会说什么呢？看来今晚不会提什么问题……那么明天呢？黛莱丝闭上眼睛，过了一会儿又睁开来，马走得很吃力，心里想不知是爬哪个坡。哎！何必多想呢？将来的事，或许比她想的要简单。何必多想。睡吧……自己怎么不在马车里了？绿桌布后面是预审推事……还是此公……他明明知道案子已经了结，却摇头晃脑在说什么："免诉通知不能发出，因为发现了新的线索。"新的线索？黛莱丝扭过脸去，免得让人看到她神色惊惶。"你好好回想一下，夫人。你有件旧披风吧？十月里打野鸽穿的那件。你口袋里面没落下什么或藏了什么？"她无法申辩，只感到憋得透不过气来。法官一个劲盯着她，把一个小包放在桌上，包上盖着红封印，上面开的药名，黛莱丝背都背得出来。法官一板一眼地念道：

哥罗芳　　　　30 克

乌头碱　　　　20 号丸药

洋地黄毒苷　　20 克

　　法官大笑起来……车闸煞着轮子，轧轧响了一阵。黛莱丝惊醒过来，心头一宽，肺里吸满了雾气——这会儿该是沿着白水溪往下走了。少女时代，梦里常常做错一道题，罚她补考，醒来感到一身轻快。今晚，同样也有这种醒来释然之感。不过还有点惶恐，因为免予起诉还没正式宣布。"可你知道，此事先得告知律师……"

　　终于自由了……还有什么可奢求的呢？跟贝尔纳一起生活下去，对她来说还不是玩一样。连根兜底告诉他，什么也不隐讳，这才是得救之道。把以前隐而未说的一切，全亮出来，而且自今晚始！主意既定，黛莱丝心里充满喜悦。趁到阿什鸳鸯之前，她还来得及"准备自己的忏悔词"——从前，在愉快的假期，她的好友，虔诚的安娜·特·拉特拉夫，过完周末后爱说这句话。安娜小妹，我天真无邪的女伴，你可知道，在这个故事里你占了什么位置！心地纯净的人，往往不知道他们每日每夜参与了什么事例，不知道他们童稚的脚底下长出了什么毒芽。

别看这小姑娘，道理还是她对。黛莱丝当时已上中学，生性好辩，说话尖刻，安娜常说："你体会不到，认罪之后得到宽恕，有多痛快——场净地光，弃旧图新，正可以重新开始生活。"是的，黛莱丝一经决定如实以告，心里就已感到轻松自如。"贝尔纳一切都会知道，我全告诉他……"

那么，等会儿说些什么呢？从何谈起呢？欲望，决断，难以逆料的事故，前因后果搅在一起，难道靠几句话就能说清楚？那些承认自己有罪的人，不知怎么面对事实？"而我，就不明白自己有什么罪。人家强加给我的罪名，我根本没想去犯。我想干什么，连自己都不知道。我身上这股横暴的力，非我自己所能左右，也不知会在什么地方发作：所过之处，摧毁一切，连我自己都怕……"

冒烟的煤油灯，照着泥栈车站的泥灰墙。马车停住，阴影旋即从四周弥漫过来！靠站的一列火车上，传来牛羊的哀鸣。卡尔丹接过黛莱丝的提包，又像要吞人那样瞧着她。他老婆必嘱咐过他："你好好瞧瞧她什么样子，什么脸色……"黛莱丝出于本能，对父亲的车夫嫣然一笑。对这笑容，地方上的人曾有说法："她是俊是丑，谁也不去介意，只觉得她挺媚……"她请车夫代她去买张火车票，因为她怕穿过候车室，那儿有两个农妇，膝上搁着篮子，颠头颠脑在织毛线。

车夫买了票回来，黛莱丝叫他把零钱留下。他举手行了个礼，然后拉起缰绳，临走还转过身来，最后盯了东家女儿一眼。

车厢还没挂好。从前，每逢暑假或开学，黛莱丝和安娜总爱在泥栈车站逗留一下，到附近客店吃一份火腿炒鸡蛋。然后互挽腰肢，沿着大路走去，这条路今天晚上显得特别黑，而在那逝去的岁月里，黛莱丝印象中却是洒满银白色月光的。两人长长的影子叠在一起，她们看了觉得好玩，彼此少不得议论老师和同学——一个回护自己寄宿的进修院，一个夸自己就读的学校。"安娜……"黛莱丝不禁在暗中喊出这名字来。要不然跟贝尔纳就先谈安娜……贝尔纳这个人最刻板，他把人的七情六欲分门别类，彼此隔开，而不知互能沟通。这种虚无缥缈的感情世界，是黛莱丝生活的天地，也是痛苦的缘由。可怎么才能使贝尔纳也深入堂奥领略一番呢？而且，这一步非做到不可。等会儿到了贝尔纳房里，唯一可行的，就是坐在他床头，把事情的经过一五一十说出来，直到他拦住话头："现在我明白了，你要振作起来。一切都可以原谅。"

她摸黑走过站长的花园，虽然看不到洋菊，却能闻到清香。这时，头等车厢里还没人，灯光昏暗，连脸都照不清，更不消说看书了。可是，比起自己惨痛的经历，还有哪个故事不显得平淡无奇呢？她可以羞死、愁死、怨死、累死，但绝不会无聊而死。

她缩在一角，闭上眼睛。一个像她这样聪明的女人，对这桩变故竟会讲不清，岂不难以置信？想必等她忏悔完了，贝尔纳会扶她起来，说："太太平平过日子吧，黛莱丝，这桩事心里就别再嘀咕了。事情过去就算了，不会把我们拆开的，咱们就在阿什鹭鸶这幢房子里一起终老吧。我有点口渴，请你去厨房给我泡杯橘子汁。汁水再浑，我也照样一口气喝下去。那味道即使叫我想起以前喝的早茶，也没关系。那一阵子我常吐，你还记得吗？你可爱的手托着我的脑袋，看我吐出那些发绿的脏东西，也不扭过头去。我晕过去，也没把你吓坏。只有那天晚上，我的腿突然麻痹，没有知觉，你的脸色才顿时刷白。我直哆嗦，你记得吗？连裴德梅这蠢笨大夫，看到我体温这么高，脉搏这么乱，也吓呆了……"

"哎！"黛莱丝想，"他还是没懂。只得再从头说起……"

我们的事是打哪里开的头？我们两人的命运，要分也分不开，就像那些植物，无法把所有的根根须须都拔起来。探根寻源，要一直追溯到童年吗？但童年，本身也是一种结束、一种终止。

黛莱丝的童年，好比最脏的河水，也发源于白雪皑皑的山头。中学阶段，无忧无虑，女生之间的钩心斗角，跟她渺不相涉。老师常在班上表扬她，当作大家的楷模。黛莱丝别无所求，成为佼佼者的得意，对她就是莫大的褒赏。这种意识，就是她心中唯一的、足够的光明，她之所以敦品励学，不是怕受罚，而是出于优秀生的自豪……她一位老师就这样说过。黛莱丝问自己："我那时真的就那么快活、那么天真吗？婚前的一切，在记忆中显得那么纯洁，无疑跟婚后恰成对比，婚姻成了擦不去抹不掉的污秽。中学阶段，比起做新娘和当母亲的时候，简直像是天堂，可当时自己并不觉得。怎么料得到，我进入生活之前的那几年，倒是过了真正的生活？纯洁，确乎如此；说是天使，也不错！不过，是个情窦初开的天使。不管老师怎么说，我深自痛苦，也使别人痛苦。不论是自食其果，还是女友惹我烦恼，我都能以苦为乐。即使是痛苦，也是纯粹的痛苦，没有什么悔恨来缭乱心意。痛苦和欢乐，都是从天真无邪的逗乐中引出来的。"

炎夏季节，在阿什鹭鸶的橡树下相见，只要不觉得自己有什么地方比不上安娜，对黛莱丝便是莫大的慰藉。她要使自己有资格对这位在圣心修道院长大的姑娘说："你纯洁，我也不比你差，我可不是靠奖励奖出来，训导训出来的……"安娜的纯洁，多半出于无知。修道院的嬷嬷，在这些少女与尘世之间隔上重重帷幕，把德行与无知混为一谈，为黛莱丝所鄙夷不屑。以前在阿什鹭鸶过暑假时，黛莱丝常说安娜："你呀，亲爱的，你不了解人生……"啊，那些美妙的夏天……黛莱丝搭乘的小火车终于开动了，她心里想，真要弄清原委，就该追溯到那几年的夏天。说来不信，就在我们人生最明净的清晨，最险恶的风暴已酝酿在半空中了。碧蓝的晨空，往往是后半天坏天气的先兆。花摧木折，污浊四溢，征候已具。黛莱丝一生的任何时刻，都没像这段时间里那样无忧无虑，不营不谋。生活里没有突然的转折，只有顺着不易觉察的斜坡往下滑，起初很慢，然后愈来愈快。今晚这个茫然失措，在夜色掩护下悄然回去的女子，正是当年在阿什鹭鸶过暑假时那个容色喜人的少女。

真是疲乏！对那些前尘影事，现在再去捉摸什么隐秘的动机，又有何用！少妇望着窗子，除了映在玻璃上自己那张死人脸，什么也看不清。机车的速率突变，汽笛长鸣一声，慢慢进了站。摇晃的信号灯，方言土语的招呼吆喝，小猪卸下火车的尖叫声：宇泽斯特到了。下一站就是圣格雷。在那里换乡间马车，走最后一程，就到阿什鹭鸶了。黛莱丝想为自己洗刷，已无多少时间可考虑了！

三

　　阿什鹭鸶可谓地处海隅。到了那里，就前去无路了。当地人所谓的辖区，其实仅仅几座农庄，没有教堂，没有区公所，没有墓园。房子东一幢西一幢的，散落在大片麦田里。这里到圣格雷有二十来里路，有一条坑坑洼洼、满是车辙的道相连。过了阿什鹭鸶，就变成沙土路，再过去一百五十里地，就到了大西洋边，沿途尽是沼泽、泥塘、细瘦的松树和莽莽的旷野。残冬将尽的时候，旷野上的羊群，毛色也是灰扑扑的。圣格雷镇上的一些大户人家，都发迹于这穷乡僻壤。到上世纪中叶，除畜牧方面的微薄收入外，松脂和木材也开始算入进账。今天还在世的老辈，他们的祖上相继搬到圣格雷镇定居，而原先在阿什鹭鸶的旧屋，便成为佃庄。雕花的大梁，或大理石的壁炉，足以表明宅第当年的气派。梁木的椽子，逐年在下垂，有的屋顶不堪重压，几乎碰到了地面。

　　这批老屋中，只有拉罗克和戴克茹两家，还是房主自己住着，宅第依然保持祖卜传下来的格局。谢奥默·拉罗克是当地的区长，还是B市的议员，在县城口拥有自己的公馆，但对阿什鹭鸶的产业一直不肯稍加变易，因为这是他太太带来的陪嫁，她死于产褥热，那时黛莱丝还睡在摇篮里。所以，女儿喜欢到阿什鹭鸶度假，做父亲的也不以为怪。黛莱丝每年七月就到乡下来，由她父亲的姐姐克拉拉姑妈照应。克拉拉姑妈是老姑娘，耳朵全聋了。她喜欢这里的清静，说省得看别人动嘴唇说话。这里除风声松涛，更无别的声响。拉罗克先生看到女儿去阿什鹭鸶，倒也很高兴，一则身边少个累赘，再则她可以和贝尔纳·戴克茹接近。黛莱丝嫁给贝尔纳，虽未经言宣，两家却早就有意了。

贝尔纳·戴克茹从先父手里继承了阿什鹭鸶的这幢房子，跟拉罗克家正好贴邻而居。每年不到打猎季节，就看不到他的人影。他十月份才来住，事先在附近搭好打野鸽的窝棚。入冬后，这守规矩的孩子便去巴黎续修法学课。夏天，来家住的日子不多，因为继父埃克多·特·拉特拉夫总惹他恼火。他寡母改嫁时，此公"身无分文"，而现在挥金如土，在圣格雷已传为奇谈。贝尔纳的异父妹妹安娜，年纪太小，还不值得他关心。那么，在黛莱丝身上，心思是不是花得更多一些呢？当地人意念中已把他俩看成天生一对，两家的产业好像本来就该合并一处似的。小伙子很识时务，在这一点上跟地方上的看法倒颇为一致。然而，他并不是什么都听其自然，恰恰把善于安排引以为傲。这个有点发福的年轻人常说："一个人倒霉，是错在自己，咎有应得……"结婚之前，功课和娱乐可谓平分秋色。珍馐美酒，尤其是打猎，他固然不肯怠慢，但用起功来，照他母亲的说法，也够一鼓作气的。因为丈夫理应比妻子有学问，而黛莱丝的才情已遐迩闻名，无疑，还极有头脑……但是，贝尔纳知道女人会向什么让步。他母亲常开导他，"脚踏两只船"也不坏。焉知拉罗克老头不能助他一臂之力？贝尔纳到意大利、西班牙、荷兰做了几次"事先大力准备"的旅行之后，便在二十六岁上和黛莱丝结婚，黛莱丝在当地算得上是最富有、最聪明的姑娘了，或许不算最漂亮，但"她是俊是丑，谁也不会介意，只觉得她挺媚"。

　　黛莱丝朝自己悬揣的贝尔纳滑稽相，凄然一笑："说真的，比起我肯嫁的大多数小伙子，他要算较文雅的一个了。"原野上妇女远比男子出色，男孩子中学时就厮混在一起，无从高雅起来。原野足以羁縻人心，使人精神上留恋不舍。原野也自有其乐事，别的对他们来说仿佛都不存在似的。所以，当地人要是不大像佃农，不肯说土话，没有朴野的举止，就等于背弃和叛离乡土。贝尔纳粗粝的外表下，何尝不宅心仁厚？他一度濒临死亡，佃户们说："他一死，这里就没有好心肠的老爷了。"不错，心地善良，而且公允持正，为人诚恳。自己不懂的事，从不夸夸其谈，他承认自己的局限。年轻时倒也不怎么难看，他像希腊神话中的希波利特，追野兔的劲道，比追女孩子还大。

黛莱丝垂着眼皮，前额抵着车窗玻璃，眼前又幻出往日的情景。早上九点光景，太阳还不太热，从圣格雷通向阿什鹭鸶的路上，过来一辆自行车，车上不是他——神情冷漠的未婚夫，而是他妹妹——满脸通红的安娜。这时，松林里的知了叫得天气越来越热，整片原野热乎乎的，像只火炉，草丛里飞出成群的苍蝇。"加件上衣再进客厅，那是个冰窖……"克拉拉姑妈接着又说，"小姑娘，等汗水干了再喝水……"安娜大声向聋老太问好，但是喊也白喊。"不必扯开嗓门叫，亲爱的，看你动动嘴唇，她就懂你意思了……"年轻的姑娘尽管每个字都咬得很准，小嘴都说走了形，姑妈还是答非所问，逗得两个女孩子忍俊不禁，赶紧跑出去大笑一场。

　　黛莱丝坐在幽暗的车厢一角，回顾一生中这些纯洁的日子——纯洁，而且还朦朦胧胧地带点幸福。当初不知道，这点微明不亮的欢乐之光，竟是她在这世上绝无仅有的福分。怎么料得到，她一生好景，就存于这暗洞洞的客厅里，在那盛夏酷暑——在铺着大红棱纹布的长沙发上，坐在安娜身旁，看她翻阅摊在膝盖上的照相簿！但是，这种幸福感，从哪儿来的呢？黛莱丝兴趣很广，安娜跟她有什么共同爱好呢？安娜讨厌看书，只喜欢做做针线活儿，说说笑笑，什么事都没主见。而黛莱丝，不论保尔·特·柯克的小说，圣勃夫的《月曜日文谈》，抑或梯也尔的《执政府史》，以及凡是留在乡间壁橱里的一切，都看得津津有味。两人没有任何共同的情趣，除了在骄阳如火的午后，人家躲在阴凉处，她俩待在一起就觉得挺有趣。安娜有时站起来，看看热气是否已经消退。可是，百叶窗一打开，阳光就像熔金一般迸射进来，好像要把靠席烤焦似的，只得再关上，躺在房内。

到薄暮时分，夕阳的余晖已照到树根，只有近地面的最后一只知了，依然声嘶力竭在叫，热气似乎还在橡树下屯聚不散。两位女友斜倚在田埂边，仿佛坐在河畔一般。风雨欲来之前，天上的云影幻成种种流变的图像：安娜刚看出一个长翅膀的女人，不等黛莱丝看清，又说变成伸长躯干的怪兽了。

到了九月，等吃过下午点心，就可出门，跑进这片干旱的莽原——阿什鹭鸶这地方，连一弯溪流都没有。在沙地上走好久，才到达一条叫"鱼儿溪"的小溪源头。水源有多处，萦回在桤树根下，淹没一长溜低洼的草地。她们光着脚丫子，踩着凉水，冻得失去感觉，伸出来等水一干，又热得发烫。这一带有好些窝棚，等十月份打野鸽时，便给猎户纷纷占去。她俩也宾至如归，厕身一个窝棚，就像待在幽暗的客厅里一样。彼此无话可说，也就默然不语。她们在这里一歇脚就是老半天，贞静无邪，时间一分钟一分钟过去，根本没想要动弹一下，就像猎人看到鸟群飞来，蹲着不动，示意旁人别出声。她们也一样，觉得一举手之间，就能把这种缥缈而烂漫的情趣赶跑。安娜先伸了个懒腰，不耐烦起来，急着要趁日落前打云雀；黛莱丝最讨厌那玩意儿，然而依然跟随不舍，因为跟安娜老觉得待不够。安娜在进门处取下一支无后坐力的二十四毫米猎枪。黛莱丝坐在斜坡上，看安娜躲在麦田里端枪对着太阳，好像要把太阳打下来。黛莱丝捂上耳朵，醉心的嘶叫在蓝天戛然终止，开枪的姑娘赶紧跑去把受伤的鸟儿捡回来，小心翼翼地攥在手里，用嘴唇理着依旧热乎乎的羽毛，直到小鸟断气死去。

"你明天还来吗？"

"噢，不，不每天都来。"

安娜不想天天见面，自有她的道理，无可反对。任何异议，黛莱丝都觉得不可解。安娜不来，并非有事绊住。可不，何必天天见面呢？她说："日子一长，就会嫌烦。"黛莱丝接口说："是的……是的……千万别勉强。想来就来……倘使没别的更有趣的事可做。"天已经暗下来，骑车的女孩子按着铃，消失在路上。

黛莱丝转身回家。佃农见了，只远远地跟她打个招呼；小孩见了，也没跑拢来。羊群散在橡树底下，突然一起狂奔起来，急得牧羊人大声吆喝。姑妈已倚门而待。一见黛莱丝，便像所有聋人一样，叽叽呱呱说个不停，容不得别人插嘴。为什么心里这么烦躁？书也不想看，什么都打不起精神来，还是再出去游荡。"不要走远，就要开饭了。"姑妈喊道。她走到路口，极目望去，一片空旷。厨房门口的钟，当当当敲响了。今天到傍晚时分，或许就得点灯了。这片寂静，对木然坐着、两手叠放在桌布上的聋老太固然显得深沉，对这个狂躁失仪的少女，又何尝不是如此？

啊，贝尔纳，贝尔纳，以你的单纯、盲目，怎样才能把你引入这个混沌的世界？但是，黛莱丝想，我一开口他准会打断我："谁叫你嫁给我的？我并没追求你……"真的，为什么要嫁给他？他确实没有任何性急的表示。黛莱丝想起来，贝尔纳的母亲，特·拉特拉夫夫人，逢人便说："我儿子完全可以再等一等的，可女方着急要成亲，是女方着急，女方着急。她为人处世跟我们不一样，真是无可奈何。比方说，她抽烟抽得像个大兵，还偏要做出这副派头来。但话又得说回来，她人倒很直爽，像金子一样纯。我们指点指点，要不了多久，她就会走上正道的。当然，结这门亲，并不样样教人称心。不错……她外婆贝拉德……我知道……但事过境迁，谁还老记得，你说是不是？说起来呢，倒是闹过一点风波，不过，掩饰得还算严实。遗传你信吗？我们亲家公不怎么信，那就不管啦。反正，他对女儿堪为表率，真是个教外圣徒。他在地方上有影响。谁都免不了有求于人。总之，有些事只能将就过去。还有，信不信由你，她比我们家阔。说来人家不信，但确实如此。只要她仰慕贝尔纳，还不至于坏事。"

的确，她当年仰慕过他，这本非难事。在阿什鸳鸯的客厅，或田边的橡树下，她一抬眼，看起他来，就有本事显得一派纯真，脉脉含情。脚下跪着如此佳丽，固然使小伙子飘飘然，但并不惊奇。他母亲常告诫他："别跟她闹着玩，她心里也烦。"

"嫁给他，是因为……"黛莱丝皱着眉头，一只手遮着眼睛，竭力追索着。其中未始不夹杂一种稚趣，因为一结婚，就可以做安娜的嫂子。安娜尤其觉得有趣，黛莱丝对这层亲属关系，倒并不怎么看重。实在说，有什么可脸红的？她对贝尔纳的两千顷地，也并非完全无动于衷。"她血管里就流着财产欲。"吃了长长一顿晚饭，撤去席面，端上白酒的时候，黛莱丝常坐着不走，喜欢听男人家谈佃农、坑木、松脂和松节油这些事。估算起资产来，她尤感入耳动心。占有偌大一片森林，无疑是十分诱人的。"其实，他也一样，看上我的松林……"她当初想必听从了某种隐秘的情感，此刻很想弄个明白。也许在这桩婚事里，不是想支配或占有什么，而是想找个托庇之所。急于结婚，难道不是出于惶恐心理？这个喜欢过家家当主妇的女孩，这个讲究实际的少女，是想从中找个安身立命的归宿，可对付连她自己也茫然的什么危险。订婚阶段，显得最为懂事：一旦纳入家庭这体系，便可得其所哉。只要进入某种社会范畴，她就得救了。

订婚那年春天，他俩沿着这条沙土路，从阿什鹭鸶一直走到维尔梅查。橡树枝头的残叶还在蓝天飘零，枯蕨野草满地都是，而绿色的新芽正破土而出。贝尔纳说："当心烟蒂。地上还烧得起来。这块荒地上，要救火还没有水呢。"她问："这类野蕨里，真的含有氰酸钾吗？"贝尔纳不知道含量是否大到可以致人死命，便声气柔和地反问："你想死？"她一笑置之。他曾表示，希望她变得单纯些。黛莱丝记得，当时她闭着眼睛，他用两只大手捧着她的小脑袋，附在她耳边低语道："这里头很有些要不得的想法。"她答道："那要靠你来打消，贝尔纳。"

一帮泥水匠正在给维尔梅查庄园添房造屋，他们看着工匠干活儿。庄园的主人是波尔多人，硕果仅存的一个儿子也"不良于肺"，他们想叫他住到这里来，他的姐姐就是得这种病死的。贝尔纳很瞧不起亚瑟维多这家人："他们指天发誓，说祖上绝非犹太人……但是，只要看看他们的长相就一目了然了。而且，还生肺病，所有的病里……"黛莱丝显得心平气和。安娜届时会从圣赛巴斯蒂安修道院赶回来参加婚礼，还将会同台季伦家的儿子进行慈善募捐。她请黛莱丝趁"下次邮班"函告其他女傧相穿什么衣衫："我能不能得到点样布？色彩选得协调，与所有人都有关……"黛莱丝的心情从未这样平静。——说是平静，其实只是一种半睡眠状态，只是怀里那条蛇暂时冬眠罢了。

四

结婚那天，天气异常闷热，在圣格雷狭长的教堂里，太太们叽叽呱呱的话语，盖过了嗡嗡嘤嘤的风琴，她们的体气比香烛还浓。正是在这一天，黛莱丝感到四顾茫然。她像梦游似的进入牢笼，听到沉重的关门声，可怜的女孩子才突然惊醒过来。什么都没变，但感到今后再也不能独自沉迷了。她蜷伏在家庭的重围之中，像一点狡黠的火星，在杂草乱叶底下蔓延，由近及远，把松树一棵棵点着，把整座林子化为一片火海，这群人里，除了安娜，没一张脸值得一顾。安娜快活得像孩子似的，她的快活，足以把黛莱丝隔开！安娜似乎不知道她们今晚就要分离，不光在空间上，而在黛莱丝到了受难关头——她天真未凿的躯体就要受到不可弥补的毁损。安娜留在河岸这边，依旧完好如初；黛莱丝则行将归属已经事人的那群女子。她记得刚才在圣器室，俯身去亲安娜的小脸蛋，看到她那盈盈的笑脸，突然感到周围一片空虚——世界上只剩下若隐若现的苦痛和依稀渺茫的欢快。顷刻之间，感到自己心中这股蒙昧之力，与安娜姣好的粉脸，有多不协调。

时隔良久，圣格雷和 B 市的人谈起这次盛大的婚礼（那天有上百个佃农和佣工在橡树底下任情吃喝），不能不提到新娘子："她不是那种端庄的美，就是人显得媚。"可是，结婚那天，大家觉得她好难看，甚至样子吓人："简直不像她自己，像换了一个人……"别人只看到她外表跟平时不一样，怪那身礼服太白，天气太热，其实，谁都不识她的真面目。

那场婚礼，既有乡间的喜庆气氛，又不乏中产阶级的豪华排场。傍晚时分，新郎新娘的汽车，在三五成群的归客和花枝招展的少女之间缓缓驰过，行人向他们招手欢呼。路上落满了合欢花，他们的车子赶过一辆辆蜿蜒驰去的大车，赶车的都是些好喝一杯的快活人。黛莱丝想到就要到来的夜晚，心里私语道："想来怪害怕的……"随即改口道："噢，不……不至于那么可怕。"意大利水乡之行，她很受罪吗？谈不上，她玩这一手：真人不露相。未婚夫容易欺骗，做丈夫的则不然！假话谁都会说，但用肉体作假却是一门学问。欲念，适意，承欢后的倦怠，要装得像，却不是人人都有的本事。黛莱丝善于曲意逢迎，感到既委屈，又有点快意。丈夫硬要跟她一起探索这陌生的感觉世界。她凭想象，以为其中对她也可能有某种欢愉——但是，是什么欢愉呢？黛莱丝如此想发现快感，犹如对着烟雨蒙蒙的山色要想象出艳阳下的胜景一样。

贝尔纳像个缺少眼力的大孩子，看画展，总担心和旅行指南上的作品编号不符，用最短的时间看了该看的东西，就感到心满意足——真是容易上当的家伙！他一头钻在温柔乡里，就像小猪拱来拱去，在食槽里找自己的快活（"我就是食槽。"黛莱丝想）一样；从猪圈外望进去，倒怪有意思的。他的神气跟小猪一样，匆忙，猴急，一本正经；他干什么都按部就班的。"你真以为这也得照规矩来？"黛莱丝感到有点吃惊，有时这么问上一句。有关房中的一切，他从哪里学来的？怎么知道区别正派人和色情狂的爱抚？他总是径情直遂，而不踟蹰蹰。归途中，他们在巴黎滞留一夜。在音乐厅看到游艺节目不尽如人意，贝尔纳竟会拂袖而去："你说说看，拿这个给外国人看！真不要脸！人家就据此做出判断……"黛莱丝当然佩服之至，就是这个道德君子，不出一个钟头，就会叫她在暗中饱受他那些乐此不疲的花头经。

"可怜的贝尔纳！——他为人倒也不比别人坏！但是欲念一上来，跟我们最亲近的人，就会变成另一个人，跟畜生一样。这种狂劲，足以拆散我们与配偶的关系。看到贝尔纳一头沉湎于自己的乐事之中，我嘛，只好装死，怕这个神经发作的家伙，受到违拗，会把我掐死。他常这样，临近快活之极，突然发觉自己很孤独。急切的动作，也颓然中止了。等贝尔纳神志恢复过来，常发现我好像被扔在海滩上似的，咬着牙关，浑身冰冷。"

安娜只来过一封信。她不大爱写信——但是，说也奇怪，黛莱丝读来，句句惬意：信固然是抒发我们的真情实感，不过，更多的时候，是写些叫人读来愉快的话。安娜抱怨说，自亚瑟维多少爷到来之后，家里就不让她上维尔梅查那边去了。她只远远看到杂树丛里放着他那把长椅，她怕生痨病的人。

这几页信，黛莱丝不时拿出来看看，并不指望还能收到别的。所以邮差送信来（在音乐厅退场后的第二天早晨），在三个信封上都认出安娜的笔迹，就颇感意外了。好几个邮局，把"留局自取"的信件，给他们一并转到巴黎，因为他们中途取消了几站，用贝尔纳的话说，是"急于回窝"。——但真正的原因，是夫妻俩搞不到一块儿。他撇下猎枪猎狗，喝不到乡村酒店独具风味的开胃酒，就十分不得劲；其次呢，这女人也似乎太冷淡了点，老含讥带讽的，从无快适的表示，也不爱谈这桩有趣事！……黛莱丝这方面呢，也巴望快点回到圣格雷，像羁押在临时监房的流放犯，心存好奇，想看看葬送余生的孤岛究竟是什么模样。黛莱丝拿着信封，仔细辨认邮戳上的日子，刚拆开最早的一封，就听到贝尔纳一声喊，接着又嚷嚷了几句，她没听清，因为临街的窗子开着，公共汽车正好在路口减速行驶。贝尔纳刮脸刮到一半，就停下来凝神看母亲的来信。黛莱丝现在好像还看到他那件网眼背心，肌肉发达的胳膊，苍白的脸色，以及突然涨红的面孔和脖子。那是七月的一个早晨，天气热得像含着硫黄。

太阳烟熏火燎的，照在对面死气沉沉的墙面，显得更脏了。

贝尔纳朝黛莱丝走来，嚷道："真是太过分了！哎，你的好朋友安娜，把事情都做绝了。谁想得到我妹妹……"看到黛莱丝探询的目光，他问："你想得到吗，她竟会爱上亚瑟维多少爷？真是好事一桩！就为了那痨病鬼，他家才增建维尔梅查的房子……的确如此，她还挺当真的……安娜说要硬顶下去，直到十八岁成年自己能做主为止……妈说她简直是个十足的疯丫头。但愿台季伦家还不知道这事！台季伦那小子很可能就此不来求婚了。你不是有她的信吗？反正，咱们就会知道……你先拆信吧。"

"我要按照次序看。再说，也不高兴给你看。"

他就知道她这个脾气：不把事情搞复杂不罢休。但眼下最要紧的，是让她劝劝他妹妹听点道理。

"爸妈寄厚望于你呢。安娜什么事都听你的……是这样的……他们把你当救星等你回去呢。"

等她穿衣服的时候，贝尔纳就出去拍电报，订两张去南方的快车票。她也可以开始整理箱子了。

"我妹妹的信，你要等到什么时候才看？"

"等你不在这儿的时候。"

他关上门走了好一会儿，黛莱丝还躺在那里抽烟，眼睛瞧着对面阳台，看到那上面镀金的大字已褪色发黑。然后，才撕开第一封信。不，不，这种热情如火的语言，绝不是那个小傻瓜，那个智短识浅在修道院长大的女孩子所想得出来的。这种赞美之辞，不可能出于她那颗枯索的心——她那颗心怎么样，黛莱丝想必是知道的。这种幸福的慨叹，只能发自情窦初开、肉体第一次感到欢快的女子。

……跟他初次相遇，简直不相信这就是他：他逗着狗，边跑边叫。谁能相信，这是个大病号……其实，他没病。鉴于他家有不幸的先例，特加防范而已。也不能说他体质虚弱——不过有些单薄罢了。还有，他是一向被娇宠惯的……你认不出我来了吧？等暑气一退，我就给他去找斗篷……

假如此刻贝尔纳回到房里，他就会看到坐在床上的，不是他的女人，而是一个他不认识又叫不出名字的怪人。黛莱丝扔掉香烟，拆开第二封信：

……我可以一直等下去。不管是什么阻挠，我都不怕；心头有了爱，根本理会不到这些。他们把我扣在圣格雷，但阿什鸶鸶还没远到无法跟约翰相会。那个窝棚还记得吗？是你，好朋友，先期选定这个地方，让我领略到那样的快活……噢！别以为我们做了什么坏事。此人很斯文。像他那种小伙子，你大概还想象不出。他跟你一样，勤奋好学，博览群书。年轻人能这样，自无可怪怨，我也从未想到要去取笑他。能像你这样博学，再大的代价我都肯付！亲爱的，仅仅这么触摸一下，就如此快意，真不知你如今该如何销魂呢！在那间窝棚——以前你总把我们的点心带到那里吃，坐在他身旁，浑身有种幸福之感，仿佛伸手就能摸到。我心里想，还有更甚于此的快活呢。等约翰脸色苍白地离去，我回味着方才的爱抚，期待着明天的种种，对于那些不知道，也从未领略过这种快乐的可怜虫，随他们怎样抱怨，哀求，责骂，我都不以为意……亲爱的，请原谅我跟你侈谈这种幸福，好像你还有所不知似的。跟你一比，我完全是个嫩角色。我相信，你准会站在我们一边，对付那些刁难我们的人……

黛莱丝拆开第三封信，上面只有寥寥数语：

快来，好朋友！他们要把我俩活活拆散。整天有人看住我。他们以为你会站在他们一边。我说过，一切全听你的一句话。我要把一切都跟你解释明白：他没有病……我很快活，也很痛苦。为他而痛苦，我感到快活。我愿他也痛苦，当作爱我的一种标记……

黛莱丝没再往下看。把信插回信封时，发现里边有张照片，方才没看到。她凑近窗口，端详这相貌：小伙子长着一头浓发，脑袋显得大了点。黛莱丝还认出拍照的地点。约翰·亚瑟维多像大卫塑像那样站在斜坡上（后面是放牧羊群的原野）。上衣搭在胳膊上，衬衫领口略略敞开……"这里就是他说的许可抚爱的极限……"黛莱丝抬眼看镜子，对自己的脸色感到吃惊。她松开牙关，咽了口唾沫，用花露水擦了擦前额的鬓角。"她尝到了甜头，可我呢？为什么我没尝到……"照片就留在桌上，旁边有枚发亮的大头针。

"我居然……干过这事……"火车颠簸起来，正冲下一段斜坡。黛莱丝坐在车里一再追索："两年前，就在旅馆那个房间，我拿大头针在他照片的心口上，戳了许多洞——并非出于愤恨，心里倒很平和，就像做一桩稀松平常的事一样。然后，把扎了许多洞眼的照片扔进厕所，放水冲掉。"

贝尔纳回来，见她神色庄重，好像经过深思熟虑，已有对策，表示很赞赏。只是她烟不该抽得那么凶，这等于慢性自杀！依黛莱丝的看法，对小姑娘一时的任性，不必过于介意。她尽力去开导她就是……贝尔纳希望黛莱丝能够做出保证——他心里美不滋儿的，口袋里已装了两张回去的车票。尤感得意的，是家里人已在借重他的妻子。他跟黛莱丝说，该花就花，此次旅行的最后一顿中饭，他们要到蒲洛涅森林的某某饭店去吃。在出租汽车里，他大谈打猎计划，巴利雄替他训练出一条狗，回去马上想试一试。母亲信里说，经过治疗，那匹母马现在已不瘸了……这时，饭店里嘉宾还不多，一道菜一套排场，令人生畏。黛莱丝仿佛还闻到天竺葵和卤汁味。莱茵葡萄佳酿，贝尔纳还从来没喝过："天哪，这可不是白给的。"人生几何，并非天天都能这样过节。贝尔纳的宽肩膀，挡着黛莱丝的视线，遮住他背后的餐厅。大玻璃窗外面，汽车开过去或停下来，毫无声响。她看到贝尔纳耳边那块肌肉在嚼动，知道那叫颞颥肌。几口酒下肚，他就满脸通红：真是个乡下人！几星期来，这活动场所，每天吃的酒食都消化不了。黛莱丝对他谈不上有什么怨恨，只是希望能独自清静一下，咂摸一下自己的痛苦，找找痛苦的根源！只要丈夫不在眼前，就不必勉强自己吃饭，强作欢颜，留心自己的表情，掩饰发亮的目光。就可以自由自在，沉溺于这种绝望情绪之中：一个以为会同你在荒岛上一起白头偕老的人，突然逃之夭夭，跨过与外界的鸿沟，与其他人打成一片——岂不等于换了一个星球……但是不对，谁能换个星球呢？……安娜原属淳朴单纯的一群，早先在孤寂的假期里，黛莱丝见到的那个枕着她膝盖睡去的安娜，只是个幻影罢了。真正的安娜，她并不认识；真正的安娜，今天在圣格雷和阿什鹭鸶之间那空棚里与亚瑟维多少爷相会呢。

"你怎么啦？怎么不吃？菜不要剩了。花这个价钱，剩了可惜。是不是天太热？你不会晕过去了吧？难道是身子不舒服……已经有了……"

她微微一笑，只是嘴角略带点笑意罢了。她推说惦记着安娜的事——该谈谈安娜才是。贝尔纳说，这事只要她肯管，他就放心了。黛莱丝问，他父母为什么要反对这门亲事？贝尔纳听了，以为是取笑他，求她别再提这种怪问题。

"你明明知道他们是犹太人。我妈认识亚瑟维多爷爷，那老头就是不肯受洗礼。"

但黛莱丝认为，在波尔多，没有比那些葡裔犹太人更古老的旧家了：

"我们的祖先还在当可怜的羊倌，在沼泽旁发烧打寒战的时候，亚瑟维多他们已经窃据要津了。"

"哎，黛莱丝，不要为斗嘴而斗嘴。凡是犹太人，都是一路货……而且，他们这个家族已经退化——痨病都生到骨髓里去了，这还有谁不知道。"

黛莱丝点上一支烟，这动作贝尔纳看了总觉得不顺眼。

"你说说看，"她诘难道，"你爷爷、你曾祖是得什么病死的？你娶我的时候，怎么不问问是什么病送了我妈的命？我们祖上生痨病，得梅毒的，还不多到足以污秽环境。"

"你说到哪儿去了，黛莱丝。我跟你说，即使是玩笑，故意怄我，也不要把家里牵扯进去。"

好像伤了他面子，他挺了挺胸脯——既要显得气派，又要不落得可笑。但黛莱丝也不甘示弱：

"家里那种谨小慎微，胆小如鼠，我只觉得好笑！看到明显的污点，做得疾恶如仇的样子，但对更多看不见的毛病，反倒不闻不问！……你也说过隐疾这个词……不是吗？断送一个家族最可怕的病，从根子上说，难道不是某种隐疾吗？该想的不去想，两家只管齐心，想把乌七八糟的事统统遮掩过去，埋葬以尽。倘使没有用人，外人什么都不知道。亏得还有用人……"

"我不高兴理你。说开了头，最好就让你一个人说个够。碰到我不要紧，知道你是说着玩的。但在家里，你知道，那可不行。我们从来不拿家里的事打哈哈。"

家里！黛莱丝让香烟慢慢熄灭，凝视着这面由一个个活人排成的栅栏，这个四面尽是耳目的牢笼，而她，双手抱腿，下巴支着膝盖，一动不动地蹲在笼里，坐以待毙。

"哎，黛莱丝，别做出这副样子，要是你看到自己现在这副模样……"

她浅浅一笑，又戴上一副假面具：

"我说着玩的……亲爱的，你真是个大傻瓜。"

在出租车里，贝尔纳想凑近她，她一把把他推了开去。

临回家的前一晚，他们刚九点就上床了。黛莱丝吃了一片药，本想早早入睡，反而不能成寐。有一会儿她迷迷糊糊的，这时贝尔纳嘴里不知叽叽咕咕些什么，翻了个身，她感到壮实的身体热烘烘地靠了过来。她推了他一把，躲着那热气，尽量往床边睡。不出几分钟，他又靠拢来，好像灵魂缥缈而去，躯壳却依然有知，困于梦乡里也会找上自己的伴侣。她使劲推了一下，也没把他推醒，只推开了一点……啊！能一劳永逸，永远把他推开该多好！把他推下床，推进黑咕隆咚里去……

　　汽车喇叭在巴黎的夜空下此起彼伏，如同在阿什鹭鸶的月夜，鸡犬之声此呼彼应一般。街面上还没泛起凉意。黛莱丝把床头灯拧亮，胳膊肘撑在枕上，看着身边这个岿然不动、正当二十七岁盛年的男子，他把毯子给蹬开了，呼吸轻得听不到，一头乱发遮着依旧很明净的前额，和还不见皱纹的眼角。像解除武装、赤身露体的亚当一样，他睡得很沉，犹如长眠。他女人把毯子一掀，翻盖在他身上，自己起来，找出那封没看完的信，凑着灯光看下去：

　　　　他要是叫我跟他走，我会头也不回，舍弃一切的。我们爱抚到最后，快要到极限时，便倏然打住，倒不是我扭捏，而是他愿意如此——或者更确切地说，是他在抵拒我。我倒希望能达到不曾领略的极致，可他一再说，浅尝辄止，其乐无穷。言下之意，该一直这样不尽有余了。他还自鸣得意，能这样悬崖勒马，说换了别人，就会迤逦而下，一发而不可收拾……

黛莱丝推开窗户，把信撕成碎片，俯身下望，四周的石砌房子，像个深坑，这时一辆街车开过，碾破黎明前的寂静。碎纸片飘飘摇摇，洒落在下面几层的阳台上。她闻到一股青草味，不知从哪方乡野吹来的，一直吹到这片沥青沙漠里。她想象自己殒身险楼，血污满地，警察和看热闹的人在周围走来走去……想得太多，要死就死不成了，黛莱丝！说真的，她并不想死。她还有件紧要事要办，既非报复，亦非泄恨，而是想超度圣格雷那个小傻妞，她居然相信还有幸福可言！应当让她像黛莱丝一样，明白幸福是根本不存在的。她们之间即使没有别的相似之处，至少这点还是共同的：烦闷无聊，既无崇高的使命，也无神圣的义务，除了日常琐事，生活中别无企盼——只有孤苦寂寞，无可告慰的孤苦寂寞！这时曙色已照临屋顶。她回到床上，一躺到一动不动的男人身边，他就又靠了过来。

她一觉醒来，头脑清醒，性情和易。何必推寻得那么远呢？家里要她帮忙，她就顺着家里的意思办，这样就可以放心，不会有什么偏差。贝尔纳常说，安娜要是错过台季伦家这门亲事，那就大大失策了。黛莱丝也同意这看法。台季伦家固然不属于他们这个圈子，爷爷还是个放羊的……但他们拥有当地最好的松林。再说，安娜的嫁妆也不会那么丰厚。她父亲那儿不能承望得到什么，除了靠近朗贡地方，峡谷冲积地上那片葡萄园，而且两年里倒有一年给淹了。所以，安娜无论如何不宜错过这门亲事。这时房里飘进一股可可茶的香味，黛莱丝闻了感到恶心。这种轻度的不适，证实了其他征兆不为无因：怀孕了，真快！"还是马上就有的好，"贝尔纳说，"以后就不用再费心了。"他用敬重的目光看着他女人，要知道她肚里怀着的，正是那大片松林唯一继家传后的主人。

五

圣格雷，就要到了！圣格雷……黛莱丝张望了一下，看看她脑海里早就走过的这条路。贝尔纳会跟她亦步亦趋吗？这一曲折的历程，他有耐心慢慢走过来吗？她不敢存什么奢望。然而，关键的事尚未涉及呢。"即使他跟我走到这道关口，对我来说，一切都还有待重新发现。"她自己就是一个谜，值得好好探索。这位有产阶级的年轻媳妇，在圣格雷结婚时，人人都夸她聪明智慧，可她究竟是怎样一个人呢？她想起结婚后在婆家那栋清凉而阴暗的屋里度过的头几个礼拜。朝广场那面的百叶窗长年关着，从左边窗栏，可以望见庭院里向日葵、天竺葵和牵牛花开得火红一片。特·拉特拉夫夫妇整天蛰居在底层灰暗的小客厅里，安娜已不准外出，就在院子里转悠，黛莱丝则奔走于双方之间，既是公公婆婆的心腹，也是小姑安娜的同党。她对特·拉特拉夫夫妇说："你们呢，也稍稍做点让步，提议带她去旅行，先不忙做什么决定。关键问题上，我保证她照你们的意思办。等你们走后，我再相机行事。"怎么行事呢？老夫妇看出，黛莱丝大概想去找亚瑟维多少爷。"婆婆，不用旁敲侧击的办法，不能收效。"听婆婆口气，风声还没泄露，谢天谢地！唯一知情的，是邮局收信的莫诺小姐。安娜的信，已给她扣下多封。"这姑娘会守口如瓶的。而且她已给我们捏住，不会多嘴多舌的。"

"不要太为难安娜……"公公埃克多一再这么说。他这个做父亲的，不论女儿多任性、多荒诞，一向对她很放纵，现在只能顺着他太太的意思说："不发狠心不成事。"还说："有朝一日，她会感谢我们的。"话是不错的，但是，会不会没到那时，安娜就先病倒了？这，老夫妻俩就说不上来了。他们眼神茫然，心思自然追踪着那个头顶烈日、不饮不食、日渐消瘦的女儿。她踩了花也没看到，像头小鹿似的沿着栅栏走来走去，想找个豁口出去……婆太太摇头叹气说："肉汤总不至于要我代她喝吧？她在院子里采水果当饭吃，上了饭桌就摊只空盘子什么都不碰。"公公埃克多认为:"我们要是同意了,她以后反会怪我们……等她生下几个可怜虫……"他这种辩解,婆太太大不以为然:"幸亏台季伦他们还没回来。他们很看重这门亲事,也是我们的造化……"

等黛莱丝离开客厅,二老便相互探询:"也不知修道院往安娜脑里灌输了些什么?"婆太太说:"她周围尽是好榜样,看什么书我们也很当心……黛莱丝倒说过,使小姑娘神魂颠倒的,莫过于《佳作丛书》里的爱情小说了……不过,黛莱丝这人好说反话……而且,谢天谢地,安娜不会看书看上瘾,我从没为这个责备过她。这一点上,她倒的确像大家闺秀。其实,要是能带她出去换换空气……你还记得吧?她那次出麻疹,又并发支气管炎,我们后来带她去萨利,对她康复不是挺有好处吗?她爱上哪儿,就上哪儿,咱们总算好商量了吧?这孩子也怪可怜的,说真的。"公公叹了口气,低声问:"噢!跟咱们一起旅行……"婆太太耳朵有点背,问:"你说什么来着?""没什么,没什么……"今日家业殷富,他老人家蓦然想起当年热恋中的那次旅行,觉得是多么美好,少年钟情的岁月,又是多么值得赞颂!

黛莱丝走进院子,见到年轻姑娘,去年做的衣衫穿在身上已显得过分肥大了。

"怎么样?"安娜一见女友走来,便急忙开口问道。

八月的下午，灰蒙蒙的小径，沙沙响的干燥草坪，晒焦的风铃草味，加上比任何花草还要枯黄的少女，黛莱丝心里真是感慨万千。有时，一阵雷雨逼得她们躲进花房，听着冰雹打在玻璃棚顶叮咚作响。

"反正见不到他，出去走走又有何妨？"

"见不到是见不到，但我知道，他在二十里外，呼吸着同样的空气。刮东风的时候，这儿的钟声就能传到他那里。你说说看，贝尔纳在阿什鹭鸶或在巴黎，对你难道都一样？虽然看不到他人，可我知道约翰就离这儿不远。礼拜天在教堂望弥撒，我连头都没回一下，从我们彼此的位置只能看到正中的祭坛，中间有根柱子隔着。但一出教堂……"

"这礼拜天，他没去吗？"

黛莱丝这是明知故问。她知道安娜被母亲拖着，在人堆里白白找了半天，他缺席未去。

"他兴许是病了……写来的信都给扣了，我什么都不知道。"

"他会想不出办法捎个信来，总有点蹊跷。"

"如果你肯帮忙，黛莱丝……是的，我知道你的处境很为难……"

"旅行的事，你不妨先答应下来。等你走了，或许……"

"我不能远离他。"

"但他倒要走了。再过几个礼拜，他就要离开阿什鹭鸶。"

"啊，别说了！一想起来，就受不了。能帮我活下去的话，他连一句都没有。我都要想死了。他有些话，给了我莫大快慰，我时时刻刻都在回味。想呀想的，想得我都怀疑他是不是真的说过。喏，这句话，我们最后一次见面，好像听他说过：'我生活里除了你，没有别人……'反正是这个意思，要么是：'你是我生活里最最亲的……'究竟怎么说的，我都弄糊涂了。"

安娜微蹙眉尖，对这句当时听来大感安慰的话，还在追寻其余音遗绪，把含义引申得愈来愈深。

"那么，他人究竟怎样，那小伙子？"

"你想象不出的。"

"他就那么非同一般？"

"我很愿给你形容一下……但是，不管我怎么说，他都比我说的要好得多……不过，你听了或许会觉得他平平而已……但，我敢说，绝不是这样。"

安娜以一腔热爱去看这年轻人，以至眼花缭乱，什么都分辨不清了。黛莱丝想："我嘛，感情越炽热，头脑就越冷静。我喜欢的人，连毫末之微都逃不过我的眼睛。"

"哎，黛莱丝，实在万不得已，我只好去旅行的话，烦你去看他一下，再把他的话转告我，也把我的信递给他，好吗？如果我出门，如果我真有勇气出门……"

黛莱丝离开这个充满光与热的王国，像一只无精打采的黄蜂，重又钻进办公事的正房：她公公婆婆株守以待，等自动降温，看女儿帖然就范。经过来回斡旋，才把安娜出去旅行的事定下来。要不是台季伦一家就要回来，黛莱丝连这点成绩都交不出。面对新的危险，安娜有点恐慌。黛莱丝一再说，以富家子弟而论："他够不错的了，那个台季伦。"

"但是，黛莱丝，我约略见过一面：夹鼻眼镜，头发都秃了，是个老家伙。"

"他才二十九呢……"

"所以我说是个老家伙。再说，老不老……"

晚饭桌上，一家人净讲庇亚里茨海滨疗养地的情况，担心找不到旅馆。黛莱丝打量安娜，看她木然地坐着，显得无精打采。"自己要克制一下……人得强迫自己。"特·拉特拉夫太太唠唠叨叨地说。安娜像个木头人，把汤匙往嘴边送，眼睛没一点神。对她来说，除了那个不在眼前的人，无论什么事，无论什么人，全都不存在。回味以前听到的情话，受到的爱抚，嘴角便漾起一丝笑意。记得有一次在窝棚里，约翰·亚瑟维多手重了一点，把她的上衣撕破了一点。

黛莱丝见贝尔纳上身俯在盘子上，因为他背着光坐，脸看不清，只听得细嚼慢咽的声响，像牛在反刍，咂摸神圣的食品。她站起身来，离开饭桌。婆太太说："她不愿别人看出来。我倒很想宠宠她，可她不要人家照应。她这点不舒服，按月份说来，反应还算小的。她说不抽烟，但还抽得很凶呢。"老太太想起自己怀孕的情景，又说："记得怀贝尔纳时，我常常闻一只橡皮球，这样胃才好受些。"

"黛莱丝，你在哪儿？"

"这里呢，长凳上。"

"啊，不错。看见你的香烟了。"

安娜摸着坐下来，头靠在黛莱丝肩上，仰望上空："他也看到这些星星，听到阵阵晚钟……"又央求道："亲亲我，黛莱丝。"但黛莱丝没俯身去亲这张充满信赖的脸，只问：

"你痛苦吗？"

"不，今朝倒不觉得痛苦。因为我相信，无论什么方式，反正会跟他在一起的。我现在心里很平静。最要紧的，是要让他知道，不久通过你他会知道：我决定去这次旅行。等我回来，不管什么墙挡着，我都要冲过去。迟早会扑进他怀里。这一点，我像对自己的生命一样有把握。不，黛莱丝，至少你别向我说教，别跟我讲家里怎样……"

"我倒没想家里怎样，亲爱的，而是想他会怎样。我们做女人的，不能轻易落进一个男人的生活：他也一样，有他的家，有他的利害考虑，有他的工作，说不定还有别的相好……"

"不会的，他对我说过：'我生活里只有你……'还有一次，他说：'我们的爱情，是我此刻唯一看重的事……'"

"此刻？"

"你怎么想的？以为就是他说话的那一刻？"

黛莱丝无须再问她是否痛苦，黑暗中都能听到她痛苦的声息，不过心里却没有一点怜惜之情。怜惜她做什么？心里有个心心相印的人，嘴上念念他的名字，该是多么甜蜜！一想到他活在世上，白天吐故纳新，晚上枕臂而睡，天亮醒来，年轻的身体沐浴在晨雾里……

"你哭了吗，黛莱丝？是为我流眼泪吗？你也爱着我，是吧。"

安娜跪坐在凳上，头贴着黛莱丝腹部，突然挺坐起来：

"我前额上感到有什么东西在动……"

"是的，动了有好几天了。"

"是小孩？"

"嗯，已经是个有生命的东西了。"

像从前走在泥栈车站那条路上，走在回阿什鹭鸶那条路上一样，她们互挽腰肢往家里走。黛莱丝记得，她当时为肚子里这颤巍巍的累赘，没少担惊受怕，内心深处对这神形未备的肉体也不知倾注了多少感情！她依稀看到自己那晚坐在房里，对着敞开的窗户（贝尔纳在院子里朝她喊道："别点灯，当心蚊子！"），计算还有几个月临产。她真想识得什么神仙，可以不把这个由她血肉做成的陌生生命，降临到人世来。

六

奇怪的是，黛莱丝回想起安娜随父母走后，觉得那些日子里，自己一直浑浑噩噩。本来说好等他们走后，她去阿什鹭鸶，找个法门，施影响于亚瑟维多，劝他善罢甘休。不料到了阿什鹭鸶，只想休息、睡觉。贝尔纳同意不住他家，住在黛莱丝的娘家，那里更舒服些，一切务务可由克拉拉姑妈为他们分担。但别人的事，跟她黛莱丝有什么相干？让他们自己管自己去吧。她就喜欢愣愣地待着，直到临产。

可是，贝尔纳每天早晨都提个醒，说她曾答应去找亚瑟维多，弄得她非常恼火。她现在已没什么好声气，对丈夫也不像先前那样能给予容忍。贝尔纳想，这种脾气或许是怀孕的缘故。他这时搅上了一桩耿耿在心的事，整天惶惶不可终日。此种情况在他那族类虽较普遍，但三十岁前还很少见。原来这个精壮汉子，无端怕起死来了。"我自己有感觉，你们知道什么？"他言之凿凿，别人还能说什么？生在养尊处优之家，又是健饭豪饮之徒，外表看来健壮得很。好像沃土上的一棵松树，长势迅猛，但树心很快被蛀烂了，只好在盛年期砍倒。"这是神经过敏！"大家都这么说，但他自己明明感到铁打的身体出了裂纹。此后的种种，简直令人不信：他不吃也不饿！"干吗不去瞧瞧大夫？"他耸耸肩，表示满不在乎。说真的，他宁可这么牵肠挂肚，也不愿听到宣布死亡，那要可怕得多。夜里痰喘起来，有时可以把黛莱丝惊醒。这时，他抓起妻子的手，按在自己心口，要她感知自己心律不齐。她点上蜡烛，起床把戊盐酸冲在杯子里。心里想：这合剂倒碰巧能治病，干吗不是致命的呢？所谓安神催眠，都算不得数，唯有使人长眠不醒的，才可谓货真价实。活得这么愁眉苦脸，对那一去不复返的安息，为什么又如此害怕呢？贝尔纳比她先睡着。这么个大块头，打起呼噜来，有时听了叫人心烦，在他旁边怎么睡得着？谢天谢地，现在倒不近她身了。——贝尔纳觉得，所有的体力活动中，要数此道对心脏最为危险。天蒙蒙亮的时候，公鸡把庄户人家唤醒过来。教堂的晨钟，随着东风，铛铛成韵。黛莱丝方合上眼睛蒙眬睡去，她男人已起来走动。他像农夫一样，很快穿上衣服，把脸在冷水里一浸就算洗过了。想起菜橱里还有碗脚，便像条狗一样钻进厨房，站着啃个鸡架子，吃片冻肉，或者再加一串葡萄、一块擦大蒜的面包头。一天中，数这顿饭吃得最痛快。剩骨头就扔给两只狗啃。晨雾弥漫，已颇有秋意了。此时此刻，贝尔纳毫无病痛之感，觉得浑身蓬蓬勃勃，有股青春的活力。野鸽等会儿就要飞过，得先准备起来，把媒鸟的眼睛弄瞎。十一点钟回到家里，发现黛莱丝还躺在那里。

"喂，找亚瑟维多的事，怎么样啦？你知道，妈在庇亚里茨等消息，等留局自取的信件呢。"

"你的心脏怎么样？"

"你别提好不好？你一提，我又有感觉了。显而易见，倒证明是神经性的……你是不是也认为是神经性的？"

黛莱丝从来不肯投其所好，说他爱听的话：

"谁知道呢？你感觉怎样，只有你自己最清楚。你爸死于心绞痛，这并不是一个理由……何况你还年轻……看来，心脏是戴克茹家的弱项。贝尔纳，你真怪，这么怕死！你难道不像我，深感生得无用吗？啊？你不想想，像我们这样的人，活着跟死去也相差无几吗？"

他耸耸肩：她就会拿这类奇谈怪论来烦人。这点聪明，有什么稀奇！无非跟真理唱反调罢了。跟我纠缠是白费唇舌，有这点本事还不如留着去对付亚瑟维多。

"他十月中旬就要离开维尔梅查，你知道吗？"

火车到了圣格雷的前一站——维朗特罗。黛莱丝想："怎样才能让贝尔纳相信，我并不爱那小伙子？他一定以为我移情别恋了。跟所有不懂爱情的人一样，在他想来，犯了人家指控我的那种罪，必定是情杀案无疑了。"贝尔纳应该能明白，她那时虽觉得他不识趣，但远谈不上恨他。也不相信别的男人会对自己有所帮助。说到底，贝尔纳也不算那么坏。怪只怪小说里写的非常人物，在实际生活里从未遇上一个。

她认识的人中，唯　高明的，就是她父亲。此人是个头脑固执、性情多疑的激进派，黛莱丝爱把他想得很了不起。

他可谓三头六臂：有田地，有实业，除了 B 市有锯木厂，在圣格雷还有加工厂，自己和亲友地产上的松脂统由该厂处理。他尤其可算得是政界人物，其强硬作风固然于他不利，但他的主张讲话却为人所重。他对妇女极为轻蔑！哪怕对黛莱丝也不例外，即使人人都夸她聪明。出了这桩事之后，便常对律师说："女人都是歇斯底里，要是不蠢的话！"这位反宗教的健将，在私人生活方面却十分腼腆。他有时也哼哼贝朗瑞的谣曲，但有些话在他面前可说不得，他一听就像少年一样赧然脸红。贝尔纳听他继父说，拉罗克先生结婚之前，一直守身如玉。"他丧妻之后，很多人跟我说过，没看到他有什么情妇。你岳丈真是个人物！"可不是，他确实是个人物。远离之下，黛莱丝会把他的形象加以美化，一旦到他身边，就感到他的卑俗。他常回阿什鸳鸯，而不大去圣格雷，因为不愿见特·拉特拉夫这家人。跟他们在一起，虽然相约不谈政治，但是汤一端上来，争论就开场了，开头说些蠢话，跟着就言辞尖刻起来。黛莱丝觉得加入他们的谈话，简直是丢自己脸。她闭口不说，以示清高，除非涉及宗教问题。这时，她就给父亲助威。每个人都嚷着说话，连克拉拉姑妈都能听到一言半语，于是聋老太也用可怕的嗓门参战。她历来激进，劲道不减当年，声称修道院里那些事她都知道。黛莱丝心里想，姑妈骨子里比特·拉特拉夫家哪个人都有信仰，她之所以公开反上帝，是因为老天把她生得又聋又丑，到死都没男人爱她要她。有一天，特·拉特拉夫太太怫然离开饭桌，从此大家心照不宣，不再谈玄说理。再者，一谈政治，这些人就大动肝火，但是不管左派、右派，基本点上并无多大分歧，那就是：财产是尘世唯一的好东西；人生在世，什么也比不上拥有地产。但是，要有所失，才能有所得；那么失，又失到什么程度才合适？黛莱丝是"血管里就流着财富热"，很想用玩世不恭的口吻把这问题提出来。拉罗克和特·拉特拉夫他们明明有此同好，却又闪烁其词，她最讨厌这种虚假态度。听到她父亲慷慨陈词，扬言"对民主忠诚不二"，黛莱丝便打断他的话头："不必来这一套，这里没有外人。"这种政治高调，她只感到恶心。在这个国家，根本谈不上什么悲壮的阶级冲突，即使穷光蛋也想做财主，也想拥有更多的财产。对田地、打猎、吃喝的共同爱好，使所有人，财主和农民，不分彼此，结成一体。但贝尔纳算受过教育，大家说他见多识广。黛莱丝也暗自庆幸，他总算是个可以交谈的人。"总之，他比周围的人要强得多……"在同约翰·亚瑟维多见面之前，他对贝尔纳一直持这种看法。

在那个季节，夜的凉意可以延续一个上午，而下午吃过点心，不论太阳多热，只要远处薄雾一起，黄昏便悄然降临。头几群野鸽已经飞过，贝尔纳是不到天黑不回家的。然而这天，因为一夜没睡好，就一口气跑到波尔多看医生去了。

"我那时无所用心，"黛莱丝想，"每天走一小时路，因为孕妇应当走走路。我不往树林子去，那里打猎的窝棚很多，走几步就得停下来吹口哨通报，等对方嚷一声才能通过。有时答你一声长哨：鸽群正飞落在橡树上，敬请隐蔽。回到家里，就坐在客厅或厨房的炉火前迷迷糊糊地打瞌睡，让克拉拉姑妈来服侍。老姑妈说话鼻音很重，讲些厨娘和佃农的事，我没怎么听进去，就像上帝对信女不屑一顾一样。她唠唠叨叨，说个没完，这样就不用听别人说话了。讲的大抵是她照应的佃户家的伤心事，她对他们很热诚，也很清醒：劳碌一生的老人，最后濒于饿死；身残肢缺的，遭世人遗弃；干重活的女人，累得精疲力竭；等等。说到凄惨的字眼，就用土话说给黛莱丝听，不免过分轻松。说真的，姑妈就是喜欢我，跑着给我解鞋带、脱袜子，用苍老的手焐我的脚，我连看都不看她一眼。

　　"巴利雄第二天要上圣格雷，就会来问有什么吩咐。克拉拉姑妈就把要办的事列一张表，把村子里病人手上的药方也都收拢来。'你第一桩事，是先去药房。要把这些药配齐，达尔盖一天都忙不过来……'

　　"跟约翰初次见面的情形……应当把每个细节都回想起来。我选定那个废弃的窝棚，以前和安娜曾在那里吃过点心，也知道安娜后来喜欢在那里同约翰幽会。不，在我想法里，并没有朝圣的意思。这一带的松树已长得很高，没人会到这里打野鸽的，也就不会打扰猎人。再说，这间窝棚已派不上用场，四周的树林把天边都遮住了。本来林梢尚未相连，中间留出一长溜空隙，可以仰望飞鸟。如今，头上这条天街不见了。要知道，十月的太阳还很毒，我在沙土路上走得很吃力，苍蝇还围着我飞。呀，肚子真沉！盼着快点到棚里，好在烂木头凳子上坐一坐。我推开门，跑出来一个年轻人，没戴帽子。我一眼就认出是约翰·亚瑟维多。起先以为冲散了他的幽会，因为他神色很慌张。要想回避也来不及了。但很奇怪，他直留我：'没事，太太，请进请进，我可以发誓，根本没什么打扰。'

"在他坚持之下，我走进窝棚，倒很惊讶，里面的确没有人。牧羊姑娘会不会从别的出口溜掉了？不过也没听到树枝踩断的声响。他认出是我，就先提起安娜来，我在凳子上坐下来，他站着，姿势跟照片上一样。他穿一件柞丝绸的衬衫，我盯着他胸口，曾用大头针在他照片上扎过的地方，纯是好奇，没有任何感情色彩。他长得英俊吗？高高的前额，像他那一族人一样柔和的眼睛，脸颊太大了一点。这年纪的男孩子，我讨厌的是一脸粉刺，像要化脓似的，怕是血气太旺的缘故。尤其是那汗手，跟人握手之前先得用手帕擦擦。但目光灼灼，像小狗热得张嘴喘气一样，他的大嘴总张开一点，露出一排尖尖的牙齿。而我，又怎样呢？记得当时完全站在家族一边。我拿出盛气凌人的架势，煞有介事地责备他，不该把一个体面人家搅得乱七八糟、四分五裂。记得他先是一副错愕的神色，那绝不是装出来的，接着哈哈大笑：'这么说来，你以为我要娶她？我想沾这个光？'我一愣，顿时看出安娜的痴情和这小子的冷漠之间，横亘着一道多深的鸿沟。他竭力为自己表白：面对这样一个妙人儿，怎能不动心呢？寻个快活，又有何不可？正因为他们之间谈不到结婚问题，这种爱情游戏就没什么坏处。当然，表面上装得跟安娜是一个想法……我听得心头火起，叫他别往下说了；他也愤愤然，说安娜可以做证，他善于自恃，从不越规。再说，他不怀疑安娜小姐因他而冲动，才得以在她枯寂的人生里领略到一段美妙的时光。'你说她现在很痛苦，是吗？但是，夫人，你不认为在她命运中，除了这桩痛苦，还有什么更值得期待的呢？我久闻大名，知道你跟这里的人不一样，这些事可以对你说。在安娜踏上圣格雷那艘旧家的航船做凄凉的远航之前，我先期给予她一番感受，一阵梦想——这是救她，把她从绝望中，至少从糊涂中救出来。'他这套大言不惭、装点门面的话，我听了是气恼，还是同感，已不复记忆。实际上，因为他讲得很快，开头我听都跟不上，过了一会儿才习惯他的滔滔不绝。'你以为我想攀这门亲，把锚抛在沙漠里，或在巴黎背上这么一个小姑娘？安娜无疑会在我心目中留下一个美好的印象，这不成问题。刚才你推开门，惊了我一下，我正想着她呢……但一个人怎么能把自己限死呢，太

太？每分钟都应有每分钟的乐趣，不同于前一分钟的乐趣。'

"这种像小动物般的一味贪求，这种独善其身的人情世故，我听来觉得十分新奇，就不去打断他。是的，我的确有点目眩神迷，而他只用了三言两语，我的天！但确乎如此。我记得这时听到繁碎的脚音、叮叮当当的铃声、羊倌的大声吆喝，显然是有群羊从远处走来。我对小伙子说，我们两人在棚屋里，别人看了会奇怪的；很希望他能回答说，那咱们就别作声，等羊群走过再说，这样，两人就能静静待着，像一起做了桩错事，我或许会很高兴。（我一下子也变得苛求起来，希望每分钟也给我带来值得生活的内容。）但约翰·亚瑟维多没表示异议，径自打开棚屋的门，很客气地站在门旁，让我先出来。相信我不会见怪之后，他才跟上来，一路陪我到阿什鹭鸶。回来的路上，觉得时间过得很快，虽然我的同行之伴天南地北讲了许许多多事！凡是我自以为略懂一点的事，他都有番奇谈怪论，给人耳目一新之感。比如宗教问题，我把在家里说的老调重弹一遍，他打断我说：'是的，不错……但问题要复杂得多……'的确，他对争论的问题，都能说得一清二楚，不由得人不佩服……难道真那么值得佩服？我相信，这些论调现在再听，我会作呕的。比如他说，原先一直以为，人生里除了寻求天主，追随天主，其他都无关紧要。'有些人自以为已找到天主，便就地踏步，营建蜗庐，晏然高卧。我一向看不起这些人。你得乘船登筏，扬帆

出海，像逃避死亡一样逃避他们……'

"他问我，有没有看过赫奈·巴赞写的《傅戈神甫传》，我只是笑而不答。他说，他看了这本书大受震动。'生活于夷险中，就其深刻的含义而言，或许更在于寻找天主，而不在找到天主，皈依正道。'他自我描述'探寻神秘的伟大历险'，抱怨自己的气质不宜做这类尝试。说，就他记忆所及，'不记得自己有过堪称纯洁的时期'。

"话说得这样不加掩饰，这样明心见性，跟我们内地人的拘谨迂执和对内心生活的讳莫如深，真是大异其趣！圣格雷的街谈巷议，全是鸡毛蒜皮，浮光掠影。心里的念头，是从不宣之于口的。对贝尔纳，我究竟了解多少？想起他来，仅止于这种漫画式的勾勒，但他实际上远不止于此。约翰口若悬河，我只默然听着。到我嘴边的话，都是家里议论时的一些老生常谈。正像这儿所有车辆都要'合辙'，就是说车轮要跟车辙一样宽，我所有的想法，到这天为止，也都依合父辈的'旧辙'。约翰·亚瑟维多不戴帽子径自走着，从敞开的衬衫看到他少年的胸脯和挺直的脖子。从他的仪表里，我感受到一种魅力？噢！笑话，不可能！在我遇到的人中，他是第一个把精神生活看得高于一切的。他一再提起他在巴黎的师友，他们的言谈或著作。既然有这样一些师友，我就不能当他是凤毛麟角的怪人。他属于人数众多的优秀阶层，或者照他的说法，属于那些'真正存在的人'之列。他列举出这个人那个人的名字，没想到我会压根儿没听说过，可我也装得好像不是头一回听到。

"路一拐弯，就看到阿什鹭鸶的田野了。我不觉脱口道：'噢！已经到了！'这片薄地上已收过黑麦，烧荒的烟雾贴着地面散开来。羊群从斜坡的豁口像一股脏奶奔冲而下，低着头像在啃沙地。约翰得穿过这片田地，才能到维尔梅查家里。我对他说：'我陪你走一段。这些问题，我很感兴趣。'但是，一下子倒又找不到什么话可说了。地里的麦茬，透过鞋帮，直扎我的脚。我觉得他此刻好像愿意独自行走，对掠过脑际的念头，可任意遐想。我提醒他，我们根本没提安娜的事呢。他说，一个人说什么想什么，都是因缘际会，自己做不得主的。'或者得照神秘派的方法……'他又很精辟地补上一句，'像我们这样的人，永远是随波逐流，顺坡下驴的。'这样，他把话题又引到他目前的读物上来。我们相约下次见面，再决定对安娜的做法。他这时说话心不在焉的，也不回答我的问题，径自弯下腰去，像孩子一样指给我看一个蘑菇，鼻子嘴巴都凑了过去。"

七

贝尔纳站在门口，等黛莱丝回来。在暗中刚辨认出她的衣衫，便嚷开了："还说我没什么，没什么！别看我这身架子，你信不，我有贫血。简直叫人不信，可这是千真万确的。所以不能光看外表哪。我要进行一种治疗……叫福勒氏疗法，药里带砒霜的。最要紧的，是要先开胃口。"

黛莱丝记得，起初听了并不在意：对贝尔纳的事，比起往常来，她已经淡漠了许多——这个打击好像发生在很远的地方，根本不相干似的。他说他的，黛莱丝没听进去，她整个身心正转向另一个天地，那里有热切的心，渴望了解别人，渴望——用约翰得意之余常说的那句话，渴望求知，"成其为自己"。在饭桌上，临了，她讲起跟约翰见面的事，贝尔纳冲着他说："你怎么事先不说一声？真怪！嗳，那么你们是怎么决定的呢？"

她胡乱编了一通，后来倒真是遵此而行的：约翰·亚瑟维多同意给安娜去一封信，用婉转的措辞，劝她绝了这个念头。黛莱丝说，那小伙子本来就没打算结这门亲，贝尔纳听了哈哈大笑：亚瑟维多家的人，居然不想跟特·拉特拉夫家攀亲！"嗨！你也笨得可以？简单得很，那是他明知事无可为，回天无力，哪个还来碰钉子！你还太嫩，我的小夫人！"

贝尔纳怕蚊子，不让点灯，所以看不见黛莱丝的表情。——"我的胃口倒又好了。"他提了一句，波尔多那大夫算是妙手回春，把他的命救过来了。

"后来，还时常见到约翰·亚瑟维多吗？他是十月底离开阿什鸳鸯的……我们一起散步，大概有过五六次；给安娜写信那次，记得最清楚。这小伙子很天真，写了一些话，自以为别人看了会宽心，我看了直反感，只是没跟他说罢了。我们后来又出去几次，印象都搅在一起，并成一桩回忆了。约翰·亚瑟维多跟我讲起巴黎，以及他的郊游，于是我就想象出一个理想王国，在那里人人把'成其为自己'奉为金科玉律。'在你们这里，到死都得说违心之言。'他说这句话，是否有含义，是否猜到了我的什么？依他说来，这种令人窒息的气氛，在我简直是无法忍受的。'你瞧，'他对我说，'你看这茫茫一片的冰层，所有的灵魂都给冻住了。有时，从冰窟窿里可以看见下面黑森森的水：那是有谁挣扎了一下，跟着就没顶不见了，冰壳又结起来……这儿和别处一样，各人有各人的命运，但又一律屈从于一种令人沮丧的共同命运之下。哪个人想抗争一下，就该他倒霉。出了事，家里的人都守口如瓶。像这里的口头禅：还是少说为妙……"

"'哦，不错'！"我喊出声来，有时，我想打听一下某个叔公、哪个阿婆的下落，照相簿里自然没有他们的照片，却从来得不到答复，除了有一次人家漏出一句：'他后来不见了……不知所终。'"

"约翰·亚瑟维多是不是怕我也落到这个地步？他跟我说，他从来没想到要跟安娜谈这些事，尽管她一往情深，只不过是一颗单纯的灵魂，哪怕现在有点偏头偏脑，但很快就会乖乖就范的。'你可不一样！从你的言谈之中，可以感到你有一种真诚的渴望……'这些话，难道也要句句传给贝尔纳听？贝尔纳要能听懂，简直是做梦！——不过他得知道，我也不是不战而降的。记得我曾经回敬过约翰，说他巧言令色，把我随俗浮沉的事也美言了一番。我连中学伦理课上的例子，都搬弄了出来。'成其为自己？'我套用他的话，'但我们的自我，无非是走到哪一步，就是哪个样。'（话说到这里，用不着发挥了，对贝尔纳或许又另当别论。）亚瑟维多认为，没有比自暴自弃更要不得的了。他说，任何英雄或圣人，都在一再回顾自己的以往，首先要竭尽所能，做到自己力所能及的一切。他反复说：'只有超越自我，才能接近天主。'还有一个论调是：'接受自己的现状，对优秀人士来说，就是要不怕自己跟自己过不去，要撕下脸来，进行毫不假借的争斗。因此，常是那些看透人生的人，反倒去皈依戒律森严的教派。'

　　"这类道德观念固然不必同贝尔纳讨论——甚至可以同意他的说法，这些无非是贫嘴薄舌的诡辩。但是他应该知道，应该设法知道，像我这样的女人，听了那小伙子放言高论，会受什么影响，晚上坐在老屋的饭厅里会起什么感触。

贝尔纳正在隔壁厨房里脱靴子，说着一口土话，讲述白天打猎的经过。桌上放着一个口袋，被生擒的斑尾鸽正在袋里扑打翅膀，把袋子都鼓了起来。贝尔纳慢条斯理地吃着饭，胃口又好了，感到很高兴。他数着福勒氏滴剂，深情地说：'这就是健康！'火炉烧得很旺，最后上甜食的时候，他座椅一转，伸脚就烤到了火。他看着《小吉隆特报》，眼睛慢慢闭拢来，有时还打鼾，但更多的时候，是连呼吸的声音都听不到。巴利雄女人趿着拖鞋在厨房里摸来摸去，然后把蜡烛台送进来。于是，一片寂静——阿什鹭鸶的寂静！没到过荒郊野地的人，是无法领略的。寂静，把房屋团团围住，好像凝固了一般，密林里没有一人，除了偶尔听到猫头鹰的叫声（夜里听来，好像是我们自己压抑的呜咽）。

"尤其是亚瑟维多走后，对寂静才感受特深。此前，一想到明天白天又能见到约翰，黑暗的外界就侵犯不到我的内心。知道他就睡在附近，旷野和黑夜也就不觉得那么空荡荡的了。最后一次见面的时候，他满怀希望，跟我相约一年之后再见，说届时我已如释重负了。（我至今都不明白他是随口说说的，抑或另有想法。我倾向于认为，他这个巴黎人，在阿什鹭鸶，耐不住这寂静，才把我当作唯一可与他谈谈的人。）他离去之后，我好像钻进一条长长的隧道，越走越暗，有时心里嘀咕，在窒息之前，能不能跑得出去，吸点自由的空气。直到一月份我分娩，没有发生什么事……"

想到这里，黛莱丝迟疑了一下，竭力把思路从约翰走后第二天家里发生的事上引开。

"不，不，"她想，"这事跟我等会儿要跟贝尔纳解释的毫不相干。朝这个路子想下去会一无所获，白费时间。"但是这念头很执拗，像脱缰的马拦都拦不住。

十月里那一晚的情景，黛莱丝始终无法从记忆里抹去。贝尔纳在楼上脱衣服准备上床，黛莱丝想等劈柴烧完再上去——能独自静静待一会儿，她感到很高兴：约翰·亚瑟维多这时在干什么呢？或者在他讲过的那家小酒吧喝酒，或者（夜是那么轻柔）正和朋友在空寂的蒲洛涅森林开车兜风。抑或在伏案用功，远处传来巴黎的喧嚣。案头的寂静，是他抵挡市声而创造出来的。这寂静，不是来自外界，不像这里的寂静压得黛莱丝透不过气来。这寂静，是他惨淡经营得来的，方圆不超过灯光所及的范围，没越出琳琅满目的书架之外……黛莱丝这么想着，忽然听见屋外犬吠，接着又呜咽了几声。这时，过道里传来一个熟悉的、疲惫的声音，她心里倒平静下来：安娜推门进来，她是从圣格雷摸黑赶来的，鞋帮上沾满了泥巴。她的小脸显得很憔悴，眼睛却发出明亮的光芒。她摘下帽子，朝靠椅上一扔，问道："他呢？"

黛莱丝和约翰把信写好寄出，以为大事已了——没想到安娜会不罢休，好像一个人遇到生死攸关的问题，用几点理由，几句开导，就能把人家说退似的！母亲的监视，居然被她骗过，搭上火车来了。朝阿什鹭鸶来的路上，一片漆黑，就靠树梢之间留出的一溜天光引路。"关键是要见到他。见到了人，准能重新征服他。非见到他本人不可。"一脚高一脚低地走着，脚踝踩在车辙里还扭了一下，就这样心急火燎地趱程而来。而现在黛莱丝告诉她，约翰已经走了，回巴黎了。安娜摇摇头，表示不信。她只有表示不信，才能强打精神，不至于在疲惫和绝望中垮下来。

"你撒谎，你一向如此。"

看到黛莱丝要申辩，她补上一句：

"啊！你好，向着家里！装得很超脱……你一结婚，就变成一家子里的人啦……是的，没错，你以为做了桩好事。这样出卖我，就可以挽救我啦，嗯？……免了吧，你也不必再解释。"

她转身打开门，黛莱丝问她上哪儿。

"到维尔梅查，他家里去。"

"我跟你再说一遍，他两天前就走了。"

"你的话，我不信！"

她径自走了。黛莱丝把挂在前厅的马灯点上，提着追上去。

"你会迷路的，我的小安娜。你走的这条路，是通向毕乌治的。到维尔梅查，得走这条路。"

原野上轻雾缭绕。她们穿过雾霭，听到沿路的狗叫。

此刻，维尔梅查的橡树已经在望，约翰家的屋子不像在沉睡，而像是死宅。安娜绕着这人去楼空的坟墓转了一圈，拿两个拳头在门上乱捶一阵。黛莱丝把灯放在草地上，伫立一边，看她女友像轻盈的幽灵贴着底层的窗口一个个张望过去。安娜心里无疑念着那个名字，只是没喊出来，知道喊出来也无济于事。她有一会儿走到房后不见了，接着又绕回门前，在台阶上坐下来，双臂合抱搁在膝上，把头埋在里面。黛莱丝挽她起来，拖她往回走。安娜一路上跌跌撞撞的，口口声声说："我明天一早就上巴黎。巴黎未必就那么大。我一定要在巴黎把他找到……"声调像小女孩反抗到最后，准备打退堂鼓了。

贝尔纳被她们的说话声吵醒了，穿着睡衣一直在客厅里等。这场兄妹冲突，黛莱丝真不该把争执从记忆中驱除。按说妹妹已走得疲惫不堪，这汉子居然一把攥着她的手腕，拖进二楼一间房里，下锁把她关在里面。而这汉子，黛莱丝，就是你的丈夫！就是再过两个小时，要成为你判官的那个贝尔纳。家族观念支配着他的一言一行，摒除他的一切疑虑。无论什么情况，他都知道该怎么做才符合家庭利益。你绞尽脑汁，准备好长篇大论为自己辩护，但只有没有准绳的男人才会向这种奇怪的推理让步。你这些论据，不值贝尔纳一笑。"我知道该怎么办。"他一向知道自己该怎么做的。他拿不定主意的时候，便说："这事在家里已经谈过，我们认为……"怎么能认为，对你的判决他会没准备？你的命运已经给安排定了，还是省省心睡一会儿吧。

八

安娜跟父母回到圣格雷的时候，已经随方就圆，变得很乖顺了。黛莱丝一直到临产，都没有离开阿什鹭鸶。十一月里，夜是异样的长，算真正领略到了寂静的况味。给约翰·亚瑟维多寄了封信，也杳无回音。多半是认为不值得找麻烦跟一个乡下女人通信吧。毕竟，一个大肚子女人，总不会给人留下什么美好的回忆。或许相比之下，他觉得黛莱丝毫无意趣，要是她会使些小玩意儿，搔首弄姿的，许能把这个糊涂虫给迷住！然而，对这种貌似单纯的朴质，这种径情直遂的目光，这种毫不推阻的手势，他又能懂得多少呢？真的，他以为黛莱丝会跟安娜一样，拿他的话当真，舍弃一切来追随他。对于过早放下武器，使男人来不及尝到攻城略地之乐的女子，约翰·亚瑟维多总不无戒备。他胜券在握，不怕战果溜掉。而黛莱丝这方面呢，却尽量使自己生活在这小伙子的氛围之中。约翰赏识的书，她从波尔多订了来，看后觉得浑然不解，只感到百无聊赖！做婴儿衣物吧？"这不是她干的活儿！"婆太太常常这么说。乡下死于产褥热的很多。黛莱丝断言自己逃不过这一关，结局会跟母亲一样，说得克拉拉姑妈直掉泪。她还少不了添上一句："死不死对我也无所谓。"这倒纯粹是谎话！她对生，从来没有像现在这样执着。贝尔纳对她，也从来没有像现在这样体贴："他关心的，不是我，而是我肚子里的东西。听他操着一口讨厌的土话：'再来点土豆泥……别吃鱼……今天你走了不少路了……'这些话说了也白说，我听了不会比奶妈听人家说她奶水不好更受用的。家里把我当作神壶，看成传宗接代的花萼，而且必要时，为了保全胎儿，会不惜把我牺牲掉的。我个人好像不复存在似的。我像葡萄藤，在家里人看来，只有挂在枝头的葡萄才最宝贵。"

"一直到十二月底，都生活在这种幽暗的环境之中。好像四野多到不可胜数的松树还不足意，绵绵的细雨，更在阴沉的屋子周围加上千万道雨柱水栅。到圣格雷去的唯一通道，眼看就要冰封雪冻，他们就用车把我送到镇上，那里的房子稍微好一点，不像阿什鹭鸶那么暗。门前空地上几株上了年头的梧桐，顶着雨丝风片，护着枝头未坠的枯叶。克拉拉姑妈除了阿什鹭鸶，别的地方都住不惯，所以不能到圣格雷守在我的枕旁。但是她不管天气，时常乘着'合辙'的双轮马车迢迢而来，带着黑麦粉和蜂蜜做的甜饼、糖球或其他糕点之类，这些甜食我小时候非常喜欢，而她以为我现在还照样喜欢呢。

"我只有在饭桌上才能看到安娜。她现在不跟我说话。人好像听天由命，俯仰由人，一下子失掉了青春的娇嫩。头发梳得太往后了，露出两只白皙而难看的耳朵。大家闭口不提台季伦这名字，但婆太太断言，安娜既没说同意，也不再说不同意。啊！亚瑟维多算是说对了，不用多久就可以给她套上笼头，逼她赶上趟儿的。贝尔纳的身体，没有前一阵子好，饭前又在喝开胃酒了。周围这些人在谈什么呢？时常谈起住在我们对门的本堂神甫，记得是这样。比如说，他们相互探问：'他广场上一天过四次，为什么每次都要换条路走呢？……'"

这位神甫还很年轻，亚瑟维多曾说到过他，黛莱丝对他自然也更加注意一点。神甫跟本区的教民不相往来，大家觉得他高傲："我们这里不需要这种样子的神甫。"他到特·拉特拉夫家来拜访过几次，黛莱丝看到他皮肤很白，前额很高。他没有一个朋友。这漫漫的长夜，他是如何消磨的呢？他为什么要选择这一生涯？"他很严谨，"婆太太说，"每晚都做祷告，但是缺乏宗教热忱。在他身上找不到所谓的虔诚。对慈善事业，他更是撒手不管。"教养院的铜管乐队也给他撤销了，她大为惋惜。家长抱怨说，孩子上足球场，他也不陪着。"整天埋头书本当然挺美，但是一个教区也就很快给断送掉了。"

黛莱丝为了听他的声音，常去教堂。"你才发这个心，但是我的孩子，你的身体情况，已可以把你免了。"神甫的布道，无论解释教义，阐明伦理，语言都不带个人色彩。但他有那么一种语调、那么一种手势，黛莱丝觉得特别有味；有时候某一个字显得格外深沉……啊！说不定他能帮她从这烦乱的内心世界理出个头绪来。他跟别人不同，做了一个可悲的抉择：除了内心的孤独，还因为这身道袍，又跟凡人隔着一片沙漠。这种日常宗教仪式里，他能得到什么安慰吗？黛莱丝很想参加平日的弥撒。那时，除了唱诗班的孩子，没有别人，想听听他俯在圣餐前究竟独自细语些什么。但果真去了，她家里和村里的人都会觉得奇怪，以为她要信教了。

　　黛莱丝这时期尽管十分痛苦，但她真正觉得痛不欲生，还是在分娩之后。表面上看不出丝毫痕迹，和贝尔纳并没发生争执；对公公婆婆，连她丈夫都没有像她那样敬重。而悲剧正在这里。他们没有任何破裂的理由，本来很可能这样白头偕老，谁也不会想到变故。发生不和，总是因为在哪一点上，彼此意见相左吧。可是黛莱丝从来不去招惹贝尔纳，更不要说违拗公婆了。他们说的话，跟她毫不相干，更没有回答的必要。他们之间有共同语言吗？同样的话，往往可以赋予不同的含义。黛莱丝说一句心直口快的话，家里的人便认为她开玩笑。"我只装没听见，"婆太太说，"如果她还说，我就做得不以为意，给她个没趣。让她知道，跟我们来这一套是不行的……"

特·拉特拉夫太太尤其看不惯的，是黛莱丝一听人家说小玛丽跟她很像，便表示不悦。婆太太觉得她过分。"这个孩子，你没法不承认……"少妇对这类大惊小怪的说法，时常掩盖不了自己的反感情绪。"这孩子，哪里像我啦，"她一口咬定说，"瞧她那深色皮肤、黑眼睛。你们再看看我的照片：我小时候皮肤才白呢。"

她不愿意玛丽像她。这块肉既然从身上分出去了，就希望彼此不要再相仿佛。有些闲言闲语，说她当了母亲并没淹却别的感情。但婆太太担保说，黛莱丝有她自己的方式喜欢女儿："当然啰，不能要她给孩子洗澡换尿布，这不是她的所长。但我亲眼看到她整夜整夜坐在摇篮旁边，烟也不抽，净看着小囡睡觉……再说，我们的保姆很勤谨，还有，安娜也在。啊！这一个，我可以打赌，将来做娘准定出色……"

自从婴儿抱回家来，安娜倒真的重新开始了生活。摇篮自有吸引女人的力量，而安娜比别的女人尤甚，她觉得摆弄孩子大有乐趣。为了能自由出入孩子房间，她主动跟黛莱丝言归于好，虽然除了某些亲昵的称呼和手势之外，昔日的温情早已荡然无存。安娜尤其怕黛莱丝做了母亲，妒性发作："小家伙不大认她娘，倒认我。看到我便笑。那天她在我手上，看到黛莱丝要来抱，便急得直哭。她就喜欢我，有时弄得我很不好办……"

其实大可不必。黛莱丝在人生的这个阶段，对女儿像对所有身外之物一样，都疏阔得很。她把人事万物，连她自己的灵与肉，全看得如梦似幻，像飘在半空的水汽。在这片虚无中，只有贝尔纳是一种可怕的现实：肥胖的身体，浓重的鼻音，专断的口气，洋洋自得的神气。快逃离这个世界吧……但是，用什么方法呢？逃到哪里去呢？天刚刚热起来，黛莱丝已觉得气闷抑塞。并没有什么迹象，预示要出什么事。这一年过得怎么样呢？想不起发生过什么变故或争执。只记得在圣体瞻礼那天，对丈夫感到格外的厌恶。那天，她躲在百叶窗后面，看宗教行列走过，跟在神幡后面的，几乎只有贝尔纳一个男人。这时村里成了空巷，好像街上放出了一头狮子……大家躲着藏着，免得碰上行列经过脱帽或下跪。等危险一过，一家家又打开了大门。黛莱丝打量着神甫，只见他双手擎着十字架，几乎闭着眼睛在走路。嘴里念念有词的，一副很痛苦的神情，不知在向谁倾诉。紧跟在后面的贝尔纳，在"履尽他的宗教义务"！

几星期过去了，滴雨未下。贝尔纳惶惶不可终日，担心发生火灾，心脏又开始不舒服起来。麓沙那一带，已经烧掉五百公顷树木。"要是刮北风，我在拜利萨克的那一片松林也完了。"黛莱丝望着没有云翳的天空，自己也不明白究竟期待着什么。要是一直不下雨呢？……终有一天，周围的树林会哔哔剥剥烧起来，甚至殃及村子。为什么荒原上的村子，倒从来不起火呢？火只烧树不烧人，她觉得不公平。失火的原因，家里常常讨论个没完：是随便扔了烟蒂，还是看守疏忽？黛莱丝梦想自己半夜起来，走出屋子，把烟蒂扔在杂草丛生的树林里，一直烧到破晓，黑烟蔽空，天色无光……跟着，她把这个念头挥去，她生来就爱松树，怨气不该出在树木上呀！

现在该正视自己做的那件事了。怎么跟贝尔纳解释呢？别无良策，还是帮他把事情的经过逐步回忆下来。那天正值马诺大火。这时，有几个人跑进饭厅，他们一家正在急忙吃中饭。有的说，火离镇上还挺远，有的主张立即敲钟报警。松脂烧着的气息，弥漫着这个酷暑天。太阳也显得乌烟瘴气的。黛莱丝恍惚又见当时的情景：贝尔纳转过脸去，听巴利雄的报告，汗毛很重的手搁在杯子上，任福勒氏滴剂一滴一滴往下滴。接着，把药水一口喝了下去。黛莱丝也热得头昏脑涨，没想到要提醒他剂量比平时多了一倍。大家纷纷离开饭桌，只有她还坐着剥杏仁。众人扰扰，她独处化外，像对所有与己无关的事一样，淡然处之无动于衷。警钟终于没敲，贝尔纳也终于回来了："这次算你对，没有庸人自扰。是马诺那边火烧……"他问了一句："我喝过滴剂吗？"不等回答，又往杯子里倒起来。她没开口，是懒，无疑的，也是累。这一瞬间里，她在想什么呢？"总不能说，我当时的不作声也是有预谋的吧？"

然而，这天夜里，贝尔纳又是吐，又是流泪。裴德梅大夫坐在病人床头，问黛莱丝白天的情况，她对饭桌上看到的事，却只字未提。其实，也很简单，只要提醒大夫，贝尔纳的药里有砒霜，也不至于连累自己。她完全可以这么说："我当时没有意识到……火一烧，谁都心慌意乱的……但我现在可以发誓，他服了双份的量……"可是，她没言语，难道连半点想讲的意思都没有？这件事，吃中饭时，在她意识里还是蒙昧不明的，这时开始在她心灵深处浮现上来——还没成形，但已属半意识状态了。

大夫走后，她瞧着终于入睡的贝尔纳，心里想："没有什么能够证明就是由于这个。会不会是阑尾炎呢，虽然没有别的症状……或许是传染性流感。"到大后天，贝尔纳能起床走动了。"多半就是这个啦。"黛莱丝无法肯定，倒很想弄个一清二楚。"是的，当时并没什么邪念，只是出于好奇，出于一种带点危险的好奇。第一次那天，贝尔纳进饭厅之前，我先在他杯子里滴了几滴福勒氏滴剂，记得心里是这么想的：'就试一次，把事由弄个明白……我只想知道，他究竟是不是因为这个才生病的。试一次算数。'"

火车慢慢减速，长鸣一声之后又开走了。黑暗中现出几点零星的灯火：圣格雷车站。但黛莱丝也没什么可多想的：罪恶张开血盆大口，把她吞了下去。后来发生的一切，贝尔纳跟她一样清楚：他的病突然又发作了，黛莱丝日夜护理，弄得精疲力竭，什么也咽不下，以致贝尔纳劝她也试试福勒氏滴剂，他还从裴德梅大夫那里要了一张处方。可怜的大夫！他看到贝尔纳吐出来的绿东西，十分诧异，怎么也不相信病人的脉搏和体温会相差这么大。一般副伤寒病例，体温虽然高，但脉搏仍很平稳。——现在脉搏这样急，体温又偏低，这算什么症状呢？传染性流感？是的，就说流感，那就什么都说在里头了。

婆太太想请名医来诊断，但又不愿得罪现在这位大夫，他是家里的老朋友。黛莱丝也怕再请大夫，打击贝尔纳的情绪。然而，八月中旬，又发作了一次，病情更加凶险，裴德梅自己提出，最好听听同行的意见。幸亏第二天，贝尔纳有所好转。过了三个星期，恢复了。"好险呀，"裴德梅心里想，"要是那位医学泰斗一来，功劳全归他了。"

贝尔纳后来搬到阿什鹭鸶乡下，打算先养好身体，接着可以打野鸽。黛莱丝这个时期特别操劳。克拉拉姑妈得了急性风湿病，卧病在床。两个病人，再加一个婴儿，还不算姑妈半道搁卜来的那些事，统统落到这位少妇肩上。黛莱丝大发善心，代姑妈去看望当地的穷人。挨家挨户走访，像姑妈一样替他们抓药，自己掏钱付药费。走过维尔梅查，见约翰家的大门关着，也没想到要感伤一番。她不再去想约翰·亚瑟维多，世界上谁她都不想。她头晕目眩地独自钻进一条隧道，正走到最暗的一段，应该像蛮人一样，连想都不想，尽快走出黑暗，走出烟雾，到自由的天地，呼吸自由的空气，越快越好！

十二月初，又发了一次病，把贝尔纳打垮了。一天早晨，他醒来后浑身哆嗦，腿脚不能动弹，摸上去也没感觉。而好戏还在后头！晚上，特·拉特拉夫先生从波尔多请来一位大夫，参加会诊。病人检查过后，大夫半晌无语。——黛莱丝给他掌灯照亮，巴利雄女人还记得，她的脸色比床单还白。到了黝暗的楼梯口，裴德梅怕黛莱丝偷听，压低嗓子告诉他的同行，说药剂师达尔盖给他看过两张处方，都有改动的痕迹：一张上，有只罪恶的手添上了福勒氏滴剂；另一张上，哥罗芳、洋地黄毒苷、乌头碱的分量都太重了。这两张方子，连同别的，都是巴利雄送去的。达尔盖配完这些毒麻药品，放心不下，第二天跑去找裴德梅……是的，所有这些事，贝尔纳跟黛莱丝一样清楚……那时叫来一辆救护车，把贝尔纳急速送往波尔多的一家私人诊所。第二天，病情就开始好转。黛莱丝则一人留在阿什鹭鸶。但是不管怎么清静，她总感到周围有一片声浪，好像蜷伏的野兽听到围捕的猎犬正在逼近，同时又像狂奔疾驰之后感到极度疲乏。——眼看临近目的，唾手可得，却突然腿脚一软，颓然扑倒在地！

冬末的一个晚上，她父亲特地跑来，劝她想法为自己辩白。当时一切尚有挽回的余地。裴德梅已经同意收回成命，对其中一张处方，他也拿不准是不是出于自己手笔。至于乌头硷、哥罗芳和洋地黄毒苷，他是不会开那么大的剂量的，但在病人的血里又没查出什么……

黛莱丝还记得当时跟父亲一起坐在克拉拉姑妈床边的情景。房里只有炉子的火光，谁也不想点灯。她像小孩子背书（在失眠之夜心里已背了多次）一样，用平板的语调做了解释："我在路上碰到一个人，他不是阿什鹭鸶本地人，说既然我派人到达尔盖那里取药，希望也能帮他把他的药给取一下，他因为欠达尔盖钱，不便露面……他说好自己到家里来把药取走，所以连姓名地址都没留下……"

"再想个别的说法吧！黛莱丝，我求求你，看在家庭的面上。再想个别的说法吧，倒霉的孩子！"

拉罗克老头连骂带求，软硬兼施。聋老太也感到黛莱丝面临致命威胁，从枕上撑起身子，呻吟道："他跟你说什么啦？他们要拿你怎么的？干吗要害你呢？"

她居然对姑妈还笑了一笑，捏着她的手，像小女孩回答教理问答一般背道："那个人我是路上碰到的，天又黑，看不清他面孔。他没有告诉我住在哪个庄上。"有一天晚上，他来把药取走了。不巧，来的时候，家里又没人看到。

九

圣格雷，终于到了！下了火车，幸好没人认出她来。巴利雄去交验车票的当口，她便绕过车站，跨过木板堆，走到停靠马车的路口。

这辆两轮马车，现在成了她的藏身之所。车子一走上坑坑洼洼的路，就不再怕碰到什么人了。她煞费周章拼凑出来的故事，顷刻之间散了架：那些自责的话，准备了半天，都不知去向了。不，她没有什么要为自己辩解的，甚至也不必提供什么理由。最简单的办法，就是默不作声，或者问一句答一句。她有什么可害怕的呢？今夜也跟所有的夜晚一样，照样会过去，明天太阳照样会升起。不管遇到什么事，相信总能应付过去。她对世界，甚至对自身，都取一种漠然超然的态度。凭着这种态度，最坏的事也没什么可怕！是的，虽生犹死，她这个活人，已经尝到死的滋味。

眼睛适应黑暗之后，在路口拐角的地方，认出那片庄园，几幢矮房子，像蜷伏的兽类。从前安娜骑车到这里，老怕有条狗窜出来往轮子里钻。再远一点，是一片洼地，桤木林立。即使大热天，她们到了这里，热乎乎的脸颊也隐隐感到一阵凉意。路上有个小男孩，骑车按铃过来，草帽下露出洁白的牙齿："你们瞧，双脱手！"这模糊的形象，令人神往。

黛莱丝从以往的岁月里找出如此种种，对自己这颗疲惫的心，不失为一种抚慰。

蹄声嘚嘚，合着马步，往复念着："无用的一生——空虚的一生——无边的寂寞——无望的命运。"啊！只要做个姿态就行，可惜贝尔纳不会。他只要伸开双臂，而什么都不问一句！她多么想把头靠在男人的胸口，贴着一个血肉之躯痛痛快快哭一场！

她望见田边有一脉斜坡，有一天很热，亚瑟维多曾在上面坐过。真是，她那时还相信世界上会有个地方，周围的人能了解她，甚至赞美她、爱慕她，使她得以像鲜花一样盛开！可是，跟她结了不解之缘的，却是孤独，一如癞疮之于麻风病人。"谁也帮不了我的忙，谁也拆不了我的台。"

"那里站着的，是先生和克拉拉姑妈。"

巴利雄说着，勒住缰绳。两个人影走了过来。贝尔纳依旧很虚弱，还出来接她——可见急于想得个确信。黛莱丝弓着身子站起来，老远就喊道："免予起诉！"没有别的反响，只听得："准该这样了结的！"贝尔纳扶姑妈上车，自己拉起缰绳，打发巴利雄走回家去。克拉拉姑妈坐在他们夫妻之间。还得朝着她耳朵大声嚷嚷，告诉她一切都妥了。（她对家里这桩变故，已模模糊糊地有点知道。）那聋老太，由于习惯使然，又一口气讲个不停，说他们用的是同样伎俩，是德雷福斯事件重演。"造谣吧，造谣吧！造过谣，总能留下一点什么来。他们这一手实在厉害，而共和党人不提防就不对。那是些畜生，你让他们喘一口气吧，他们又会卷土重来……"老太太一路上唠唠叨叨的，这样夫妻俩就免得说话了。

克拉拉姑妈呼哧呼哧喘着气，拿着烛台上楼去。

"你们还不去睡觉？黛莱丝该累坏了。房里还给你留着点冻鸡和热汤呢。"

夫妻俩这时站在前厅里。老太太看见贝尔纳打开客厅的门，让黛莱丝先走，自己跟着进去。她要是不聋，一定贴着耳朵去偷听了……该她听不到活受罪，这样也不用提防她了。她把蜡烛吹灭，悄没声儿地下楼，眯起一只眼睛往钥匙孔里望进去：贝尔纳挪过一盏灯，他的脸照得很清楚，庄重之中带着怯懦。黛莱丝只看到坐着的背影，大衣和帽子给扔在一把扶手椅上，炉火把她的湿鞋烤得冒出热气来。过了一会儿，她转过脸来，朝丈夫笑了一笑，老太太看了颇感欣慰。

黛莱丝笑了一笑。从马棚到进屋这段短暂的时间里，她走在贝尔纳身旁，自以为恍然大悟，知道该怎么办了。一接近这男人，想进行解释、推心置腹的希求，顿时就化为乌有。即使是我们最熟的人，一旦不在眼前，就会把他们想走了样！这一路上，她不知不觉悬想出另一个贝尔纳，一个愿意了解她，能够了解她的贝尔纳。——相见之下，就本相毕露，他一生中从来没有替旁人设身处地地想过，连一回都没有，从来不会跳出小我的圈子用对方的眼光来看问题。说真的，贝尔纳会听她说话吗？他在潮湿低矮的大房间里踱来踱去，有的地方地板已经朽蚀，踏上去咯咯作响。也不看他的女人，只顾想着预先准备好的一篇话。黛莱丝也知道自己要说什么。但是，最简单的解决办法，往往是我们自己没想到的。她本来想说："我自己走开吧，贝尔纳。你不必有什么不安。只要你愿意，我立即就走，消失在茫茫的黑夜里。树林子，大黑天，我都不怕。我都认识，我们厮混熟了。我跟这块不毛之地一样，除了掠过天空的飞鸟和横冲直撞的野猪，什么都长不出来。你要抛开我，我也认了。把我的照片都烧了吧。连女儿也不必知道我叫什么名字。家里只当没有我这个人。"

但黛莱丝张开嘴来，说的却是：

"你可以把我打发走，贝尔纳。"

贝尔纳一听这话，陡然转身，从房间那一头疾步赶过来，脸上青筋暴突，结结巴巴地说：

"什么？你还敢有意见，有向往？够了，不许你再多说一句。你只配听着，照我的命令办，按我的决定做——我怎么决定就怎么做，不得变更。"

说到这里，也不结结巴巴了，跟用心准备好的话接上了茬。他靠在壁炉架上，语气很庄重，还从袋里掏出一张纸片，不时看上一眼。黛莱丝害怕的心理已经消失，她克制不住想笑：他真是太滑稽了，真是个滑稽的家伙。他这口不登大雅之堂的土话，出了圣格雷，谁听了都会发笑。随他说吧，她反正走就是了。干吗还要演这场戏？这个蠢货要是从人堆里消失了，会毫无影响。她看到他手上拿的纸在瑟瑟抖动，指甲也没修，手腕上也没围袖饰，纯粹是个乡下土财主，一出了窝，准会叫人笑掉大牙。这种人活着，对无论什么事，无论什么人，都毫无价值可言。只是出于习惯，才把一个人的存在赋予这么重大的意义。罗伯斯庇尔不作如是观，是对的，还有拿破仑，还有列宁……贝尔纳看到她居然还在笑，就更加气急败坏，提高嗓门，逼她听下去：

"你啊，你在我手心里，懂吗？家里怎么决定，你就怎么办，不然……"

"不然……怎样？"

她不想再装佯了，用顶撞和讥诮的口气说：

"太晚了！你已经做过于我有利的证词。别想翻供了。除非你承认自己做了伪证……"

"放心，总能发现新的情节的。我书桌里就锁着一件证据，大家都不知道的。而且，不存在时效期限，谢天谢地！"

黛莱丝全身一凛，问道：

"你要拿我怎么办？"

他看看纸片，好像要找答案似的；这几秒钟里，黛莱丝注意到阿什鸳鸯静得出奇。这时，离头遍鸡叫还早。荒漠里没有清泉流过，树梢上也没有微风吹动。

"我不会在个人恩怨面前让步的。我自己的一切，可以不加计较，事关家里就不能不顾。我的一切决定，都以家庭利益为转移。为了家庭的声誉，我才不惜欺骗司法当局。上帝可以审判我。"

这种夸大其词的说法，黛莱丝听来很不受用，真想求他说得实在些。

"为家庭计，应当让人家相信我们是和睦的，使他们觉得，我认为你是无辜的，对你没有任何怀疑的。另一方面，我也要尽可能进行自卫……"

"你对我感到惧怕，贝尔纳？"

他嗫嚅道："惧怕？不，是憎恶。"接着又说："咱们抓紧点，把事情一次说完。明天，咱们就离开这屋子，住到隔壁戴克茹家的老屋去。我在家里不愿看到你姑妈这个人。你一日三餐，由巴利雄女人给你送到房里。别的房间不许去。你要到树林里走走，那我不限制。星期天，我们一起上圣格雷教堂去望弥撒，让人家看到你挽着我胳膊。下个月初，第一个星期四，我们就乘敞篷马车去 B 市，那里有集市，顺便去你父亲家，跟以前一样。"

"那么玛丽呢？"

"玛丽明天就跟保姆上圣格雷，由我母亲带她到南方去。就说为了健康的原因吧。你还不至于要人家把孩子交给你管吧？她也得避一避，免得受影响。我死了之后，等她满二十一岁，这产业就归她了。丈夫死后归孩子……为什么不可以呢？"

黛莱丝站起来，忍不住叫出声来：

"那么，你以为就是为那些松树，我才……"

她这一行为，固然有种种隐秘的缘由，但这蠢材连一桩也猜不到，他只会想到最卑劣的原因：

"当然啰，为那些松树……干吗要这样做呢？以为把人干掉，就万事大吉了。看来你也未必说得出别的动机……再说，这没什么意思了，我已不感兴趣，也不愿再加追究。将来你什么也不是，留下来的，只是你的一个名字，这有什么办法！等过了几个月，大家相信我们很和睦，安娜也嫁给了台季伦……你知道，台季伦家要求给他们一段时间，考虑考虑……到那时候，我就可以长住圣格雷，你就待在这儿。说你神经衰弱，或别的什么病……"

"比如说，发疯吧。"

"那可不行，这会连累玛丽。要找说得过去的理由，有的是。可不？"

黛莱丝喃喃自语道："待在阿什鹭鸶……直到老死……"她走过去推开窗子。

此刻，贝尔纳真感到痛快。他在这个女人面前，一直是畏首畏尾，矮了一头的，今天晚上，才一举而凌驾于她之上！这回该她感到自己怎么被人瞧不起了！他对自己的雍容大度，引以为豪。他母亲常说他是个圣人，全家都夸他心胸博大——他今天才第一次感到自己心胸确乎博大。他住院疗养时期，大家赔着小心，向他透露黛莱丝设计谋害的事，他听后极为冷静，颇得众人赞赏，其实并没费他多少事。对于不懂得爱的心灵，根本不存在什么严重的事。因为贝尔纳本无所爱，所以大难之后，才会如此快活。这跟一个人突然得知，多年来跟他过从甚密的竟是个疯子时的感觉相仿佛。但是，这天晚上，贝尔纳感到了自己的力量：他已凌驾于生活之上。他感到飘飘然，任何困难都难不倒一个明理懂事的人。甚至就在这场轩然大波之后，他还确信，一个人之所以倒霉，完全是咎由自取。你瞧，这么严重的事态，他还不是像处理其他事情一样给解决了？这件事几乎遮尽所有人耳目，自己的面子也保住了，别人也不用替他抱屈——他也不要人家来可怜。固然是娶了一个怪物，但到头来还不是照他的办，有什么丢脸的呢？过单身汉生活，也有其好的一面。而且跟死亡打了一次照面，也很妙，对财产、打猎、车马、吃喝，总之，对生活，不是兴味更浓了吗！

黛莱丝站在窗前，依稀看出白色鹅卵石铺的小路，闻到洋菊的清香。一丛丛的菊花，用栅栏跟过路的牲口挡开。再远一点是黑压压的一片橡树，遮着后面的松林，松涛的哀吟隐隐可闻，松脂的气息弥漫夜空。树木像一支敌军，虽然近在咫尺，但是看不见摸不着，把房子团团围住。又像屋前的守卫，看她在盛夏酷暑里热得透不过气来，在漫长的冬天恹恹欲绝，成为她慢慢窒息而死的最好见证。她关上窗子，朝贝尔纳走过来：

"你以为靠强迫，就能把我拴住？"

"随你怎么想吧……但是请记住，不捆上你的手脚，就不会放你出去。"

"别说大话吧！早看透你了，别装得比实际还凶。你才不会让你们家出这个丑的！我一百二十个放心！"

于是，像是把利弊得失都权衡过一样，他解释给她听：出走，等于承认自己有罪。在这种情况下，家里为了不出丑，只得把坏死的肢体切除，当众扔掉。

"我母亲最初就想叫我们这么办来着，你想想看！我们本想听之任之，随便法院去办。要是不考虑安娜的婚事和玛丽……但时间还有，你不必急于回答。我把期限放宽到明天吧。"

黛莱丝低声说："我爸是向着我的。"

"你爸？我们完全达成一致了。他有他的前程，他的党派，他的想法，要考虑。他只求把这件丑闻暗中了结，任何代价在所不计。他为你尽了不少力，你至少得感激才是，亏了他，预审才草草收场……而且，想必他已经把他的意思告诉过你了……不是吗？"

贝尔纳这时倒没有提高嗓门，反而变得谦和起来。并不是他产生了什么同情心。原来是没听到什么声息，他的女人瘫在那里了。真是罪有应得。现在一切都恢复旧章了。换了别个男人，见此情景，会觉得于心不忍的。但贝尔纳，对自己这一下能拨乱反正，颇感得意。谁都会有察事不明的时候，尤其是对黛莱丝——连婆太太都看错了，她通常对周围的人是一眼便能看清的。那是因为现在大家不爱从大处考虑问题，不相信黛莱丝所受的教育会有这么大的危害。她无疑是个怪人，要是她信上帝……存着敬畏之心，做事才会审慎。贝尔纳就是这么想的。他还寻思：全镇都想看他们的笑话，等星期天看到他们夫妻俩和和顺顺上教堂，一定会大失所望！他巴不得马上就到星期天，好看看那些人的嘴脸！……这才叫公道哩。他拿起灯，正好照着黛莱丝的后颈：

"你还不上楼？"

她好像没听见。他提灯走了，让她一个人摸黑坐着。打开门来，看到克拉拉姑妈蹲在楼梯脚下。老太太两眼盯着他，他勉强一笑，搀她起来。但她犟着不动——像主人临终前，老狗守在床边不肯走开一样。贝尔纳把灯放在方砖地上，冲着老太太的耳朵嚷道，说黛莱丝已经觉得好多了，她想睡觉前独自坐一会儿：

"你知道，这是她的怪脾气！"

是的，姑妈太知道了。她往往在黛莱丝最想独坐沉思的时候，闯进门去，讨个没趣。老太太有时只要罅开一条门缝，就知道自己来得不是时候了。

　　她挣扎着站起来，靠在贝尔纳胳膊上，回到客厅上面自己的房间。贝尔纳跟进屋里，替她把桌上的蜡烛点上，在她前额亲了一下就退了出来。姑妈的眼睛一直盯着他。她耳朵虽然听不见，但在人家脸上，什么看不出来？她等了一会儿，估计贝尔纳已回到自己房间，便轻轻开门出来……想不到他还在楼梯口，靠着栏杆，正在卷烟卷。她急忙退回来，两腿直打战，回不过气来，连脱衣服的力气都没有了。她就睁着眼，和衣躺在床上。

十

　　黛莱丝一动不动，独自坐在黝黑的客厅里。劈柴还在灰烬下面燃烧。路上想好的一大篇自白，这时才零零星星给回想起来，可惜为时已晚。为什么当时不说呢？现在自怨自艾又有什么用？说真的，她把前因后果编了一套，但跟实际情形毫无关联。亚瑟维多的夸夸其谈，当时听来觉得大有深意，好像真有什么分量似的，现在想来煞是荒唐！不，不，她的所作所为，逃不出这条深邃的铁律：她没能毁掉这个家，那么就该她被毁掉。他们固然有理由把她当作怪物，她何尝不可以同样的态度来看待他们？表面上看不出，内里他们自有一套慢功来收拾她。"家里跟我作对的那股势力，就像钟表发条一样给上紧了，只是不知道怎样才能把机件卡住，才能及早从齿轮中脱身出来，无须找什么旁的理由，道理就是'因为他们是他们，我是我……虚情矫饰，保住面子，改弦更张，这点事我不到两年就能办到。其他人，跟我同样处境的人孜孜矻矻，直到老死，慢慢对一切习以为常，变得麻木不仁，昏昏沉沉躺在家庭的怀抱里——家庭像母亲一样能给人以抚慰，具有无所不能的力量……可是我做不到……"

她站起来，推开窗子，感到清晨的凉意。干吗不逃走呢？这扇窗子，只要跨出去就行了。他们会追来吗？会把她重新送去法办吗？机不可失，一定得碰碰运气。什么都行，总比这种慢性死亡要强。黛莱丝已经拖过一把椅子，靠着窗口了。但是，她身无分文。纵有几千棵松树，现在也不顶用。没有贝尔纳出面，她一个子儿都取不到。这么逃走，还不跟杀人犯达盖赫逃到荒山野地，到处给人追逐一样。黛莱丝小时候看到他，很动了点恻隐之心，她还记得巴利雄女人在厨房里倒酒给警察喝。——这倒霉虫的踪迹，还是戴克茹家那条狗发现的。他给捉到时，已在树林里饿得半死。黛莱丝看到他被绑着扔在一辆运麦秆的大车上。听说，他没到卡埃纳岛，就死在船上了。囚船……苦役……家里已有话在先，难道不会把她送去法办吗？贝尔纳说抓到了证据，多半是哄人，除非在旧披风的口袋里找到了那包毒药……

事情只有弄明白了，心里才能踏实。黛莱丝摸黑上楼，越往上走，就看得越清楚，晨光已经照临上面的窗户。顶楼的楼梯口放着一口衣柜，里面挂着的一些旧衣物，也舍不得给人，因为出去打猎还可穿穿。那件褪色的披风，有个很深的口袋：克拉拉姑妈从前独自去守望野鸽时，便把毛线活儿塞在这袋里。黛莱丝伸手进去，摸出一个蜡封的小包：

哥罗芳	30克
乌头碱	20号丸药
洋地黄毒苷	20克

把药名和剂量，又看了一遍。死吧。她对死一向有点怕。关键是不要直接面对死亡——最好只想那些非做不可的动作：倒水，冲药，一口喝下，安然躺下，闭上眼睛。不要想得再远了。不是跟睡眠一样吗，有什么可怕的呢？她打了个寒噤，那是清晨的空气有点尖寒。她走下楼，在玛丽的卧室外面停下步来。保姆鼾声大作，像头牲口，黛莱丝推门进去，百叶窗已透出熹微的晨光。小铁床在黑暗中显得白蒙蒙的。两只小拳头搁在毯子上，枕上衬出一个轮廓还不分明的

侧影。耳朵太大了一点——黛莱丝认出，这是自己的耳朵。人家说得对，这是她的一个复本，现在迷迷糊糊躺在这里。"我走了——但我身上的这一部分却留在这里，以及整个一生的命运，直到终点，一点都逃不掉。"习性，好恶，血缘的法则，是无可逃避的。黛莱丝在报上看到，绝望的人常拖儿带女一起去死。心地善良的人看了，把报纸一扔道："怎么可能有这种事？"因为她是怪物，所以深有同感，觉得这是完全可能的，甚至为了一点小事……她在床边跪下，用嘴唇轻轻抚拂绵软的小手，她自己也觉得惊讶，心里陡然一热，眼里涌出两滴清泪，流在发烫的面颊上：可怜的眼泪，她这个已经没有眼泪的人！

黛莱丝站起来，最后看了一眼孩子，然后回进自己房间。倒了一杯水，打开蜡封的小包，对着三盒毒药委决不下。

窗子开着。雄鸡的啼声，好像划破晨雾而来，松树的枝隙，依稀网住淡淡的雾霭。好一派乡村拂晓的景色！光明如许，怎么舍得捐弃？死是怎么一回事，谁都说不出个所以然来。黛莱丝对死后空寂之说信不过，也没把握认定那里就没有别的存在。她只恨自己这么怕死。她会毫不迟疑地怂恿别人去死，而自己面对虚无便这样踟蹰不前。这么怯懦，连她自己都不好意思起来！要是真有上帝——顷刻之间，她又看到在困人的圣体瞻礼节，那孤独的教士，身披镶金道袍，双手擎着十字架，嚅动着嘴唇，一副不胜痛苦的表情——那么趁现在还不算太晚，赶快挪开这只罪恶的手；如果上帝的意志，是要让这盲目的灵魂跨越这一关，那么，至少应以慈爱为怀，接纳他造就的这个怪物。黛莱丝把哥罗芳倒在杯子里，因为这个药名比较熟，使人想到睡眠，所以不那么害怕。得赶紧点！整个屋子就要醒了：巴利雄女人已经在打开克拉拉姑妈房里的百叶窗。她向聋人嚷嚷什么呢？通常这老妈子动动嘴唇，聋老太就懂意思了。只听得砰砰的门响和急促的脚步声。黛莱丝刚把披巾往桌上一盖，遮住毒药，巴利雄女人连门都没敲就闯了进来。

"老姑娘死了！等我发现，她身子都凉了。躺在床上，连衣服都没脱。"

尽管老太太不信教，家里人还是在她手里放了一串念珠，胸口上搁了一具耶稣受难十字架。佃户们进屋，在灵床前跪了一跪，然后出去，走前少不得对站在床脚边的黛莱丝打量一番——心里想：天晓得是不是又是她的拿手好戏？

贝尔纳上圣格雷报丧去了，同时办一下一应手续。他心里该觉得这桩变故来得正是时候，可以转移一下众人注意力。

黛莱丝看着遗体，这个忠心耿耿的老太太现在躺在她的脚边，正当黛莱丝要扑向死亡的怀抱之际。是偶合，还是碰巧？说是上天特殊的意志吧，她会耸耸肩，表示不以为然。地方上的人还相互传告："你看到了吗？她连哭的样子都不装一装！"黛莱丝在心里对逝者说："我还活着，但也像死尸一样，落到那些恨我的人手里。不过，也不必想得太远了。"

出丧下葬，黛莱丝都占有一席之地。下一个星期天，她跟贝尔纳一起上教堂，而且一反往常的习惯，不是从侧道，而是从正中的过道，堂而皇之走到自己的座位上。她在婆婆和丈夫之间坐定之后，才撩起面纱。旁边挡着根柱子，人家都看不见她。在她对面，是唱诗班。四周都有人围住。后面是信徒，右手是贝尔纳，左手是婆婆。只有祭坛可以直视无碍，好像从暗地里放公牛出来，只留出一条通向斗牛场的路：空旷的祭坛上，站在两个孩子之间的那神甫，收起本相，向上伸展两臂，嘴里正在喃喃低语着什么。

十一

贝尔纳和黛莱丝回到阿什鹭鸶，已是傍晚，住进长年空锁的戴克茹家的老屋。壁炉漏烟，窗子也关不严，门框给耗子啃了，风直往房里灌。但是，这年的秋天非常美，对这样那样的小不如意，黛莱丝开始并不以为苦。贝尔纳整天外出打猎，要到天黑才回米。一回家，就坐在厨房里跟巴利雄他们一起吃晚饭，黛莱丝听到刀叉碰击，语声单调。到十月份，天很早就黑下来了。她从隔壁自己家里拿来的几本书，已经看得烂熟。跟贝尔纳提出向波尔多订书的事，也不见下文。他只答应烟抽完了，可以再买……

黛莱丝随手拨弄了一下壁炉，炉火给压下去了，冒出一股含树脂气息的青烟，又灼眼睛，又呛喉咙，她的嗓子眼因抽烟本来就很不舒服……黛莱丝草草吃完晚饭，等巴利雄女人把碗脚一收走，便熄灯睡觉。这么躺上几个钟头，才蒙眬睡去，在睡梦中求解脱！但阿什鸳鸯静得使她睡不着：她倒更喜欢刮风之夜——树梢悠长的哀吟，含有人世间的温存。她在松涛细响中载沉载浮。风雨骤至的夜晚，她倒更容易入睡。

尽管长夜难挨，她还时常在黄昏之前就早早回家——或者因为有个做母亲的看到她走近就急忙把孩子领进屋里，或者因为她跟一个认识的牛倌打招呼而人家没理她。啊，到城里去，消失在茫茫的人海里多好。在阿什鸳鸯，她的传闻，没有一个牧羊人不知道，甚至连克拉拉姑妈的死也归到她名下。她不敢跨进人家的门槛，从自己家出去也走的是旁门，免得碰到左邻右舍。远远听到大车的声音，就急忙折进一条岔路。她走得很急，像惊弓之鸟一样，心里老不踏实，不时在路旁的杂树后边躲一下，等骑自行车的过去。

星期天，到圣格雷去望弥撒，就没有这种恐惧心理，情绪上也比较松弛。镇上的人，都向着她。她父亲和婆家把她说成是一个无辜受害、生命垂危的人，只是她自己不知道罢了。"我们怕这可怜的孩子从此一蹶不振。她什么人都不愿见，医生说还是不要逆她的意为好。贝尔纳很照顾她，但她的情绪很低落……"

那是十月份最后的一晚，狂风从大西洋呼呼吹来，久久地拍打着树梢。黛莱丝在半睡半醒之中，谛听着海洋的声息。清晨醒来，风声已不似昨夜那么呜呜咽咽。推开窗子，房里很暗。秋雨绵绵，不绝如缕，泻在屋瓦上，打在还很浓密的橡树叶子上。这天，贝尔纳没出门。黛莱丝一直在抽烟，把烟蒂一扔，走到楼梯口，听到丈夫在楼下从这间房踱到那间房。烟斗的味道一直钻进她房里，压过黛莱丝的黄烟丝：她又嗅到了当年生活的气息。坏天气才开始呢……壁炉里的火正熄灭下去，还得挨多少这样的日子呢？墙角的糊壁纸，受了潮，已经翘起剥离。原先挂在墙上的画像，贝尔纳已经取走，拿去装饰圣格雷的客厅，墙上还留着挂过画像的痕迹，生锈的钉子也空无所托。壁炉架上，一个假玳瑁镜框里，放着贝尔纳、他父亲和祖母的三张照片。——贝尔纳的头发梳成埃杜亚王子式。照片已经褪色发白，仿佛死者在照片上又死了一次。整整这一天，要在这间房里度过，还有无数礼拜，无数岁月……

夜阴侵入房里，黛莱丝竟至于无法自持，轻轻地开门下楼，幽幽地踅进厨房。贝尔纳坐在矮凳上，朝着炉子，这时蓦地站了起来。巴利雄正在擦枪，也愣住了；巴利雄女人手上的线团掉了下来。看到三人愕然的表情，她问道：

"我把你们吓着了？"

"不准你进厨房，你不知道吗？"

她什么也没回答，便朝门口退去。贝尔纳把她喊住：

"既然看到你……就跟你说一下吧：我没有必要再留在这里了。经过努力，现在圣格雷的人对我们也颇表同情。大家相信，至少装得相信，你有点神经衰弱。也就是说，你喜欢独自过活，我嘛时常来看望你。以后，望弥撒，你也可以不必去了……"

她嗫嚅着说：她并不讨厌去望弥撒。他干脆答道，这并不是她高兴不高兴的事。他的目的已经达到了：

"既然你觉得望弥撒没有什么意思……"

她张嘴想说，终于缄口不语。他坚持己见，寸步不让，就怕她说出一句话，做出一个手势，把他快速取得的意想不到的战果折损掉了。

她问玛丽身体怎么样。他说很好，明天要跟安娜和妈妈一起上博里安去。他过些时候也要上那儿住几个礼拜，至多两个月吧。他打开门，请黛莱丝出去。

第二天凌晨，天色还很暗，她听见巴利雄已经在套车。还有丈夫的嗓门、马蹄的踢蹬，接着是吱咯吱咯远去的车轮声。后来，天下雨了，落在屋瓦上，打在模糊的玻璃窗上，洒在空旷的田野上，洒在茫茫的荒原和沼泽上，洒在僻处海隅的沙丘上，洒在辽阔的大洋上……

黛莱丝用正要抽完的烟，又点上一支。快四点钟时，披上一件"上蜡衣"，跑进雨地里去。天黑了，她感到害怕，才回家来。房里炉火已灭，她打了一个寒战，便上床睡了。七点光景，巴利雄女人送上来一份火腿炒鸡蛋，她看了就推开，老是这么油腻，都吃倒了胃口。不是焖肉，便是火腿。巴利雄女人说，没有更好的东西可侍奉她了，贝尔纳先生又不让她吃鸡鸭家禽。她也怨声载道，抱怨黛莱丝叫她白白把菜搬上搬下。——她有心脏病，脚也浮肿。这么服侍，已够她受的了。她肯这样做，也是看在贝尔纳先生的面子上。

这天夜里，黛莱丝发烧了。但头脑却异常清醒，臆想着巴黎生活的情景。她又到了蒲洛涅森林的那家饭店，以前和贝尔纳一起来吃过饭，这次是跟亚瑟维多和其他年轻女子在一起。她把玳瑁烟盒放在桌上，点上一支阿卜杜拉。只有她一人在说话，倾诉着自己的感情，乐队的演奏很轻幽。满座欣喜，大家的神情都很专注，也没有人故做惊讶之状。

"完全跟我一样……"有位女子说，"我也有过这样一种感情。"

一位文学家把她拉到一旁："你应该把自己内心的感受

写下来。我们的杂志可以发表，就叫《今日女性的日记》。"

有个小伙子正为她而痛苦，用自己的车送她回去。他们沿蒲洛涅大街回城。她左边就坐着这个为她倾倒的后生，可她一点不感到惶惑，只觉得很愉快。

"不，今晚不行，"她说，"今天晚上，我要跟一位女友一起吃晚饭。"

"那么明天晚上？"

"也不行。"

"你晚上就永远没空？"

"差不多永远没空……可以这么说吧……"

生活里有个亲近的人，世界上其余的一切都显得无足轻重了。这个人，她周围的人都不认识，尽管卑微不足道，但她整个的生命都围着这个只有她才看得见的太阳在转，只有她的身体才感到他的热力。巴黎的市声，汹涌澎湃，像松林里的风声一样。这个身体一靠近她，即使那么轻忽，都会使她呼吸局促起来。但她宁愿透不过气来，也不愿他离去。（这时，黛莱丝双臂悬空一抱，右手抱着自己的左肩，左手的指甲却掐着自己的右肩。）

她光着脚，起来推开窗户：四外漆黑，倒并不冷。但是，怎能想象天会有不下雨的一天呢？一直到世界末日，都会下雨的。她手上要是有钱，早就逃到巴黎，直接去找亚瑟维多，托他照应，他准会给她谋个差事。在巴黎做个单身女子，自食其力，谁也不靠……连家也不要！完全按自己的心意去找亲人——不是根据血缘，而是按志趣，也按肉体的需要，去发现真正的亲人，哪怕那么少，分得那么散……临了，她睡着了，窗户洞开。清晨寒冷而潮湿，把她冻醒过来。她牙齿直打战，提不起勇气去关窗，甚至也没有力气伸手拉一下毯子。

这天，她没起床，也没梳洗。只吃了点肉，喝了点咖啡，这样可以抽烟——空腹抽烟，胃受不了。她重新神游于半夜里的想象世界。阿什鹭鸶此刻已没有什么声响，下午的天色也暗得跟夜里差不多。一年当中，就数这几天白天最短。密雨不断，把日夜连成一片，昏晓浑然莫辨。静静的，静静的，一个黄昏接着一个黄昏。黛莱丝毫无睡意，梦境变得更加清晰。她设法从前尘影事里追索淡忘的脸容，她远远看到而觉得喜欢的嘴唇，以及黑夜中偶然跟她清白的身体挨近过的那些不分明的躯体。她悬想一种幸福，虚拟一种乐趣，瞎编一段不现实的恋爱故事。

"她连床也不起了，肉片和面包都原封不动，"过了几天，巴利雄女人对丈夫说，"但我敢打赌，她整瓶酒都喝得下去。你给她多少，这个娘儿们就会喝多少。再说，她的香烟会把被单烧着的。迟早会失火，把我们都烧死。抽烟抽得把指甲都给熏黄了，好像在药水里浸过一样：这还不算不幸吗？难道被单不是钱吗？……等着我时常来给你换吧！"

她还说，不是她不肯打扫房间、整理床铺，而是这懒婆娘不肯从被窝里爬出来。早晨放在她房门口的热水壶，晚上去看还留在原地：这就用不着巴利雄女人，肿着两条腿，把水一壶壶提上去了。

　　黛莱丝对假想的快意已感到餍足，思绪便从臆想的陌生人身上移开，揣想别的方法逃避现实。她见床前跪着许多人。人家把阿什鹭鸶一个垂危的孩子（就是那个看到她就逃开的孩子）抬到房里，她那只被尼古丁熏黄的手在他身上轻轻一摸，孩子便霍然而愈。她还想出其他一些更朴实的梦：在海滨一座房子里，想象有花园有阳台，她布置房间，选购家具，寻思圣格雷那些家具该怎么放，为了找合适的布料，自己跟自己吵了起来。接着，布景一换，变得比较朦胧，只剩一条林荫道，临海放着一条长凳。黛莱丝坐在那里，把头靠在一个人肩上，听到开晚饭的钟声，便走进浓密的林荫道，那人走在她旁边，双臂突然围上来，硬把她拉过去。一个吻，时间之流好像停住了；在热恋中，她想，会有无穷长的瞬间。这，她只能靠想象，永远不得而知了。她还看到一幢白色小楼、井台、吱嘎吱嘎响的辘轳，天芥菜浇过水后，香飘满院。晚饭是享受夜间情趣之前的一种休息，简直无法直视，因为远过于我们心灵所能承受之力。黛莱丝感到比谁都缺乏的爱，这样一来，不仅大大得到报偿，而且沦肌浃髓而有余了。她隐隐约约听到巴利雄女人在尖声叫喊。这老东西又在嚷嚷什么呢？说什么贝尔纳不知哪一天，事先不加通知，就会从南方回来的："先生看到房间这个样子，会怎么说呢？道道地地是个猪圈！不管愿意不愿意，太太你得起来。"黛莱丝坐在床上，骇然看着自己两条瘦削的腿，相形之下，脚显得特别大。巴利雄女人拿一件便袍往她身上一披，推她坐在扶手椅上。她伸手到旁边去摸烟，摸了个空。寒冷的阳光，从敞开的窗子里射进来。巴利雄女人拿了帚把，东掸西扫，气喘吁吁，嘴里不住嘀咕。——她是个好人，家里的人都这么说，每逢圣诞节要杀她喂的猪，她都止不住要流眼泪。她怪黛莱丝不理她。在她看来，沉默便是轻侮，便是蔑视的表示。

但是黛莱丝说不说话，不决定于她自己。盖上了干净被，感到浑身舒适，似乎等于道谢致意了。其实，她嘴里什么声音都没发出过。巴利雄女人临走前，冲着她说："这些被单，你别烧了！"黛莱丝怕她把烟卷拿走，伸手到桌上去摸：香烟已经不在了。没有香烟，怎么过日子？她的手指老要摸着这段干乎乎热烘烘的东西，没完没了地闻着吸着，房里弥漫着她吸进吐出的烟雾。巴利雄女人要到傍晚才上来，整整一下午无烟可抽！她闭上眼睛，蜡黄的手指做着夹烟卷的习惯动作。

七点钟的时候．巴利雄女人拿了一根蜡烛进房来，把托盘放在桌上，牛奶、咖啡、一块面包。"你不要别的东西了吧?"她在恶作剧,等黛莱丝自己提出要香烟。但是黛莱丝的脸一直朝着墙,连转都没转过来。

巴利雄女人大概一时疏忽,窗子没有关紧。一阵风把窗吹开,满屋子灌满夜里的凉气。黛莱丝没勇气从被子里爬出来,赤脚去把窗子关好。她身子一缩,把被子拉近眼睛,一动不动地躺着,只让眼皮和前额吹着冷风。外面一片松涛声,尽管像海洋一般喧嚣,却依然是阿什鹭鸶的寂静。黛莱丝想,如果她真喜欢吃苦,就不必往被里钻了。她把被掀开一点,只能冒几秒钟风寒。慢慢,时间就长一点,好像在玩一样。虽非出于故意,她把受罪当成了消遣,而且,焉知不当成她活在世上的理由。

十二

"先生来信了。"

黛莱丝没有伸手去接,巴利雄女人递着信又说:先生信里准会告知他什么时候回来,知道了可以准备起来。

"太太,要不要我来念……"

黛莱丝说:"那就念吧!"跟往常一样,巴利雄女人在场的时候,黛莱丝就面壁而坐。她迷迷糊糊听着,信里的话突然使她一震:

据巴利雄报告，阿什鹭鸶家中俱各安好，甚感欣慰……

贝尔纳宣称，拟从陆路回来，并想在沿途几个城市停留一下，确切的归期尚无法奉告。

但肯定不会晚于十二月二十日。看到我与安娜和台季伦同时回来，你大概不会觉得惊奇。他俩已在博里安订婚，但尚未正式定局。台季伦执意要先见见你，说是礼节问题。鄙见以为他是想从你所知的情况里，得出自己的看法。以你的聪慧而论，当不至于应付不来。但请注意，你有病在身，精神也不够健旺。总之，相信你能善自为之。家里对这门亲事，不论从哪方面考虑，都堪称满意，望能玉成其事，不致影响安娜之幸福。你能出力，自当感谢；倘从中作梗，鄙人也决不客气。——我想，这不过是杞忧罢了。

这天天气很好，晴朗而寒冽。黛莱丝听从巴利雄女人的劝告，靠着她胳膊在花园里走了几步，但好不容易才吃下那份鸡脯肉。离十二月二十日，还有十天。如果太太肯多动动，要不了这么多天就会健朗起来的。

"不能说她有意作对，"巴利雄女人对丈夫说，"她也在尽力去做。最坏的狗，贝尔纳先生都有办法训练好。可不是，他知道什么时候给狗戴上'卡圈'。对这一位，不用多久，也能把她收拾得服服帖帖的。但是，最好别过分轻信……"

黛莱丝也强自振作，摒绝空想，克服倦怠和沮丧情绪，逼着自己走路、吃饭，使头脑恢复清醒，用自己的眼睛去看人生世态。——她好像回到自己放火烧过的原野上，踏着灰堆，走在烧焦的松树之间。她竭力在这个家中——在她的家中——做到有说有笑。

十八日那天，天气阴沉，但没下雨。下午三点光景，黛莱丝坐在房里火炉前面，后脑靠着椅背在闭目养神。突然一阵马达声，把她惊醒了。她听出前厅里有贝尔纳说话的声音，也听到婆太太的口音。巴利雄女人上气不接下气地跑上来，连门都没敲就推了进来，黛莱丝这时已站在镜子前，在搽粉抹口红，心里想："安娜的小伙子第一次来，我总不能叫他看了害怕。"

贝尔纳没有先上楼来看他的女人，真是铸下了大错。台季伦曾跟家里说，他绝对"不会给蒙住的"。见此情景，心里想："在贝尔纳方面，至少不够热切，颇值得深思。"他从安娜身边走开去，翻起皮领说："乡下这种客厅，就别想能烧得暖暖和和的。"又问贝尔纳："你们房子底下有没有地窖？不然，地板容易烂，除非铺一层水泥……"

安娜穿一件灰鼠皮大衣，戴一顶没有缎带也没有饰结的毡帽。（"但是，"婆太太说，"别看没点装饰，比我们以前带羽饰的帽子贵多了。凭毡帽的质地，本身就够漂亮的了。是蓝而佳服装公司的出品，还是勒蒲设计的款式。"）婆太太把高帮皮鞋伸到炉子前烤脚，脸上的皮肉虽松弛，但依旧很威严，这时朝门看着。她答应贝尔纳，她会相机行事。但是，也有言在先："别想叫我去亲她。对你母亲，压根儿不该提这种要求。握握她的手，已经够难为我的了。你想想：她的所作所为，还不够骇人听闻？而我最反感的，还不是这一点。我们知道，有的人就敢下毒手……但是，她那种假惺惺，才叫可怕！你记得吗：'婆婆，你坐这把靠椅吧，那要舒服得多……'你还想得起吧，当时，她多么怕打击你的情绪？'我那位可怜的宝贝最怕死，叫他看医生等于要他的命……'老天在上，我当时竟毫不怀疑。但她口口声声叫'可怜的宝贝'，我听了很吃惊……"

此刻，在阿什鸶鸶的客厅里，谁都有点拘谨，婆太太当然有所察觉。台季伦睁眼看着贝尔纳的表情，婆太太又考量着台季伦。

"贝尔纳，你该去看看黛莱丝在干什么……或许她的身体更坏了。"

安娜神情冷漠，好像无论发生什么事跟她都无关似的。这时，她第一个听出熟悉的脚步声："我听到她下来了。"贝尔纳一只手按在胸口，心突突地跳了起来。真是愚不可及，怎么不早一天到，跟黛莱丝把见面的场面事先安排一下。谁知她会说些什么呢？她很可能坏了大事，但真要责备起来，又会抓不到什么错儿。她下楼下得这么慢！大家全站了起来，朝门看着，黛莱丝终于打开了门。

几年之后，贝尔纳回想起当时的情景，看到她病体支离的样子和搽脂抹粉的小脸，第一个感想是：一个刑事犯。倒不是因为黛莱丝犯的那桩罪。刹那间，他又看到《小巴黎》上那幅彩色插图——跟别的图片一起贴在阿什鹭鸶花园的木棚厕所里。里面苍蝇嗡嗡嘤嘤，外面知了在炎日下嘎嘎长吟，他那时还是小孩子，像探究什么奥妙似的，瞧着这幅涂红抹绿的《普瓦蒂埃的囚妇》。

他现在就这样打量着面无血色、瘦骨嶙峋的黛莱丝。这个可怕的女人，以前没想方设法把她支开，就像没把随时会爆炸的炸弹扔进水里一样，真是荒唐。不管是存心还是无意，总之，黛莱丝招灾惹祸——甚至比这还糟，简直够得上社会新闻的水平。她不是杀人犯，便是冤屈鬼——家里的人也不怎么掩饰他们的情绪，顿时一阵唏嘘和惊叹；台季伦看了不知该做何感想，得出什么结论。黛莱丝说：

"这很简单。近来天气不好，我走不出去，胃口也不太好。几乎什么也不吃。瘦一点，比胖好……谈谈你的事吧，安娜，我真为你高兴……"

她握着安娜的手——她坐着；安娜站着，一边打量着她。在这脸容上，别人认为消损已甚，安娜还是认出了她灼灼的目光。这目光定定然的，以前常把安娜看得心头火起。记得她问起黛莱丝："要到哪年哪月，你才不这样瞧我？"

"我的小安娜，你真是好福气，我为你高兴。"

说着，她朝着"好福气的安娜"和台季伦——眼光从上而下，掠过他脑门，警官般的唇髭，斜肩膀，夹克衫，青灰条纹裤里的矮粗腿——倏忽而逝地一笑。但是什么？跟其他男人一样的一个男人，反正，一个丈夫吧。接着，她的眼光又看着安娜：

"把帽子脱了……啊！这样就认出你来了，亲爱的。"

安娜现在也看得更真切了：这张带点怪相的嘴巴，这双老是干枯、没有眼泪的眼睛，但她不知道黛莱丝在想什么。台季伦这时开口说，对一个喜欢家居的人来说，冬天住在乡下并不那么可怕："家里总有做不完的事。"

"你不问问你女儿的情况吗？"

"倒是真的……跟我说说看，玛丽怎么样……"

安娜又显得猜疑敌对起来。几个月来，她常跟母亲用一个腔调数落着："她的一切，我都可以原谅，她终究是个病人。但对女儿这么淡漠无情，可叫人受不了。一个做母亲的，不关心自己的孩子，尽管可以找出种种理由加以原谅，但我总觉得要不得。"

安娜在想什么，黛莱丝都看出来了："她瞧不起我，因为我没有一上来就问玛丽的事。怎么跟她解释呢？她不会懂的，我只想我自己，自顾尚嫌不暇呢。而安娜，她，只等有了孩子，就会把自己整个儿地放在孩子身上，像她母亲一样，像所有以家庭为重的女人一样。而我，总在寻找自我，发掘自我……这小伙子连夹克衫都不脱，就会给她弄出个孩子来，等一听到婴儿呱呱坠地的哭声，她就会把在我身旁度过的少女时代，把亚瑟维多的爱抚统统给忘了。一心向家的女人，渴望失却个人的存在。为家族而牺牲自己，固然了不起。这种自甘消失、自甘毁灭的精神，自有其美的地方……但是我……"

她尽量不听他们说话，只顾想玛丽。女儿现在该会说话了吧："听孩子牙牙学语，我或许会高兴几分钟，但马上就会烦的，我还是愿意自己独自待着……"她问安娜：

"玛丽大概很会说话了吧？"

"你说一句，她就学一句，非常滑稽。听到鸡叫，或汽车喇叭声，她就竖起小拇指，说'叽叽叫？'真是可爱，真是宝贝！"

黛莱丝想："我得听听他们在说什么。脑子里空空如也。台季伦在说什么呢？"她侧耳细听。

"在我拜利萨克的庄园里，采树脂的人没有这里的人勤快。他们每人只能采四筐，而阿什鹭鸶的乡下人可采到七八筐。"

"照松脂的行市看来，他们简直是懒坯！"

"你知道吗？采松脂的，现在一天可以挣到一百法郎……我怕我们这么说话，会累着戴克茹太太……"

黛莱丝的后颈靠着椅背，大家一齐站了起来。贝尔纳决定暂且不回圣格雷。台季伦答应由他把车开去，明天再叫司机开车把贝尔纳的行李捎来。黛莱丝挣扎着想站起来，还是婆婆把她拦住了。

她闭上眼睛，听见贝尔纳对她婆婆说：

"巴利雄这两口子，也真是！得教训教训他们……要拿出点厉害给他们看看。"

"但要注意，不要做过头，别把他们赶走了。第一，他们知道的事太多，还有，这些田产……只有巴利雄一人知道所有的田界。"

贝尔纳谈了一个看法，黛莱丝没有听见，只听到她婆婆回答："还是要当心，不要太轻信了。她的一举一动，你都得留点神，别让她一个人进厨房，上饭厅……但是不像，不像是晕过去，是睡着了，或者是装佯。"

黛莱丝睁开眼来，看到贝尔纳站在面前，手里端了一只杯子，对她说："把这喝了吧，这种西班牙葡萄酒，很提神。"他这个人是想到什么就非做不可的，便急急跑到厨房，大发雷霆。黛莱丝听见巴利雄女人一口刺耳的土话，心里想："贝尔纳害怕了，这是显而易见的。但是怕什么呢？"

他回进来说："我想，你到饭厅里吃饭，比在自己房里一个人吃要好一点。我已吩咐过了，像以前一样，饭桌上也摆上你的刀叉。"

黛莱丝重又见到打官司时期的贝尔纳，一个竭力想替她解围的盟友。他希望她无论如何先把病治好。不错，看来是把他吓住了。黛莱丝看到他坐在对面捅炉火，但是绝对猜不到他睁大了眼睛在炉火中看到的形象：《小巴黎》上那幅涂红抹绿的《普瓦蒂埃的囚妇》。

雨水尽管很多，阿什鹭鸶的沙地还是存不住水。即使是大冬天，太阳只要晒上一个钟头，就一点没事，照样可以穿帆布鞋踩在布满松针、又干又软的路上。贝尔纳整天出去打猎，到吃饭的时候才回来，问黛莱丝身体如何，显出从未有过的关切。彼此的关系中，也很少有勉强她的地方。他要她每隔三天称一下体重，饭后只能抽两支烟。"活动活动，胃口就好。"黛莱丝听从贝尔纳的劝告，每天走好多路。

她对阿什鹭鸶，也不再感到害怕。松树好像分得更开，行距拉得更大，招呼她去徜徉其间。一天晚上，贝尔纳对她说："你再耐心等一等，等到安娜结婚。婚礼上，应该让地方上的人再次看到我们在一起。之后，就还你自由。"她听了这话，一夜没睡着。快活之中带点不安，兴奋得合不上眼。天亮的时候，鸡的叫声好像不是此呼彼应，而是一起引吭高歌，响彻天地。贝尔纳放她到社会里去，就像以前把那头养不服的野猪放回荒野一样。等安娜结婚之后，人家爱怎么说就怎么说吧：贝尔纳把黛莱丝往巴黎的人海里一送，再自己一人逃回来。这在他们之间已是说定了的。既不离婚，也不公开分居，对外就说是健康原因，比如说"旅行对她身体有好处啦"等等。每逢十一月的诸圣节，丈夫把黛莱丝名下的松脂款如数算清给她。

贝尔纳也不问黛莱丝有何打算，她到别的地方去吊死也随她的便。他对母亲说："等她离家走了，我心里才能泰然。"

"听说她要重新用她娘家的姓……即使这样，她干了荒唐事，还会连累到你的。"

贝尔纳认为，黛莱丝就像驾辕的马，喜欢顶撞。给了她自由，说不定倒会安分一些。不管怎样，先碰碰运气看。拉罗克先生也是这个意思。权衡之下，觉得还是让黛莱丝走开为好。这样，她很快就会被人忘掉，也没人再谈论了。重要的是，保持沉默。把黛莱丝从车辕里放出去——这个念头一经在他们心里生根，任凭什么也休想叫他们放弃掉。而且，反倒是他们等得不耐烦起来。

残冬向尽，本来已经光秃的大地，加上枯枝败叶，更觉寥廓；只有橡树的枯叶，还紧紧挂在枝条上。黛莱丝喜欢这种空廓的景象。她发觉，阿什鹭莺的寂静已不复存在。万籁俱寂的时候，森林像一个人那样在叹息、悲泣，晃晃荡荡，蒙眬睡去。夜晚只是一阵无穷的絮语。她未来的生活，这种还想象不出的生活，也会有黎明，但那时的黎明会是何等空寂，她倒会怀念起阿什鹭鸶早上醒来的时刻，有无数公鸡叫成一片。今后到夏季，她会想起这里白天知了长鸣，晚上蟋蟀低唱。在巴黎，固然看不到遭到乱砍滥伐的松树，但有令人骇怕的人群，看了这里成堆的树，再去看那里成堆的人。

夫妻之间也不存在多少拘束，连他们自己都暗暗吃惊。黛莱丝发觉，大家反正要散了，也就更能忍受一点。贝尔纳对黛莱丝的体重——也对她的言谈表示关切。现在她在丈夫面前说话也更随便了："在巴黎……到了巴黎。"她去住旅馆，或者找一套公寓。她打算去听课，听讲演，赴音乐会："重新受教育，从打基础开始。"贝尔纳也不想再加监视，放心大胆吃他的酒喝他的汤。裴德梅大夫有时在阿什鹭鸶街上遇到他们，回家对太太说："怪就怪在他们一点不像在做戏。"

十三

时方三月，天气晴和，早晨十点光景，街上已经人潮如涌。贝尔纳和黛莱丝坐在和平咖啡馆的露天座位里。黛莱丝扔掉香烟，像荒原上长大的人一样，随即用脚跟去踩灭。

"你怕把人行道点着？"

贝尔纳说着，露出了一个笑容。他怪自己陪黛莱丝竟一直陪到了巴黎。固然是在安娜新婚之后，要顾及一点面子——但主要是自己言听计从，顺了老婆的意。他寻思道：她这个人自有强人所难的本事。跟她在一起，免不了会迁就她那些出格的要求，哪怕像他这样稳重、坚毅，也没法不为这疯疯癫癫的女人所左右。临到分手之际，虽然他不肯承认，心里不禁感到凄然。这种情绪，本来和他无缘，但是居然触景生情，而且是为了黛莱丝……简直不可思议。他烦躁起来，急于想摆脱这种心烦意乱的情绪。看来只有坐上了南去的火车，他才能畅畅快快呼吸。今天晚上，汽车会在朗贡地方接他。一出车站，上了去维朗特罗的公路，就能看到成片成片的松林了。他觑着黛莱丝的侧影，发觉她的眼睛只要盯上一个过路人，就会一直盯到看不见为止。突然，他开口道：

"黛莱丝……我想问问你……"

说着把眼睛转向别处，他一向受不住这女人灼灼的目光，便急忙说：

"我想知道……你是不是讨厌我，嫌弃我？"

听到自己的话，他感到吃惊和恼怒。黛莱丝先是一笑，正颜瞧着他：好不容易！终于提了个问题！换了她，一上来就会提这个问题的。在去泥栈车站的马车里，在开往圣格雷的小火车里，她花了很长时间准备的悔疚之言，那一夜探本溯源、追思前情的努力。总之，那种累人的反躬自省，或许到了该见分晓的时刻了。虽然不是出于本意，她一直使贝尔纳觉得手足无措，复杂难办，现在他发问了，就像一个看不真切，感到疑惑的人……头脑不像以前那么简单，口气也不那么生硬。黛莱丝向这新人友善地一瞥，甚至带点母性的温存。然而，她的回答，却是含讥带讽的。

"我看上了你的松树，你不知道吗？不错，我想独占。"

他耸了耸肩：

"即便我以前这么想，现在也不信了。你为什么要这样做？今天你总可以跟我讲讲明白吧。"

她茫然望着远处：人行道上，摩肩接踵的人流，泥水混浊的河边，她弓身投河，拼命挣扎，在将沉未沉之际，看到了一线光明、一线希望。她想象自己又回到寂静的阿什鹭鸶，在隐蔽而凄凉的一角，整天冥思遐想，修心养性：内心向往着冒险，精神上追求着上帝……这时，有个卖地毯和玻璃项链的摩洛哥人，以为她在对他笑，便走了过来。她依旧用调侃的口气说：

"我正想告诉你：'我也说不出为什么要那样做。'不过，我现在或许有点明白过来，你猜猜看！说不定就是为了要在你眼睛里看到那种不安、那种惊奇——总之，那种惶惑吧。这点是我一秒钟之前刚发现的。"

贝尔纳吼了一声，使黛莱丝想起他们那次蜜月旅行：

"到现在，你还在卖弄聪明……正正经经说，究竟为了什么？"

她收起了笑容。这次轮到她发问了：

"一个像你这样的人，贝尔纳，做什么事，出于什么动机，你心里都知道得清清楚楚的，是吗？"

"当然……多半……至少我觉得是这样。"

"我嘛，我什么都不想瞒你。为了看清事理，我受了多大折磨，你能知道就好了……所有的理由，我都可以告诉你，可是你知道吗？我一说出口，便觉得自欺欺人……"

贝尔纳听得不耐烦起来：

"然而，总该有那么一天吧，你拿定主意……下了手？"

"不错，就是马诺大火的那一天。"

他们互相挨近，低声说话。坐在巴黎的十字路口，阳光轻柔，春风不寒，飘来一阵阵外国烟丝的香味，吹起一面面红红黄黄的招旗。——这时候去追忆那个闷热不堪的下午，黑烟弥漫的蓝天，松脂蔓烧的气味，以及她那颗蒙眬欲睡、罪恶意识渐渐浸淫的心，黛莱丝觉得有点格格不入。

"事情是这样起始的：那是在饭厅里，就是中午，光线也一向很暗的。你脸朝着巴利雄只顾说话，往杯子里滴药水时忘了数数了。"

黛莱丝没看贝尔纳，径自说话，唯恐漏掉一个细节。等听到笑声，才定睛看了他一下：是的，又是那种蠢笑。他说："你把我当什么人啦！"——表示不信。说真的，谁会相信她的话呢？他冷笑一声，黛莱丝又认出了那个自信十足、不为所动的贝尔纳。他又恢复了本相，黛莱丝重新感到无所依归。

"于是，这念头，"贝尔纳不客气地讥诮道，"就这样，突然凭空而来？"

去问她什么？只怪自己多此一举！他一向把她当成大疯子，不屑理会，现在这样一来，自己不是反倒进退失据了？而她却神气起来了，可不！他怎么会心血来潮，想到要去了解她？对这种神经不正常的人，好像还有什么需要了解似的！自己一时大意，竟没好好考虑……

"听我说，贝尔纳，我说这些，并不是想开脱，证明自己清白无辜，根本不是这个意思！"

她也特别偏颇，硬要坐实自己有罪。照她的说法，像这种得梦游症的人才干得出来的事，一定在几个月之前，心里就萌有犯罪念头了。而且，下手之后，一不做，二不休，尽管头脑很清醒，却又那么狠毒、那么执着！

"我下不了手的时候，才感到自己心有多狠。只恨自己让你多受罪了。要干就干到底，而且要快！我忍不住做了这桩讨厌活儿。不错，真的当成了一种活儿。"

贝尔纳把她的话拦了回去：

"到现在还在说空话！这次你好好说说，你究竟想干什么！你给我说个明白。"

"我究竟想干什么？问我不想干什么，或许更好回答一点。我不想演戏作假，装腔作势，人云亦云，时时刻刻否定另一个黛莱丝……这我做不到，贝尔纳，我只求真诚无伪。不知怎的，跟你说的这一切，我自己听来都觉得那么假。"

"你说得轻一点，前面那位先生回过头来看咱们了。"

贝尔纳只巴望快快收场。他知道这个怪女人，对什么事都求之过深，没完没了。黛莱丝也明白了，这个男人刚靠拢了一下，又分道扬镳，各奔东西了。她还不死心，想施展一下她迷人的笑容，把声音压得低沉而沙哑，这是贝尔纳以前十分赏识的。

"但是现在，贝尔纳，那个出于本能踩灭烟蒂、怕一点火星就把整座森林烧着的黛莱丝，那个喜欢清点松树、经营松脂的黛莱丝，那个嫁到戴克茹家、能在当地名门望族中占一席之地而引以为荣的黛莱丝。总之，对这样的安置感到满意的黛莱丝，这样一个黛莱丝，跟另一个，是同样真实的，同样活生生的。不，不，没有任何理由要为另一个而牺牲这一个。"

"哪来的另一个？"

她一下噎住了，不知如何回答是好。贝尔纳看了看表。她说："以后，我有时还要回去一下，办一点自己的事……看看玛丽。"

"自己的什么事？咱们的共同产业不是归我管吗？说定当的事，就不要再变更了。为了家庭的名誉和玛丽的利益，凡是需要我们一起出面的场合，自有你的位置。像我们这样的大家庭，喜庆事总少不了，谢天谢地！当然，也有丧葬的事。眼前就摆着马丁叔公那桩事，他能拖到秋天，就是奇事了。你也有个机会可以走动走动，人老关着也会关烦的……"

一个骑马的警察吹了一下口哨，像打开一道无形的闸门，黑压压的一支步行大军，趁潮水般的汽车没有涌到之前，急忙穿过马路去。"我早就该像达盖赫那样，趁某个夜里逃到南边的荒山野地里，在病树枯枝之间走呀走的，一直走到精疲力竭。但我没有这勇气，把头插在烂泥塘里，像去年阿什鹭鸶那个放羊老头，因为媳妇不给他饭吃就自寻短见。不过我可以躺在沙地上，闭上眼睛等死……固然，乌鸦蚂蚁不等……"

她看到人流滚滚，在她身体下面开出一条道来，拉她一起打滚，一起动作。真是无法可想。贝尔纳掏出怀表看了一下：

"十一点缺一刻，该回旅馆了……"

"你还要赶路，穿这么一点可能不够暖和。"

"今晚上汽车我会加衣服的。"

她脑中看到贝尔纳驶过的路，凉风掠过他的面颊，带来沼泽、松脂、薄荷、湿雾和烧草的气息。她看着贝尔纳嫣然一笑，这笑容，以前乡野农妇看了都说："人长得说不上俊，但就是很媚。"此刻贝尔纳要是说："我都原谅你，来吧……"她会站起来，跟他走的。然而，贝尔纳这会儿正对自己刚才心软感到恼火，对自己一反往常的姿势和说话感到憎嫌。贝尔纳像他的马车一样"合辙"，有他自己的路要走。今晚，回到圣格雷客厅率由旧章，他才感到平静、安逸。

"我最后一次求你，贝尔纳，请原谅我。"

这句话说得过分郑重，而且不带希望——这是她在做最后的努力，想使谈话继续下去。但贝尔纳一口驳回："别再提了……"

"你会感到冷清孤单的。我人不在，还占着个位子。为了你，我还是死了好。"

他耸了耸肩，用几乎轻快的口气，请她不必为他担忧。

"戴克茹家，每代有每代的孤老头子！看来我们这一代，该轮到我了。我各种条件都齐了——你不会不同意吧？唯一的遗憾，是我们只有一个女儿，我家的姓传不下去了。不过，即使我们在一起，老实说，我们也不会再要孩子了……就这样吧，总之，一切都好……你不必起来，坐着别动。"

他喊住一辆出租汽车，又走回来告诉黛莱丝，账已经付过了。

她盯着贝尔纳杯底的葡萄酒，看了很久，之后，重又打量过往的行人。有的好像在等人，走过来走过去。有个女人（是女工，还是女工打扮？）回过头来看了两次，对黛莱丝笑了一笑。此刻正是时装厂放工的时候。黛莱丝还不想离开这地方。她既不感到无聊，也不觉得忧伤。她决定今天下午先不去看亚瑟维多——于是，如释重负地叹了口气。她并不渴望见他。去了，无非是谈谈天，说点客套话！亚瑟维多，她已经认识了。她想接近的，是那些还不认识的人，他们不会勉强她说话。孤独寂寞，她也不怕。她只求一动不动地待着。正像她躺在南方的野地里会招来蚂蚁和野狗一样，在这里，在她周围，也隐隐感到有种骚扰和漩涡。她觉得有点饿，便站起来，在老英格兰时装店的镜子里照见自己的少妇身段：一身行装，紧腰合身。短鼻梁上，颧骨显得很高：一脸衰容，是阿什鸶鸶那段生活留下的印记。她想："我也到了说不出年纪的年纪了。"

　　像以前梦里常做的那样，她在王宫大街吃了中饭。既然不想回旅馆，何必回去呢？靠半瓶普伊酒的酒力，浑身暖洋洋的，觉得很适意。她要了一包烟，邻桌一个小伙子打着打火机递过来，她报以微微一笑。去维朗特罗的路上，到了晚上，一定松荫幽深，想想自己一小时前，还想倚着贝尔纳一起钻进这条松树夹道！这里或别处，松树或枫树，大洋或平原，无论喜欢什么，都无所谓。天地间生生不已的一切，最打动她情兴的，莫过于血肉之躯的人了。"我喜爱的，不是石砌的都会，不是讲座和展览，而是活生生的人，是他们营营逐逐的生活，他们胸宇里比狂飙还猛烈的激情。阿什鸶鸶的松树，夜晚呜呜咽咽的，发出阵阵叹息，听来之所以动人，就因为好像通人性似的。"

黛莱丝喝了一点酒，抽了几支烟，像个好福气的女人，独自笑了起来。她薄敷脂粉，尽态极妍，然后踏上马路，信步走去。

Thérèse chez le docteur

黛莱丝就医记

"唉，不，护士小姐，我再说一遍，大夫今晚不看病。你可以走了。"

艾礼赛·斯瓦茨大夫隔着板壁，一听到卡特琳娜这句话，便推开诊室的门，对太太连看都不看，径自对护士说：

"我等一会儿再喊你。在这儿，你只听我的。"

卡特琳娜·斯瓦茨顶住巴萍小姐放肆的目光，微微一笑，捡起一本书，朝玻璃门走去。百叶窗没关，雨水唰唰直下，流在这七楼的平台上；诊室里的吊灯，照得平台上的雨水明亮闪光。有一阵子，两眼盯着格勒耐尔区远处街上的两行路灯，路灯两旁是一片黝黯昏沉的工厂区。她想，艾礼赛这二十年来，专爱跟她作对，扫她面子，以为得意。但他一定会罪有应得：今儿个，他有什么可向巴萍小姐口授的？大不了三四页吧……关于"帕斯卡性生活"的研究，并没多大进展……这位精神病大学者，自从要想在文学史外另辟蹊径，实际上遇到的难题，正一天多似一天。

护士小姐面对东家的房门站着，眼睛像条忠心的狗。卡特琳娜取了书想看：台灯搁在一张摩登的矮脚茶几上，沙发虽然不算高，但还是坐在地毯上看比较清楚。楼上的小女孩在弹钢琴练习曲，倒也不妨碍斯瓦茨夫人听隔壁邻居收音机里的广播。《伊瑟之死》突然中断，代之以一首咖啡馆歌曲。楼下的小夫妻还在吵架：砰的一声，用摔门来出气。

或许正在这时，卡特琳娜想起娘家的寂静。她父母住在巴比伦街，是座前有院子后有花园的公馆。卡特琳娜·特·鲍莱斯，是在大战前夕，嫁给这位有犹太血统，原籍阿尔萨斯的年轻医生。当时，他才智超群。卡特琳娜不仅没向他出众的聪明低头，甚至也没向他外表的魅力、镇人的威仪让步。这种威仪至今还能慑服无数病人。应该说，一九一〇年至一九一三年间，特·鲍莱斯男爵的千金，对家庭的逆反心理十分强烈。她嫌恶难看的父亲，觉得他丑得足以定罪，而这个怪物却要艾礼赛·斯瓦茨大夫一周来两次，调理调理他这部老机器。母亲的生活天地狭小，卡特琳娜不见得更看得上。那时，这位富贵人家的独生儿女出入巴黎大学，读书读到文学硕士，算得很好胜要强了。在三口两口就吃完的中饭时光，瞥了斯瓦茨一眼，或宴席上听到他从饭桌另一头传来的大嗓门，在这少女的眼里，他就代表着进步，代表着神圣的科学。她拿这门婚事，挡在她所摈弃的上流社会之间。而实际上，这位已经知名的学者，暨人权联盟的书记，一心巴望从正门堂而皇之进入鲍莱斯公馆，与岳父家和睦相处；他业已布下炮阵，事情也接近成功。可是等他发觉这套把戏已为未婚妻看穿，不得已只好作罢。所以，从新婚第一天开始，夫妻之间就扮演着这出喜剧：斯瓦茨一感到受卡特琳娜的监视，便收起附庸风雅的轻浮，恢复他具有前卫意识学者这一角色。

因此之故，他存心要加以报复，尤其当着外人的面，好说粗话，举止暴烈。这样，二十年下来，积习难除，一有机会就羞辱她，像今晚这样抢白，倒是习惯成自然，并非故意。

如今年届五十，在浓密的灰发下，依然保持高贵的头颅。肤色本来就深，晒得又黑，气血又旺，那张脸皮最经受得住时间的风霜。而皮肤还像年轻人一样有弹性，嘴唇很丰满。上流社会圈的人想：没错，这正是羁縻卡特琳娜之处，因为卡特琳娜避之唯恐不及的亲友，受她左倾思想吸引，又跟她接近起来。也有人说"她愿意挨挨"。但认识鲍莱斯男爵夫人的熟人认为，她这位解放千金自己还不觉得，其实她那种随随便便的或过分亲昵的态度，甚至不顾时尚，始终一身古板的穿着，倒是跟乃母十分相像。

她的"作风"，没有比今晚坐在地毯上，表露得更明显的了。有点花白的短发，已遮不住干瘦的后颈。不大的脸盘上，鼻尖皱蹙得像哈巴狗。目光明亮而锐利。薄薄的嘴唇，时时抽动，有点歪扭。这撇嘴的动作，别人看了以为在讥笑或嘲讽人，这倒是误会。

巴萍小姐站着翻阅堆在墙角桌上的画报，上面留着诸多病人的指印。护士小姐身材矮胖，或许得穿紧身内衣了。听到门厅里电话铃响，她故意重重地关上门，示意斯瓦茨太太无权听取：此举纯属枉然，因为所有声响，从这间房都能传到那间房，哪怕四邻琴声、广播声大作。再说，护士小姐对着听筒，嗓门也越来越高。

"给您约个时间，夫人？此刻要见大夫？趁早甭想！不，夫人，说什么也没用……听我说，夫人，大夫不会答应的……不，不，夫人，您弄错了，艾礼赛·斯瓦茨大夫不上夜总会……我没法拦住您，但我有言在先，您只会白跑一趟……"

巴萍小姐从一扇朝候诊室的门进入大夫的诊室。她讲得很响，卡特琳娜不用伸长耳朵也能听到。

"是个疯婆子，先生，她说您答应过她，不论白天晚上，不管什么时候，您都会见她……她说，两年前遇到过您，在一间酒吧……叫吉丽或吉妮的，我倒没听清楚。"

"你把她打发掉了？"大夫斥责道，"谁让你这么瞎起劲？不是多管闲事吗？"

护士小姐嘟囔着说，已经过了十点，猜想他不会同意……他嚷嚷道，猜想猜想，猜想出什么啦……他心里明白这病人是谁，一个颇堪注意的主儿……由于这个蠢丫头，又错过了个机会……

"不过，先生，她说，过半小时就到……"

"啊！她还是要来？"

他情不自禁有些兴奋，不知所措，犹豫了一下说：

"好吧，人一到，马上领她进来。然后，你就乘地铁走吧。"

这时，卡特琳娜走进诊室。大夫在桌子后面刚坐下，便又躬身半立，问太太有何贵干，有点盛气凌人的样子。

"这女人你不接待吧，艾礼？"

她站在大夫面前，身穿一件紧身栗色毛衫，腰间收紧，棱角分明，衬托出颈脖硬直。吊灯的光很强，她眨着没睫毛的眼皮。那只右手修长而好看，这时搭在领圈上，手指拈弄着珊瑚项链。

"就是说，现在你学会听壁脚啦？"

她笑了一笑，好像只当一句玩笑话：

"只要你门上没钉厚毯子，墙壁、地板、天花板上没加软木板……这套房间有那么多可怜虫跑来自陈身世，真是相当滑稽……"

"得了得了……现在让我干活儿吧。"

有辆公共汽车像一阵风，朝蒲朗维里埃街驶去。卡特琳娜手捏着门上插闩，转过身来说：

"当然就这样啦，巴萍小姐回掉那女人，说你不见？"

大夫冲着她走过去，两手插在裤袋袋底，摆动着厚肩膀，样子很壮实，问她"是不是经常要发作"。然后，点上一支"伍长牌"香烟，加上一句：

"关于她，你知道点什么吗？"

卡特琳娜身子靠着暖气片，回答说她很清楚：

"那一晚的事，我还记得：三年前的二月或三月，那时你经常外出。回来后，就说起经过的情形，那个走火入魔的女人要你答应……"

他弓起背，注视地毯，似乎略带愧色。卡特琳娜坐在皮沙发上，艾礼赛戏称那是他特设的告解座，千百个倒霉虫坐在这座位上，结结巴巴磕磕绊绊说着谎言，来探求他们人生中的隐秘，装得连他们自己都不知似的……收音机里庄重的男声，在推销名牌"懒维康"家具，蠢声蠢气倒叫人听过不忘。汽车开到十字路口，总要按喇叭。直到过了半夜，整幢楼才能安静下来，倘若没有人家请客的话。大夫抬头见巴萍小姐站在打字机小桌旁，便吩咐她到门厅去恭候那位夫人。护士一出去，卡特琳娜便断然宣布：

"你不能见她。"

"走着瞧吧。"

"你不能见她，会有危险……"

"你还不如说自己醋劲大发……"

她突然咯咯一笑，想不到倒透着新鲜。

"唉！不……我可怜的胖子……我大发醋劲？"

顿时，怀旧似的，想起那妒火中烧的时日，突然说：

"想你不见得比我更愿意挨两颗子弹吧……不会发生？博齐[1]这人你还记得吧……你说我不认识那位太太，从没见过面？你那晚讲的，我字字句句都还想得起来……我记性好得吓人，只要事关于你。你在我面前说的话，我什么都不会忘记，一字不漏。我觉得，虽然没有亲眼见过，但我认识那蛮横的女人。你那些美丽的女友以穿露背服装为时髦，唯有她穿套头衣服，唯有她戴帽子低低压着眼睛……到晚会临结束，才摘下帽子，摇晃短发，露出一个清秀的前额……记得吗，你跟我讲的时候，还带点陶醉……你反反复复说：'清秀的前额，像高高的一座塔……'你难道不记得自己一再说过的这句话？你还加上一句：'这种蛮族型女人，得提防着点……'即使现在，你也提防着的，你承认不承认……你很想不见。见她，也是出于不好意思……"

艾礼赛听了，一声不吭。眼前，他不需要充好汉给人

1　萨摩尔·博齐为巴黎名医，一九一八年六月十三日，一病人突发疯劲，将他杀死。

看。他只低声说："我已答应在先。"

两人都不作声，谛听楼里的隆隆声，那是电梯开动。大夫喁喁说道："这不会是她……她说半个钟头后到……"夫妻俩各想各的，或许都在回想大夫追女名人齐琪·皮洛岱尔的岁月，差点他给人识破本相。卡特琳娜天天告诫丈夫："人家在笑话你呢。"大夫却瞒着妻子，专门去学跳探戈。齐琪她们一伙每晚拖他去夜总会，年轻人看到这大块头跳舞时那专注而紧张的神情，都忍不住要发笑。他跳得大汗淋漓，得去盥洗室擦领口。那时，画家皮洛岱尔还没娶齐琪，但齐琪自己已冠以皮洛岱尔这姓氏。她在上流社会，跟最能相与的人已有某些接触，虽则还谈不上已为上层圈子所接纳。这位健硕的金发女郎，人家说她很像雷诺阿画里的女人，倒无愧她聪明的名声：这类尤物，没节制的生活也没影响到她的名誉，至少表面上如此，反而长了很多见识，一般不够机敏的人探索未得，往往却弄得身败名裂。但她拖在脚后跟的那伙人，是从什么角落里捡来的呢？那时，卡特琳娜到处张扬，说大夫发现了绝妙的研究对象，学者风流一下也不无裨益……这番掩饰的话，大家倒都信了。然而，这伙人中有一个女人真能引起他的兴趣，当齐琪跟年轻小伙子跳得正欢时，只有那个女人有本领转移他的注意，这就是刚才打电话来，等一会儿就要到的那个女人。

大夫佯装看书，卡特琳娜走过去，把手搭在他肩上：

"听我说，你好好回想一下，你答应随时都能接待她的那晚，她向你供认了什么：自从想毒死丈夫以来，她老有一种谋杀欲……非要拼命克制，才不至于出事……就是这样一个女人，你要跟她关在一起，在晚上十一点钟的时候！"

"假如真想谋杀，那就不会说了。她是想引动我……再说，会有什么危险？你把我当什么人了？"

她率直的眼神盯着他看，并不提高嗓门：

"你心里在害怕，艾礼，瞧你的手。"

他把手插进袋里，耸起肩膀，向右侧了侧头：

"请吧，快点走！到明天早晨之前，希望不再见到你。"

卡特琳娜很平静，打开前厅的门。这时，大夫喊了一下坐在长凳上的护士小姐，要她等那位夫人到，就领进去，然后自己回家。

说完把门关上，让卡特琳娜和巴萍小姐顿时陷入黑暗中。护士小姐旋即打开吊灯。

"太太！"

卡特琳娜已经走上去卧室的便梯，转过身来，看到姑娘胖脸上挂着泪水。

"太太，你别走！"

口气并不横蛮，她似乎恳求道：

"得让那女人感到她是受到监视的，知道隔壁房里有人……"她突然加了一句，"要不要我也留下。两个人，不算多……但不，大夫不让……"

"唉！要瞒他还不容易……"

护士小姐摇摇头，低语道："不能老这么做！"怕不要是个计，弄得她丢饭碗。说不定斯瓦茨夫人会告发：稍有违反规章，大夫可毫不留情。两个女人都不作声：这次，真是电梯的声音。卡特琳娜小声说：

"把她领进去之后，放心回去睡觉。今天夜里，大夫不会有事的，我可以担保。我都照看了二十年了，不必有劳大驾。"

护士朝外面幽暗的楼梯走去，从楼梯口走下几级，斜靠在栏杆上。

电梯门咔嗒关上。一阵短促的门铃声……面孔看不清，巴萍小姐刚闪在一侧。一个女人柔声问道，斯瓦茨大夫是否住在这里。护士小姐帮着脱外衣，但陌生女子硬不让她拿手提包，还有那滴水的雨伞。

巴萍小姐走回来，与坐在阶梯上的卡特琳娜并排坐下，神色惊骇地咬耳朵说，那女宾一身威士忌气……两人伸长耳朵：只听到医生一人的声音。卡特琳娜问这太太是什么穿扮：深色大衣，绒鼠毛皮围领，虽名贵但已用旧。

"太太，教人不放心的，是她那只包，夹在她胳膊下……应当设法拿过来。里面或许藏着把枪……"

这时，听到陌生女子哈哈大笑，医生接着又讲下去。卡特琳娜劝巴萍小姐："不要瞎想，神经正常一点。"护士小姐一把抓住太太的手，脱口说了声"多谢"，顿时觉得不伦不类。卡特琳娜站在阶梯上，以尖刻的目光，看那可怜的姑娘站在镜前调正帽子，往发烫的脸颊上搽粉。她终于走了。

于是，卡特琳娜重新坐在阶梯上。时而听到她丈夫的声音，时而听到那女子的声音，平缓无哗。偷听艾礼说话，感觉很新奇！像是另一个男人在说话，一个较为宽厚的，她不认识的男人！这才明白何以病人常跟她说："你丈夫很客气，你知道，很和善，脾气又好……"

那女的嗓门挺高，颇中卡特琳娜的意。或许还在酒兴上？笑得疯疯癫癫的，倒让在外面偷听的妻子不放心起来。她蹑手蹑脚走下去，溜入客厅，没开灯，就坐下。

在她对面，透过珠罗纱窗帘，看到平台上满是雨水，像一片反光的湖面。远处，格勒耐尔街道的灯光，照射着雨雾弥漫的夜空。大夫用社交场上的谈话方式，讲起齐琪、皮洛岱尔，询问她们一伙后来的情况。

"现在都散了，大夫……'快乐的团伙'，我刚开始懂点事，跟着就散伙了……回想起来，我倒耗去不少精力……那几个礼拜里，把您也卷进去的那个团伙，大夫，后来只剩下我和皮洛岱尔夫妇。帕莱齐，您记得吗？那个很帅的小伙子，他酒量很大（所有的酒都化为欢快……），脊髓得了病，最后回到朗格多克他父母家去了。那个超现实派矮个子，很厉害的样子，他像孩子一样，以为包块毛巾扮成海盗，就足以吓唬人了，这么眉头一皱，头发直竖，装得凶神恶煞似的，但不管他怎么装，倒更像个天使……他扬言要自杀，我们问他是不是在明天早晨……我嘛，笑不出来，因为海洛因跟别的毒品不同，结局都不妙……是的，上个月，在电话里……亚瑟维多恶作剧，半夜里打电话给他，也不报自己姓名，告诉他，朵娜跟雷蒙要好上了，欺骗了他……这纯属开玩笑……说都么说，但大家知道事实并非如此……亚瑟维多听到一个冷冷的声音：'你拿得准，果真如此？'然后，是扔听筒的声音……"

陌生女子讲得很快，有点气急。大夫的回答，卡特琳娜没听明白，因为只愿听这亲切而低沉的语调，平时跟她讲话可不这样。在幽暗的客厅里，隔层淌着雨水的玻璃窗，看着雨淋淋的屋顶、伸得长长的路灯，她心里一再怨叹：这男人只有对她才这么凶……是的，只对她一人。

"哎，不用感到为难，您可以跟我讲亚瑟维多……"那位太太坚持说，"现在，我才不在乎呢！不，也不真是如此……任何爱情，都不会完全结束。我该恨他才是……他向我使过坏，但在我心目中，依然声誉不倒。他的为人，已经今非昔比，但我无所谓：一个在交易所善于趁涨风捞点钱的家伙，同时也是造成我如许痛苦的人。即使最平庸的人，毁灭的力量一旦迸发出来，也会显得不同凡响。这一步踏空，我掉下几级，跌得更深，碰到最后一关……"

大夫用甜俗的声音问：

"我娇贵的夫人，你渴望爱的毛病，他少不得给你治好了？"

卡特琳娜浑身一颤：陌生女子突然（像裂帛似的）纵声大笑，想来该能穿透七层地板，钻进地窖里嗡嗡作响。

"要是治好了，晚上十一点，还会在这儿吗？……我一进来，你没看出我火烧火燎的样子？你的医道到哪儿去了？"

大夫好声好气地说，他从没吹嘘自己会巫术，能未卜先知。

"我就凭你所讲的一切。除了听，不靠别的……我只帮你理你的一团乱麻。"

"一个人能讲的，只是他肯讲的那些。"

"那就大错特错了，太太！在这诊室里，许多人发现了恰恰是他们最想遮掩的实情。至少，我攫取他们瞒而不紧、不意泄露的话，向他们指出那恶作剧的畜生，直言不讳，他们也就不怕了……"

"我们的话，您要信以为真，就错了……须知，爱大大助长了我们撒谎的本领！……举例说吧，跟亚瑟维多诀别时，我要他把信还回来。整整一个晚上，我面对这一堆信：觉得分量何其之轻！原先以为这时期的信，加起来得装一箱子呢，哪知所有的信就装在一个大信封里。我就拿来供在自己面前。想到其中所包含的痛苦——您又要讥笑我了！——油然而生一种尊崇和敬畏之感。（当时的感情确实如此，又让您笑话了……）以我当时的心情，旧信简直不敢重读。不过，我还是决定打开那封最要命的信：起码那是写于临终之日，八月份，在费拉特海岬；偶尔一桩小事打岔，才撇开了自杀的念头……这样，三年之后，创伤业已平复，这封信重新在我指尖抖动……您信吗？写得那么不痛不痒，真以为是拿错了一封呢……但不，不容怀疑，一字字一行行，正是我处于死亡边缘时写的。字里行间，也没说出什么，除了一份可怜的洒脱，一份掩盖自己惨痛情绪的用心，像出于羞涩之心遮掩自己的伤口，免得惹亲人反感或可怜……这很可笑。大夫，您不觉得吗，这些招数从来都不会奏效？我原以为，故示淡漠就会引得亚瑟维多妒意发作……其他那些信，也跟这封一样，都是拼拼凑凑写出来的……没有比爱的做作，更违反自然，更矫情的了……我谈了半天，并没告诉您什么，您是行家，比谁都懂。当我心里有了爱，就不断估量，不断筹思，不断预测，做什么都笨手笨脚，但临了非但没惹怒对方，反倒使人软了心……"

斯瓦茨夫人坐在暗中，一个字也不放过，那些语句，停顿得很怪，完全不按句子的节律，而像是喉咙突然噎住似的。卡特琳娜心里想：她干吗向艾礼倾诉呢？为什么恰恰向他，说这些掏心肝的话？她真想拉开诊室的门，朝陌生女子喊道："他帮不上你的忙，只会叫你在泥潭里陷得更深。我不知道你该向谁去说，但绝不是向他，向他！"

"我担保，娇贵的夫人，如果你不是又上一次当，关于爱情，你就不会说得这么中肯……不是吗？"

大夫徐徐道来，父辈似的，平静而和蔼。但来访的女客用一种俗气的，几乎是粗俗的声调，截住他的话：

"那还用您说！谁都看得出来……您不必费心引我说话。我今天不就是为说话才来的吗？即使您离开这房间，我也会对这张桌子这堵墙说的。"

这时，卡特琳娜明显意识到自己犯了大错：医生的妻子在听壁脚，偷听病人告诉大夫的隐私……她面颊热辣辣的，随即站起身来，穿过门厅，从便梯回到自己房里，一盏分枝吊灯把整个房间照得雪亮。她走近镜子，久久凝视这张不讨人喜欢的面孔，这张要相伴一辈子的面孔。看到灯光、日常家具，于心稍安。她担心什么？有何危险？再说，这个女人，也不是第一个来客……

这时，听得哗声大作，她凛然一震。房门原是半掩的，便推开门，走下几级——还不足以听明白来客嚷些什么，因为是女的在嚷嚷。只要再走下去一点，卡特琳娜就一句不会漏掉，听得明白清楚了。职业秘密？……但说不定跟艾礼性命攸关……卡特琳娜又向这诱人的想法让步了，坐进门厅的沙发里。有一秒钟，只听见电梯声，别的什么都听不清。之后，重新听到：

"你明白吗，大夫？整个夏天，我跟费烈都不在一起。我从来不需要别人，甚至也不需要亚瑟维多，像我现在需要费烈那样：他不在身旁，我心里堵得慌。他提出各种借口，生意啦，饭局啦，好把我撇开。说实在的，他想找一门有钱的亲事。但眼下……再说，他已离过婚，是的，才二十四岁……我嘛，这段时间，到处飘荡。我都不好意思说自己那段生活：心心念念就等他的信。每到一地，就直奔邮局留局自取的窗口。对于我，旅游，就是邮局。"

卡特琳娜自认为，现在偷听，不单单是尽为妻的义务，万一丈夫受到攻击，还可以前去解救。不，她是出于一种抑制不住的好奇——而她一向审慎过分，甚至达于怪癖的程度！但这陌生嗓音，对她不无蛊惑，同时，想到等待这不幸女子的将是绝望，也觉得难以忍受。那女子艾礼不能理解，甚至也不会同情。像其他受难者一样，他会鼓励她说个痛快。以生理上的一吐为快，以求得精神的解脱：他的办法仅此而已。他就用这同一把不道德的钥匙，来解开勇武、罪恶、圣洁、舍弃……这些想法在卡特琳娜脑海里翻腾着，同时，对诊室里的谈话也一字不肯漏过。

"您可以想见我的惊喜，为费烈的来信越来越长，而且写得很用心，有意给我安慰，使我快活。随着夏天的流逝，信越来越勤，不久几乎每天能得到一封信。

"那是在我跟女儿每年一起过的那个礼拜里。小姑娘现在十一岁了。家庭教师把她领到我预先指定的地点，离波尔多至少有一千里：这是我丈夫提的条件。那些日子真可怕：不知道小东西是不是知道压在我头上的指控，总之，她看见我就害怕。家庭教师巧加安排，要喝什么，都轮不到我给她倒……您知道，我什么都做得出来。像宣布免予起诉那晚我丈夫说的（我还听到他带拖腔的朗德口音）：'你总不至于要人家把孩子交给你管吧？她也一样，得躲避你的毒药。我呜呼之后，等她满二十一岁，产业就全都归她……丈夫死后归孩子！把她除掉，大概你也不会畏怯！'好歹一年给我一个礼拜，我拖她进大饭店，上马戏场……但，我不是来谈这个的……刚才跟您说，费烈的信使我快活，不再痛苦。他急于要见我，显得比我更急；我很高兴，很泰然……这在我脸上也该看得出。玛丽也不怎么怕我。一天傍晚，在凡尔赛，坐在小特俪亚侬的长凳上，我摸着她的头发……可怜的小丫头！我相信，我希望……我要感谢天主，颂赞人生……"

卡特琳娜重新起身，脸颊发烫，上楼到自己房里。躲在这扇门后，感到像犯了罪：最可鄙的盗窃罪。对这个扑在他脚下说掏心肝话的可怜女子，艾礼有何良策？卡特琳娜刚坐下又站起来，在阶梯上重新找到她的监听哨。陌生女子一直在讲：

"清早七点，他在车站出口处等我。想想看，这情景有多美。看到他一副可怜相，疲惫不堪，走投无路的样子。久别之后，重新见到所爱，一刹那间，看到他的真实面目，不带我们的狂热涂上的色彩……不是吗，大夫？这一秒钟里，能突然看清痴情的形象……但是，我们太喜欢自己的痛苦了，往往以苦为乐、苦中作乐。他带我去外交部街咖啡馆。两人各说各的，我们又搭上了关系……他问起我树脂、松树和矿井柱腿儿的买卖，那时我产业上的收益归我自己调度。我笑着告诉他，今年得勒紧裤带了。树脂，完啦！美国人发明了一种代用品。木材也卖不出去。阿什鸳鸳的锯木厂，锯的都是波兰来的枞木，而让长在自己家门口的松树白白烂在地里。总之，破产，好像成了共同的命运……我讲着讲着，费烈的脸色越来越白。他一定要知道，为什么不能用低价卖出去。我说使不得，这会酿成灾难，我感到他的注意力慢慢从我身上撤离。在阿什鸳鸳松树跌价的同时，我也跌得分文不值。您明白吗，大夫？我不想哭，只想笑。我笑我自己，您想想看！他，离我已有千里之遥了……他眼睛里已没有我。受过这罪，才能明白其中的底蕴。我们女人只为一个人活，而恰恰在那个人眼里，我们已等于零……为了引他的注意，我什么都肯做，连最冒失的事……您永远猜不到，大夫，我做了什么……"

"这不难猜……你把你过去的故事……对你的控告……告诉了他……"

"您怎么知道的？对，我就是这么做的……我不是不知道有人钳住费烈，在讹诈他，想要抓他，咳，这个不该在这里说。于是，我给他讲了自己的故事……"

"他感兴趣吗？"

"啊！那您可以相信我！他听得很入神，专心得异乎寻常……我隐隐约约有点担心，觉得不该这么披肝沥胆。现在，使得他对我兴趣倍增，甚至太过分了些，您明白吗！我起初怕他讹诈。不，倒不是……再说，讹诈我什么？我没风险可担：买卖已完结啦。不，他另起一题，觉得我可以帮他忙……"

"帮他忙？帮他什么忙？"

"您怎么这么拎不清，大夫？去做一桩他自己不敢做的事……事成之后，他答应娶我，这样我们永远捆在一起了，我捏住他的把柄，他也捏住我的把柄。他有个计划，包我不冒风险。简单说来，就是要我故技重演。这得说明一下，他的仇家，那个只消一句话就能断送他的仇家，住在乡下：是西南部的一个小财主，几乎是个乡巴佬。他有个葡萄园。我已进到他家里，为买酒的事。您知道，现在的女人做什么职业的都有，其中也有做经纪人的。我帮他做成几笔买卖。我们进酒库，一同品酒……您明白吗？我们用同一只杯子喝酒。他是公认的酒鬼……已经有过几次轻度中风……这不会引起人家猜疑……而您知道，乡下根本没有尸检法医，无所谓监督……"

她突然打住，大夫也不答言。卡特琳娜在黝暗的楼梯里，心猛跳起来。她又听到陌生女人的声音。但，那是另一种声音：

"救救我，大夫……费烈不让我有喘息的机会……最后我只好让步。他是个恶人，但面貌像孩子……这是股什么魔力，时常侵犯那些面孔如同天使一般的人？没几年前，他们还在上学呢……您相信有魔鬼吗，大夫？相信某人就是恶鬼吗？"

卡特琳娜听到丈夫的笑声，简直不能忍受。她关上房门，扑倒在床边，堵住耳朵，瘫在那里良久没动，沮丧至极，不思也不想……突然，听到喊她名字，嗓音充满惊怖。她急忙下楼，冲进诊室，第一眼没看见丈夫，以为他已经倒毙。却听到他的说话声：

"她恨的不是你……不过，还是小心为是……把枪夺下来！……是上了膛的。"

她明白，丈夫蹲在写字台后面。陌生女子背靠着墙，右手伸在打开的手提包里。双目前视，定定然的。卡特琳娜从容不迫，一把抓住她手腕：那女人也不挣扎，听凭手提包掉下去，手心里捏着什么，但不是枪。大夫站了起来，脸色刷白，手按着写字台，还在瑟瑟发抖，也忘了掩饰。卡特琳娜一直攥着那女子的手腕，逼她松开手指。临了，一个白纸包落在地毯上。

陌生女子看着卡特琳娜。她掀起窄边软帽，露出一个宽展的前额；又稀又糟的短发，已经有点花白。高颧骨，凹腮帮，瘪嘴唇，没搽脂敷粉。眼皮下的黄皮肤，已转成暗栗色。

她没做什么手势，去拦卡特琳娜捡纸包，看封皮上的字：原来是药剂师写的标签。那女人手里捏着帽子，开门走到门厅，想起还有一把伞。卡特琳娜轻声问：

"要不要打电话叫辆车？外面雨很大。"

她摇摇小脑袋。卡特琳娜走在前面为她开亮走道里的灯。

"你不戴上帽子？"

没得到任何回答，卡特琳娜径自拿过软帽，替陌生女子戴好，给她扣上大衣扣子，竖起绒鼠毛围领。本想对她笑一笑，拍拍她的肩膀……斯瓦茨夫人看她消失在楼梯里，自己迟疑了一下，便回到房里。

大夫两手插在袋里，站在房中央，没看卡特琳娜：

"你说得对：一个十足的疯婆子，今后真得小心点才行。她装得像带了手枪……谁碰上，都会给蒙住的。你倒不问问事情经过？是这样的：她胡乱讲完她的故事，便硬要找替她诊治……我向她指出：让她一吐心中的郁结，看清自己这方面的情形，那就可以善自为谋，从那家伙手里获得她所期望的，而不做任何他强求于她的事，这样就不坏。不料她突然发作起来……你没听到她喊吗？她把我当贼：'你装得像能医治灵魂，但你却根本不相信有灵魂……精神病医生，就是医灵魂的大夫，而你却说没有灵魂这回事……'总之，反反复复这几句话……一种低等的神秘主义倾向，加上她原有的毛病……你笑什么，卡特琳娜？这有什么好笑的？"

他看着妻子，惊讶莫名。他从来没见过她这张脸闪着这样得意的光芒。两臂下垂，双手摊开搭在裙子旁，她终于开口说：

"这花了我二十年工夫……总之，该结束了！我算解脱了，艾礼，你呀，我再也不会爱你了。"

Thérèse à l'hôtel

黛莱丝在旅馆

　　这世上要是有个可倾诉衷肠的人，我与那男生在旅馆相遇的事，真能说得清吗？今晨还在这旅馆，昨晚那时光，我们在花园说话，彼此虽然近在咫尺，却谁也看不见谁。我固然懒于动笔，幸好对一己的事还至为关切。这种非人的孤独，没有一个女人会受得了。我能有救，全靠着尚未厌烦自己之故。

　　一桩桩往事，都害苦了我。一桩桩？不，就是"我的"那桩事。即使在深更半夜，也断断忘不了我生命里某一时刻做过的那桩事：每天往杯子里，一只玻璃杯里，滴上几滴……噩梦惊破，转眼已十年了！贝尔纳得救后，身康体泰，他日后的死，根子在他自身，在乎酒食过度。只是我不再在旁，无以施加影响罢了。而他身边，暂无迫不及待的人，世上也没人想到要去铲灭这自满自足的孤岛……我这徒劳无用的罪孽，从今而后，倒笼罩着我的有生之年，被所谓的受害人，被我的亲属家人，弃置于旷废之地。我呀，是世上最最漂泊无依，最最为人所弃的人。

　　刚写下这几行，又看了一遍：无疑，我对自己的这个形象感到满意。说到底，我不是拘囿于某一人物某一角色之中吗？一个与过去罪愆脱钩的黛莱丝，一个本我的黛莱丝，究竟存不存在呢？这罪行本当不属于我，但待人接物的态度、某些姿势、某种生活方式，却由此而划定。

　　疲惫的身子，饥渴的心，不论拖到哪里，这罪愆都始终缠着我……哦，这堵活动墙！不，不是活动墙，是道活篱笆，年年岁岁都缠上更多的藤藤蔓蔓。

　　……幸好与自己相对，尚不觉厌烦。这点好奇，或许是我身上最不近人情之处。大多数人靠快意的遗忘，得以安然苟活下去。他们在人生经纬里编织的故事，都湮没不见了。女人尤其没记性，虽历经残酷，还能保持儿童般清纯的目光：以往做过的事，眼神里不露分毫。在这一点上，我跟其他女人不同。比如，换了别的女人会说："费烈自杀后，躲到弗拉特海岬旅馆来，就是为静静咀摸痛苦，独自面对苦难。"而我就敢坦言："这小子，让我受够了罪（我对他的爱，只有以他予我的深痛巨创才衡量得出），他这一死，倒救了我。听到他自杀，我松了口气，心情也好了点。我的爱笃诚专一，这样一来，我不仅摆脱了因爱引起的苦痛，也摆脱了忧从中来的烦恼，虽则忧的都是些日常琐事。"当初得知他因支票事将会受到控告，我马上料到，司法当局定会调查他的境况，很快就能发现有我这人。在这类社会新闻里，有个大龄女人现形，就足够记者插科打诨开些微妙的玩笑了。该让永恒的女性来付代价呗！这次，是个要不得的老太婆，就是说我——黛莱丝，只要得着一刻纯正的柔情，连舍命都肯的我，于人生所求亦唯此而已！

这种耻辱，高傲如我，自然受不了；费烈一死，倒免我遭罪。但要承认，还会有别的花样：预审推事的盘问啦，哪怕是作为证人……于是就会搜寻我的身世，嗅出我这早年的刑事犯……即使把线索搅乱，结果无非是：像十年前那样，坐在办案人员面前，他的每个问题都是一个陷阱……不，我办不到，办不到。

不过，黛莱丝，惹你爱恋的那人已死于非命，你听到他的死讯，还幸灾乐祸，看来并不把这份爱引以为荣，那么，这种爱又值几何？真是假仁假义！你所谓的爱，其实是在荒野里游荡的妖魔，正在伺机扑杀猎物。当这一猎物遭到毁弃，怀着解脱之感，你那爱的妖魔又重新开始游荡，随心所欲去寻找新的对象，猛扑过去，以为自己的滋养……

费烈下葬后（被他遗弃的女人，那个波尔多小女人，跑来收他尸骸，有多失望！他为何不向她求救，她会给他所需的全部钱？"宁可饿死！"他一再跟我说），我来到这家旅馆，不是作为居丧的情人，而是像康复中的病人，心情又焦虑又惬意，因为心中的妖魔无所事事无所萦怀，又在游荡，以寻找另一个猎物。

　　说实在的，令我自己都感到吃惊的（既然禀性如此），倒不是我所做的事，而是我没做的事。是的，为世人所弃，而且从来没人像我这样彻底为世人所弃，我的身心既然这样，我怎么会像别人所说的那样，不去骗取人家的好感……我确乎听到人家说："你很聪明，黛莱丝。"对自己大可以这么说："绝顶聪明！"有时，晚上在香榭丽舍大街或蒲洛涅森林的长凳上，或在咖啡馆的露天座里，一起聊天的那些女酒鬼，都是些疯婆子。女人比男子更需要智慧。蠢女人一旦摆脱家庭的羁绊、习俗的约束，真会变得奇蠢无比。你常说人家脑子不管用，是的，你的聪明可使你免除愚顽，但不能免除邪恶……哎，我知道你做的事，足以使你们家的女人吓得乱画十字……有时人走得精疲力竭，两脚浮肿，随身倒在教堂座椅上的那一刻，看到告解亭里有人隔着栅栏在聆听，如果我对忏悔这种奇怪的诱惑让步，向卸脱自己行为重荷的需要让步，我也只能袒露小小一部分，尽管相关的事实说了很多。别人真有这种能耐，多年之后去忏悔，还能记得历历往事，什么都不遗漏？要是换了我，只要有桩错事忘了，就会觉得宽恕也是枉然。天网恢恢，一事疏漏，我的全部卑劣又会重新凝聚。

不过还有个限度，我没跨过……讲出来很可笑：我为之迷失，因之得救的，都源于我这颗心……卷入可悲的情史，我为之迷失；不许我肉体独自去觅食，又使我因之得救……得了吧，黛莱丝，你想弄明白什么呢？你不是跟别人一样，也能作恶吗？无疑，到日后，屈指算来：有快慰，有羞耻，有反感，占上风的是厌恶。

同样，你也能数出你的蹉跌……不过，几乎每次都有柔情做诱饵；对你那些不妙的历险，你的心总提足了兴致。为了往前走，深深卷进去，这点动力这点希望还是必不可少的，虽则事先知道希望必然以破灭告终。啊！对费烈的自杀，我这种不近人情的冷漠，看来只能用我这一信念来解释：在这类历险起始的时候，我就认为不过是场骗局，此人不过是个因头……不错：这类因头都是我一时心血来潮。几乎都是一时心血来潮：我的爱，犹如挖地洞的鼹鼠，不长眼睛的爬虫。好像碰巧就能遇上一个多情种子！再说，是否真有多情的人？普天下的男男女女，爱别人的时候，都是多情的；为别人所爱，那就未必见得。

与这男生之间所发生的一切……其实，什么也没发生！过去的，将有的，那类感受才算是新鲜的……第一天，我以放松而闲适的心情走进旅馆的餐厅。许是过复活节，所有家庭都聚到餐厅里来了，看到这单身女子吃饭时还在阅读，以书为伴，不由得引起他人怜悯。他们猜不到，在我人生的荒漠里，这旅馆生涯，等于是个避风港。看到这么些人已是一种慰藉，芸芸众生就蕴蓄着些许人间温情。

他们使我感到温暖，却并不羡慕。看到父母孩子围桌而坐，便回忆起我生活中的那个阶段：贝尔纳坐在我对面咀嚼食物，然后擦擦嘴巴，再喝酒，都另有一功，我看了觉得厌恶；直到他抱怨说阳光照他眼睛，才换个位子坐在我右边，这对我倒是一种解脱……谁知道？要是他向来就坐在我右手，从未对面而坐，或许我就不会有那个念头……但是，为什么总回到这个老题目上来呢……

这个人家，坐在近旁一张桌上：母亲、祖母、小孙女，这种正派而执拗的神情，像一个模子刻出的三份，起自奶奶，传至孙女，毫不走样；而他呢……多大岁数？十八？二十？无论从哪方面看，都谈不上漂亮。留住我目光的，是一种美妙，别人大概没看到，因为好像没有人加以注意。哪种美妙？一种纯一不杂的、朴实无华的青春光辉。黎明的光芒照着这张没有一丝忧烦的面孔。我很超然地端详这张脸。至少，自认为很超然……仿佛我对费烈的感情，不是余火未熄的灰烬！我每次都是在悠闲中坠入彀中的。自以为此心已死，哪知只是喘息以待。两次情史之间，只要没人蒙住我眼睛，我便从镜子中看到自己的憔悴无用，比实际更老。这一评估，予我安宁，由是感到：争斗已经结束，爱情这脏玩意儿，已与我无涉。好似从一个高不可及的阳台，俯视他人的生活，俯视自己的往昔。已往有过种种愤激情绪，却想不起有过宁静终于获得之感。每次领受的爱，我总认为已是最后一次。这岂不很合情理吗？每次恋情的开头，都是一种意志的行为，能知道自己情愿跨出这决定性一步的确切时刻。但怎能想象，身上烫伤的痕迹未除，竟又会疯狂起来，甘心再次跳进烈火中去？真令人难以置信……就连自己也不信。

我看着这素不相识的男孩子，像看一棵美丽的树木。大概考试考累了，他吞下几片药，饭后家人要他躺躺。这些照应，惹他不高兴，对母亲和祖母啧有烦言。不过，埋怨归埋怨，口气倒还温和。他阅读甚广，尤其是杂志，但不是从封面颜色就能认出的文艺刊物。即使是用餐时间，他也忍不住从袋里抽出一本杂志来看。但长辈马上叫他守点规矩，他叹口气只好照办，头一扬，把掉到前额上的一绺头发甩回去。

这姿势倒有趣，我已学会暗中看人，很乖巧地看着他。我带来一本《查泰莱夫人的情人》，等上菜的时候装着看书，眼角间留意着邻桌的年轻人。没有任何迹象表明他对我有一点点关注。只是一天早晨，撞见他在翻我留在大堂桌上的劳伦斯小说。等我走近，他马上把书放回原处，两颊通红，小脸儿还一脸稚气。接着一扭头，走远去了。

第二天，倒予我一冲击，按说我早该习以为常了，然而，竟不能不感到吃惊，而且，日后遇到同样情况，说不定还会错愕莫名……

午餐时候，我从旁看这小伙子，只见他心不在焉吃着饭，眼睛朝空处望着。不像有些小伙子，心神不宁，遐想非非的时候，别有情致。他像看出了神，我可任意打量，不用遮遮掩掩的。看他目光定住一点，大可奇怪。循那目光望去，倒吃了一惊！发现什么啦？原来靠玻璃的反射（餐厅里到处是镜子），他盯着看的，正是我，表情又那么专注，真弄得我张皇失措！我马上低下眼睛，免得他发觉我揭穿他的把戏。他目光几乎没离开我，始终是同样的神色，克制之中带着急切。

这一下的感受，怎么比方呢？像大火烧过的原野，春雨一淋，又泛青了……是的，正是这样：骤然而至的春天，令人欣喜欲狂的春天！以为已死的一切，又长芽开花了。人老珠黄之感，变得没什么意思了。突然之间，对自己的容貌，不再萦怀。能引起这陌生人眷顾，虽则我简直不相信自己的眼睛，为我寻回了青春，寻回了已逝去的风韵。在我内心，有个声音怯生生在表示异议："这怎么可能呢……"于是回想起很多事，有的女人年纪比我大多了，不是照样有人爱慕追求？这小伙子看到的，又不是背光中的我，中午的阳光正好正面照着我的面孔。不，不，就是我现在这模样，就能使他惊羡、折服，那不可名状的气度，在我到巴黎的头几年，就常显示其神效。

有这目光一瞥，就够了，我准备再次忍受一切！虽则微乎其微，但我已开始感到幸福。我知道这得付出代价，而且要不了多久。但管它呢。任凭以后发生什么，不是已有了这幸福感，有了这最初的会心一笑，最初的言来语往——这自我扩张才开个头，已使我快活得透不过气来。

看他的样子，谁会相信这心不在焉的孩子会对一个女子这么痴迷？说真的，热衷的情状烧灼着他的脸庞。眼睛在深深的眉棱骨下暗暗发光。嘴大而美，一笑便露出一口洁白的牙齿。有绺头发不断垂到额前，才使这张年轻面孔上的清教徒气息减却了几分。

他走出餐厅的时候，在我旁边擦身而过，连看都没看我一眼。哎，他个子多高！这些少年，身体发育得比面相快，长成了大人，还是一张娃娃脸。

我克制自己，没马上跟在他脚后跟出去。等我走进大堂，看到他正跟奶奶在争执，奶奶硬要他松散松散躺一躺，家里别的人已乘车走了。哎，是怎么回事呢？他不肯留在旅馆，是想伺机外出跟我说句话？已经开始暗中发急？已经有了这挂虑、这焦灼？啊！争执没拖多久！但他凭什么认为我会留在大堂？尤其这不合我的习惯。我在他旁边的桌子刚落座，他突然顺从了家人的旨意，难道是一种巧合？快慰再次使我透不过气来。我在一旁慢慢呷着热咖啡。

他穿着走样的大皮鞋，袜子没拉好，便宜的灰长裤滑在腰下。我装着看书。这里没镜子可帮他忙，但我提防着不去搅乱他的花枪。再说，也不必抬眼去看，我脸上就感到他灼灼的目光。时间悄悄过去，什么也没发生。我知道他要躺个把钟头。白白过去的分分秒秒，都成了一种痛苦。找什么借口跟他搭讪呢？一筹莫展，真把我急坏了。外面是好天，还是下雨？什么都记不起来。此时唯有苦恼，周围的世界已不复存在。时间已过去不少，我们连一句话都还没说呢。他终于站起身，活动活动他麻木的细长身子。个子甚高，以致脑袋显得太小，像个蛇头，而且是扁头。趁他走开去，我扔了一个烟头：

"哎，对不起，先生……"

他转过身来，向我一笑。目光柔和，但定定然的叫人受不了。我说，看到他翻阅劳伦斯的小说，假如想看，我很乐意借与。他收起笑容，脸上的线条随即变硬，看起我来，样子带点愠怒，反正，带点怜悯。我嘛，又能呼吸了，要说的说了，他就在眼前。最难的一步业已跨出：关系已经搭上。凭最初几句话，我迈进了他的生活，他也跨入了我的生活；凭他偷窥的目光，其实他早已闯入我的生活。他还不知，要再想摆脱，就不那么容易了。他开头几句话，我没听进去，全身心浸在初战告捷的欢快与苏息之中。不管发生什么，都妨碍不了我们把戏演下去。他的眼睛好像要把人吞下去似的，一副天真不知谨慎的样子。大堂里只有我们两人。我现在记起来，那时天气很好，其他人都到外面去了。临末，我总算听清他说话的口气很不客气：

"这类书，本不足观，似乎不必劳批评家来指点。我用不着把鼻子夹在书里，就能知道里面说些什么……"

为了不做哑巴，我信口说，这本书很精彩。

"唉！我很怀疑……"他感叹道。

听他口气倒不是生气，而是担忧，他目不转睛地看着我。我得罪了他，已不取悦于他，已不符合他对我的期望。我多么想把他稳住！我还不知道他愿意我是个怎样的女人，那我很快就会知道的。自己的行止能使他满意，对我来说不失为一桩有趣的事。最费精神的，是最初交谈时的揣摩猜测。

我竭力用心听他说话。他说得很快，带点口吃：

"这本书很精彩！吓，亏你说得出！"

我明白他向暗中的妒意让步了，怕我是查泰莱夫人式的女人。然而，本能使然，我使出一招，想当年在乡野时期，话题涉及风流轶事，我这一招还常能奏效。我告诉他，我只要愿意想什么愉快的事，根本用不着乞灵于什么书本……

"你这话说得没有品位……"

看我一愣，他又叮了一句：

"不过，你说的话我不信。"

他头一扬，把头发甩了回去，盯着我看的目光里，满蕴着热情，而且，我相信，满蕴着柔情。此刻，我真喜欢他！要是没有侍者在旁整理茶桌，我怕自己会情不可抑。心里慌乱得很，说出来的话也词不达意。但不，不只是我感到惑乱，他的言辞也好生奇怪。我更用心去听。无疑，我引发他的兴趣，可见之于他脸上的表情，甚至声调里也听得出来。但他的话，却与热烈的嗓音不相应。我要他别对我抱任何幻想。

"不，我并没把你想得比实际好。"他说，暖融融的目光包围着我。"我见到的事，比你以为的要多。面孔骗不了我。我不认为自己在这方面有看错的地方，尤其对有点年纪的人。"他以最自然的声调加上这一句。

倒没想到他会把我归入这类人，我的心不由得揪紧了。

"跟我同年纪的年轻人，更容易上当受骗。面孔长得像天使的男男女女，就得提防着点。但这类人，我已学会怎样识破他们。坏天使都有好相貌，不是吗？关键要明白此中道理。至于那些经历复杂的人……"

这下，不用怀疑是指我了。

"有两岁的人……"他强笑着说。

我心里想要加以反驳，哪怕是纯粹装装样子。结果什么都没说。他目光移开一点，只简单说道：

"是的，人的一生，从面孔上就看得出来。"

我竟呆着不言不语，这大孩子审察的目光弄得我惶惶不知所措。等我反应过来，觉得对讨我喜欢的人，得设法引动他，用神秘兮兮的、意想不到的许诺，把他吊住。

"我的经历，会叫你吃惊。讲出来，兴许会把你吓走。不管你想象力多么丰富……"

他毫不客气地打断我的话，说不想听什么倾心吐胆的话。他怪里怪气地说：他没义务来听这些事"并加以原谅"，后面一句是压低声音说的。

我这才发觉，错看了这张犟倔而热忱的脸，可自己还不肯承认。只对他表示出来的热烈情怀，聊以自慰。他妄自把我归入有两岁的人这一类——不管我在他眼里显得年纪多大，他那吞噬人的目光也没从我身上移开分毫。

"不管你做什么，"他低声说，"对你，我并没有这种印象，这种从未蒙蔽过我的印象。这印象，怎么说呢？是的，有时，在社交场合，对有些男女，我从生理上就感到他们的灵魂已死……你明白这意思吗？好像这灵魂已是一具僵尸。而你……请原谅我直言不讳，我敢说（或许我看错了！），你的灵魂有病，病得厉害，但还是有生命的……不错，还是充满生机的。打我冷眼看你，心里老存着这念头，直到目前为止，你的生活，和你应该有的生活，存在着巨大反差……你没不痛快吧，夫人？你在笑话我？"

他突然顿住，被我的笑声弄得不知所措。我不是笑这书呆子，而是笑我自己。为自己错得滑稽而笑，同时也出于高兴而笑，庆幸自己躲过一次受辱的可能。因为，刚才，我几乎要有所动作，想去抓他的手……我长长舒了一口气。突然，我看到自己显现在这偃头眼里的样子：一个老太婆。我慌乱的心情，他甚至想都想不到。我看着他，这二十岁的书呆子，居然为女人的灵魂操心。我倒恨起他来了……他又说了一句：

"你在笑话我？"

这时，我站起来，感到需要出去走走，散散郁勃之气。同时，也怕管不住自己，说出什么话来，把他永远赶开了。我不想失掉他，这小伙子。我得向他证明我是有生气的，但不是以他所想的方式。我听到自己悦耳的声音对他说：

"以你的年纪而论，先生，算得很深刻了。或许有点莽撞，但是深刻！"

他反驳说，他不求深刻。至于莽撞，他相信确乎如此。他愿意向前直奔，跳过几个阶段，置纤徐与审慎等准则于不顾。碰壁也不能使他改易。他还为自己的态度表示抱歉，同时想摸清我的想法，但我滴水不漏：

"不管怎么说，先生，你这份热忱为你增光。"

我伸出手去，把他的手攥了几秒钟，他手心有点黏潮，今天握着当会觉得腻味。之后，我微笑道，这微笑在从前曾颇讨人喜欢：

"晚饭的时候，咱们再谈谈吗？"

不等他回答，我临走掷过去一句话：

"你对我大有助益。"

我眯起眼睛，特别加重"大有"两字的分量。对美的灵魂，我知道该说什么。说到美的灵魂，这不是我首次遇到，但却可能是我初次看错。我急于想要能独自静处一会儿，简直不能再多忍一刻了，于是疾步朝诚城咖啡馆走去。

你记得那小码头，那咖啡馆的平台吗？众多可怜的姑娘目送英国水兵挤进一条小艇摆渡回去。那些姗姗来迟的，匆匆跳上小艇。他们刚踢完足球，"飘扬的衣摆"遮着他们带血沾泥的膝盖头。岸上的姑娘竭力在人堆里寻认一个钟头前的伙伴！"那个，是我的……我那位站在前面：那红棕色头发的大个子……"我想起为灵魂操心的小伙子，他会以为这些雌儿都能得到永生！啊！我倒很想把他这小基督徒交给那些母大虫！……或者就为他挑一个，挑那个独眼姑娘。她也在嚷嚷，因为"她那一位"都没工夫跟她喝杯啤酒。突然，她双手捧只酒杯，在众人笑声的激励下，走近小艇，把杯子递过去，接杯子那人在军官无表情的目光下一饮而尽，军官长得很嫩相，几乎像个孩子。

这夜，气压很低，没有月光。大海黝黑难辨，海水的气息也不如紫罗兰浓。我离开大堂的时候，他拿眼睛盯着我。

我没敢走远，怕他找不到我。我在旅馆照出来的灯影里踌躇，心里游移，禁不住在想，假如他喜欢我，这期待又意味着什么。俄尔，闪出一个念头，我或许会搅乱他的心绪。要女人不相信自己魅力依旧，真太难了！贞洁的男子，是不是还有？不，肯定没有！至少，他们装得道貌岸然，骨子里掩盖着某种隐情……我翻来覆去这么说，知道事情并非如此。我把认识的年轻人一一回想起来。他们生来就那么正经，对我都降尊纤贵才来俯就！

　　他从台阶上走下来。那身晚礼服既不合身，领结也打得马马虎虎。我摆摆香烟，示意我在这儿。他走了过来，我不开言，看他发鬈觉得好玩。他再次对自己擅自翻书表示歉意。然而，尽力想猜透我的表情：我一直沉默不语，给他甚深印象。或许就在这一刻，他约莫感到我的恨意。假如他使点坏，我反倒不会嫌弃他。

　　原以为他会把我当作一个女人，一个疯疯癫癫的女人，想从他那儿寻得一种热烈的感情，哪知道这想法根本没掠过他脑海。啊，这才可怕：不理不睬。在他眼里，不言而喻，我这人已经完结。不，有意犯罪不去说了，没有意图而犯罪，才可怕呢。假如他刻意要伤害我，我想起他的恶意，心里还有点着落。女人对恨她的男人，倒可以抱以希望。但那种客客气气，却是无计可施。他已表示我作为女人已死：这表示他是不由自主的，所以才无可辩驳。

我们在一条长凳上落座。我很突兀地问他多大年纪：

"二十……快要二十一了……"

可怜虫！假如我能引得他心里悬悬不定，不断躲躲闪闪，感到一种无可挽回的损失，那不是报了仇吗？跟我人生交臂而过的少年男子，没有一个我不给他们留下几许青春不再的悲苦。折磨我也罢，抛弃我也罢，我都在他们怀抱里留下一个垂死女人的形象，让他们看到自己青春逝去。除了这恹恹欲死的情状，什么也不给他们留下。

接着轮到我说了。说的都是些平常事——漆黑不见的海洋啦，隐约可闻的紫罗兰香气啦，飘忽远来的音乐啦——一种幸福的氛围，唯独缺少幸福的感觉！

"你现在看不见我……那就把我想象成一个年轻女子吧……"

我顿了一下，想等他声辩，说无须黑夜也能相信我年轻之类的话。他只平平实实回答，说在他看来，戏剧和电影里的爱情场面，跟现实中的了不相关。说到爱情这个题目，又加上几句早已想好的话："爱情之花愿在哪儿开就在哪儿开，倒经常不在海边的露台而在病房或麻风病院。"我反驳说，我们说的不是同一种爱……他认为恰恰相反，爱只有一种，由于施与不同的对象而有所不同罢了。所有这些话都没有多大意思，于我们之间的深刻争论并未说出什么高见。最后，我鼓足勇气，向他提一个切实的问题：人生的幸福，他拒之于今天，会不会追悔于日后？会不会因机会失却而追念不已？

他未加回答，或许我触及了问题的实质，或许他等我自己来发挥这想法。他这沉默，增加了我的勇气。我断言，青春一过，对盛年所忽略所耽误的幸福，就会像追影子一样，一直追逐到死方休。有那么一种月光，只要抵拒一次，就会失之永远；事后，我们又会穷毕生之力去寻求。年轻时以为有福可以推到以后去享，以为想找就能找到，真是痴心妄想！

他并没显出被说动的样子，我简直要落泪，他只悄悄看着。

"我们偏离了小路，"我咕哝着说，"这里什么都看不清。"

我踢着草丛颠踬了一下，他赶紧抓住我的手，把我领回小径。他马上把我紧攥的手抽了回去。我克制不住了：

"你说话呀！回答点什么……"

"怎么回答呢？爱情、幸福，意味着什么，你到现在还不明白……"

"那你呢？你以为有什么可教我？可怜的小朋友！"

"这与年纪无关，"他口气很平静，"有的人，一来就懂；有的人，到二十岁才学到；有的人，得经过多年磨难之后；大多数人直要等死到临头才恍然大悟。"

我喃喃说道：

"这都是些空话。"

"比如你吧……"他好像没听到我的话，自顾自说，"一切都靠学而知之。明摆在你面前的一切，你都不明白。"

我用挑衅的口吻说：我已有自己的一份阅历，拣能说的一点说出来，也会逼得他堵住耳朵不敢听：

"可怜的孩子！在你们那阶层（我熟悉，我出生于同一阶层），一般人就称之为分量很重的过去……你以为……"

他抗辩，这过去不管多有分量，只要几滴眼泪，在我头上举起一只手，就可以马上把我变成一个乖乖的小女孩了。

"就像这爱情……"

这最后几个字，勉强才听得清。我又说了一句：

"这都是些空话！"

这时我们走进旅馆门前的灯光里，看到他面孔通红。不错，一种苛求于人的激情左右着这年轻人。或许是，（怎么表达我的感受呢？）一种情绪控制着他，洋洋乎有余，也刺激着我。我几乎不由自主地，在他耳边说：

"我讨厌你……"

他的回答，声音很低却很清楚：

"而我，正爱着你。"

这句话，正是我在荒唐的生存中所向往所期待的，现在终于冲我而来。是这句话，又不是这句话，唉！我片刻都没迷糊：

"可怜虫，别发疯了！"我回答他。

凭我记忆所及，他似跟我说到这种疯劲，期望我同样也能有，他愿每天为我祈求。

"我不需要你怜悯！不管代价有多大，我已有自己的一份阅历，已有自己的一份阅历……"

这句话说到第三遍，说得自己号啕大哭起来。不，我那份阅历还不觉得够呢。对我，一切还没开始，竟统统结束了。对于爱情，再也没有什么可企盼的了，时至今日，还像年轻时一样蒙昧无知。蒙昧无知归蒙昧无知，但爱的愿望还有。这愿望左右着我，使我不辨方向，把我抛向绝路，撞到墙上，颠踬在泥潭里，最后筋疲力尽转死沟壑以终。

他已离我而去。我重新钻进花园里，像常有的那样痛哭起来。眼泪急急涌出，不费点力就流成了小溪，脸都没唏嘘抽搭一下。我早就等着这场暴风雨的结束，让夜风来吹凉我发烫的脸颊。

La Fin de la nuit

黑夜的终止

前　言

　　《黑夜的终止》，原不拟写成《黛莱丝·戴克茹》的续篇，只是想呈现一个女人的衰年晚景，其罪愆的少妇时期业已著笔于前。本篇是记述她最后的情爱，因此，不是非得认识前一个黛莱丝，才会对这一个黛莱丝感兴趣。

　　黛莱丝活在我心中已达十年。厌倦之下，她只求死去。希望她的死，无愧于基督徒的品行。这本尚未出世的小说，暂先定名为《黑夜的终止》，虽然还不知道这黑夜将如何终止。书成之日，题目所含的命意，必定会有部分的失落。

　　读者完全有理由期望，每部作品应标志精神向上的一个阶梯，所以，看到我把黛莱丝重新拖下地狱，或许会兴讶异之感。对这部分读者，愿奉告他们：我的女主人公，属于我昔日人生的某一阶段，是我骚乱心绪的一种见证，所幸这种心绪已成过去。

再者，写下这些篇章，除了展示黛莱丝悲苦的容颜，别无他图；但今天我才知道这份悲苦的意义，从中有所发现：那就是对厄运深重的人，面对凌逼他们的命数赋予一种敢于说"不"的权力！黛莱丝举起迟疑的手，撩开额上的头发，露出满额的皱纹，使着迷于她的小伙子顿起反感，离弃而去——这个动作就予全篇以某种意义。每次相会，这不幸的女子都重复这一动作，不断减煞她蛊惑人腐蚀人的力量。世上有一类人（惜乎这一族类人员众多！），只有走出人生，才能走出黑夜，而黛莱丝即属于这一族类。对这类人唯一的恳求，是不要甘于长留黑夜。

这个故事，为什么在黛莱丝得到众人宽谅、灵魂获致安宁之际，戛然而止呢？照实说来，那些令人感到慰藉的片段，写好后又撕去了：因为看不到有哪位神甫配听黛莱丝的忏悔。在罗马，终于发现这样一位神甫，今天我知道（或许某天会写来一说）黛莱丝是怎样走进死的光华中的。

一九三九年主显节
于罗马

一

"今晚你要出去，安娜？"

黛莱丝抬起头来看她的女仆。她送给女仆的套装，穿在这发育良好的年轻肌体上，已显得紧巴巴的。安娜这时站在女主人面前。

"没听到雨声，小丫头？出去干吗呢？"

她很想留住安娜，听那熟悉的碗碟叮当，那不解其意的歌曲唱词，这阿尔萨斯姑娘会把一支歌不厌其烦地唱了又唱。平时的夜晚，一直到十点，家里唯一有生气的人，尤其正当青春年华，弄出这样的声响来，黛莱丝听了感到心安神定。头几个月，安娜住在套房里一个空着的小间。夜里，女主人无意中会听到长叹一声，孩子般的梦中谵语，有时则是牲口般的嚼咽。即使小姑娘睡得很安生，黛莱丝也能感到有人在旁——似能听到血液在躺在板壁那侧的肉体里奔流。她不是孤独一人，心跳再剧烈也不慌。

每逢星期六晚女佣外出，黛莱丝在盼望中睁着双眼，知道小丫头回来之前不会有睡意，而小丫头有几次直到天亮才回来。虽然从不过问她的事，安娜有一天还是把自己的被褥搬到下人住的那一层楼，看门女人说："为了出入自由吧，不是吗！"

安娜可待到十点钟，慰情聊胜于无，黛莱丝只得加以接受。每当小丫头来道晚安，听取对下一天家务的吩咐，女主人总竭力把谈话时间拖长，问她家庭情况，母亲是否来信，但回答都十分简短，像急着要出去玩的孩子，觉得长辈好不烦人。其实，并无敌意。有时，还带点情感。然而，主导的情绪，是年轻人的淡漠，是小姑娘对不可能喜欢的上年纪人所表露的那种淡漠。黛莱丝在自己闭塞的世界里打转：这个乡下女佣，就像她留在牢房的一块黑面包，在这丫头或另一人之间别无选择的余地。黛莱丝通常不强加挽留。安娜来告辞："祝太太晚安。太太不需要什么了吧？"黛莱丝便缩成一团，等着砰的关门声对心脏陡地一击。

可是这星期六，钟还没敲九点，女佣已蹬上高跟鞋，整装待发了。她的脚略肥大，在仿蜥蜴皮的皮鞋里挤得紧巴巴的。

"你倒不怕淋雨，小丫头？"

"噢，到地铁口不算远……"

"你这身衣服会被淋湿的。"

"又不是待在路上！咱们去看电影……"

"'咱们'是谁？"

安娜用顶撞的口气说："朋友呗……"说话之间，人已到了门口，黛莱丝把她叫回来：

"今晚，假如我要你留下来呢，安娜？我觉得不大舒服……"

听自己说出这样的话，不觉一惊。难道真是她说的？女佣咕哝着说："行呀！那就这样吧！"

但黛莱丝已经改口："不用了。我想会好的……出去玩吧，小丫头。"

"太太，要不要我把牛奶热上？"

"不用了。什么也不需要。你走吧。"

"给你生个火？"

黛莱丝答，要是冷，她自己会生的。她总算忍住，没去推小丫头的肩膀把她推走。这次，关门的声音倒不觉得难受，反有如释重负之感。她对镜自照，大声说："你怎么啦，黛莱丝？"怎么回事呢？今晚怎么会比一生中任何时刻更低声下气呢？面对将独自苦熬的一个黄昏加一个夜晚，她像往常一样，能攥住谁就是谁。只要不孤独，能交谈几句，听到一个年轻的生命呼吸……她没有更多的要求，可是就连这一点点也不可得。一股恨恨之意像以往一样，从心底涌起："这傻丫头很快就会断送掉，流落到马路上……"

生此感喟，黛莱丝感到羞愧，摇了摇头。她想生个火——倒不是十月之夜寒冷，而是像俗语所说，火也是一个伴。找本书看看……今天下午，怎么没想到买本侦探小说来？除了侦探小说，什么书都读不进。年轻的时候，从书中寻找自己，用铅笔画出重要段落。如今，面对虚构人物，她已不期望能获取什么。这些子虚乌有的人物，在她自己的光照下，反消失不见了。

然而今晚，她还是犹犹豫豫地打开玻璃书柜——还是放在她阿什鸳鸯闺房里的那架，这书柜也是她少妇时期的见证，那时丈夫病情恶化，她只得分房另住……黛莱丝回想起来，当时在《执政府与帝国史》多卷本这排书后面，有几天，藏了一小包毒药……这架诚实的老书柜，竟沦为毒品的窝主，她罪愆的帮凶和见证……从阿什鸳鸯的佃庄，一直到巴克街老房子的四楼，这迢迢长途，又是怎么走过来的呢？黛莱丝迟疑之下，拿起一本书又放下，然后关上书柜，朝镜子走去。

她跟男子一样也掉头发：顶门儿上头发稀疏，几与老人无异。"真是思想家的前额……"她低声说。然而要说衰老，可见的也只此迹象。"帽子一戴，还不跟从前一样。二十年前，人家就说我，看不出年纪来……"

短短的鼻子，从鼻翼到嘴角的两条皱纹，比从前只略深一点而已。出去走走……上电影院？不，太破费了，看完电影，免不了去喝一杯，一家复一家……她已零零星星背了一点债。荒原林木，每况愈下。田产上的投入，第一次没带来什么收益。丈夫为此写来一信，长长四页：矿柱儿难售，英国人不收。然而，得进行疏伐，因为松树林长得太密，挤得难受。本来伐下来的木材，还能卖点钱，现在反要支出一大笔费用。松脂行情，跌到了最低点……他想脱手松木，但木材商报的价，简直是开玩笑……

不过，黛莱丝还像从前那样大手大脚，在巴黎出门不胡乱花点钱不行，为弥补生活的空虚，不求个痛快吗，至少也得以排遣一下，麻醉一下。再说，独自逛街，觉得体力不胜。电影院也帮不了忙：坐在半明半暗之中，厌气起来，更无以自解。最不起眼的活人，看他在咖啡馆玩弄花招，也比荧幕上的形象有意思。而且，她也不敢拿窥视别人当作消遣，因为不论她走到哪里，都不会不引起注意。穿素色服装，坐冷僻角落，也都枉然。她的外表，不知有点什么能引人注目。或许是她自己的想象？或许是她惶遽的神色，抿紧的嘴巴？

黛莱丝自认为服饰正派，甚至简朴，却不知道衣着之间透着不合时宜，有点古里古怪，那是因为半老女人，没有人再加指点。黛莱丝小时候常取笑克拉拉姑妈，因为别人买来的帽子，老姑娘忍不住要折折弄弄，按自己心思重做。现如今，黛莱丝也养成了同样的怪癖，不知不觉间身上的一切都带点古怪。也许，以后会变成怪老太婆，头戴羽饰帽子，腰缠破布包儿，坐在街心花园的长凳上，一个人自说自话。

这种古怪，自己并没意识到，不过她也发觉自己已丧失独身人不可或缺的应变能力——昆虫变成树皮树叶颜色的本领。长年来，她在饭店或咖啡馆，能让自己坐桌偷窥别人而不被觉察；而今这枚隐身戒指，丢到哪里去了？现在，她像羊群里的独角兽，处处招人惹眼。

屋里，四壁之内，在触手可及的天花板和凹陷倾斜的地板之间，她觉得安全可靠。然而，待在这局限之内，也得要有勇气。比如今晚，就觉得一个人待不住。对这一点，她深信不疑，心里不禁有点惊恐。她重新走近壁炉，对着镜子，以习惯性动作，两手贴着脸颊，慢慢往下撸，在这一分钟里，她的生活，除了"没有新鲜事"这一老情况，别的什么都没有……连一点都没有。然而，她确信自己已步入人生的尽头，就像流浪汉发觉自己走上一条绝路，迷失在沙漠里。女人的狂笑，汽车的喇叭，刹车的嘎嘎声，每种声音从一片闹声中分离出来，都有自己独特的价值。

黛莱丝朝窗走去，打开窗子：天在下雨。临街药房的橱窗，灯光还很明亮。一张红绿两色的广告，照着路灯，特别耀眼。她俯身看人行道，测算距离。或者在估量空间高度。根本没勇气往下跳！但是眩晕或许……她召唤眩晕，她躲避眩晕，急忙关上窗，嘴里数落道："胆小鬼！"自己怕死而怂恿别人去死，那才叫作可恶。

到昨天正好十五年，黛莱丝在律师陪同下，走出专区法院，穿过空荡荡的小广场，连连念叨："免予起诉，免予起诉！"终于自由了，她这样以为……对实有其事的罪行，好像人说了算数，说没犯就没犯！始料不及的，正是那晚，她走进了比狭窄的墓穴更糟的监狱，走进了她自己行为的牢笼，永远逃脱不了。

"不只别人的性命不敢看轻，连自己的命……"除在阿什鹭鸶曾有一次企图自杀，其余岁月，即使绝望至极，求生的本能在她身上一直很强。这十五年里，哪怕心烦意乱，她也养生有道：自己心脏有病，特别懂得爱惜。自裁的嗜欲，吸毒者对自甘毁灭的满不在乎，她都能顶住，倒不是有什么高尚的动机，只是出于怕死。不用医生苦口婆心，因为心脏原因，她烟也不抽了，现在家里连一支烟都找不到。

黛莱丝感到有点冷，便用鞋底划了根火柴，火焰开始舐烧劈柴。这么糟的木材，在巴黎竟卖得这么贵！噼噼啪啪的响声，柴火的烟气，使这位荒原上长大的女子忆起自己的早年：事件发生前的岁月……她把靠椅移近火炉，闭上眼睛，缓缓揉着腿，跟以前看克拉拉姑姑做的那样。火蹿起来后，包含多种气息：波尔多和专区冷僻街道上的雾气，回到家里闻到的饭菜香气。一张张面孔，在她意识的视野里，一晃而过：这些人在她生活中都占有一席之地，那时，事未成事，局面还可能与后来的不同。而现在，一切都木已成舟：一生作为，就总体而言，已不可能有任何改变，她的命运已带上恒定的面貌。生命的意义已无可增损，碌碌尘世，只是苟且偷生而已。

听到钟敲九点，还得再挨一阵，吃药尚太早，她得靠药片才能睡几个钟头。这个心灰意懒的女人，出于谨慎，养成了这个习惯。但今晚，倒不是由于习惯，而是非讨这救兵不可。早晨醒来，人的勇气总足一点，就怕半夜里醒。她尤其怕失眠：暗中躺着，心思不能自主，会生出千奇百怪的念头，胡思乱想起来。为了逃避作为她这样一个女人的苦恼，为了不沦为这沉默的人群的冤家对头——在这群人中，认出她的受害者丈夫贝尔纳，阴沉着脸外加两块疙瘩肉，认出她十七岁女儿玛丽深色皮肤的小脸蛋，以及许多受她纠缠、惊扰而避之唯恐不及的人——为了不被这群蜂拥而来的幽灵憋死，她在不眠之夜，只得众里挑一，亲近这个不足道的小丫头，重温一下这短暂的欢愉，而不去计及明天。因为，只有在她生活中没有多大分量、不占什么地位的事物，才蕴含着些许温馨：订交之初的友谊，尚未败坏的恋情。

失眠之夜，黛莱丝便神游于人生战场，翻动狼藉的尸体，寻找一张容貌如生的面孔。回忆之下，不感到悲苦的，这种人还剩几多？始而喜欢她的人，不用多久，大多发现她身上有股肃杀之气。能给予她帮助的，只是偶然遇见、略为沾边的人。只有从某晚相遇而不再相见的陌路人那儿，才能期望得到点安慰……但是，就连这些陌路人也躲避她，虽然只是她的想当然。他们消失得无影无踪，等她突然发觉他们已不在原地，她的思绪也飘离得远远的了。即使在精神上，他们也不肯跟她做朋友。他们把她撇在一边，相应倒出现另一些人。啊，那些人，她宁可逃开！他们勾起她一段窘辱的回忆，羞愧的回忆。那些可悲的故事中，总有那么一刻，她看出对方在变着法占她便宜……是的，总会出现那么一刻，婉转的话语和伸手的意欲，搜刮的方式可谓五花八门，从直接开口借钱，到拉她入伙做生意，说买卖不错，她会感兴趣云云。

夜间最平和宁静的时光，巴黎的街头也弥漫着乡野般的寂静，黛莱丝又开始算她的银钱账，借出去或被骗走的，会一算再算，反复不已。开支已撙节到日常必需之内，生气，愤激，把银钱损失和债务相较之下，整个儿陷入"匮乏的恐惧"之中，家里的老一辈就常有这种担忧……

但不，今晚黛莱丝不至于受这份罪。睡眠可强召而来。不过，还得等一小时。还要等一小时！她疲惫已极……她站起身来，走近放留声机的桌子，想到可能哗声大作，先就浑身一震，好像蓄势待发的乐声，会声震屋宇，冲塌墙垣，把她埋在瓦砾堆下。于是又走回靠椅，重新望着炉火。

这一刻，她自忖道："这种生活，真是一分钟都挨不下去！不会发生什么了，因为从来就没发生过什么，而且也没什么好事会轮到我。"恰恰这时，听到房门铃响。短短一声，对她却意义重大。她已在暗笑自己太用情：必定是安娜感到内疚，怕东家真的不舒服……不，不会是安娜，大概是看门女人，她答应夜里来看看老太太是否需要什么。是的，一定是看门女人……尽管按铃的方式不像。

二

黛莱丝开亮进门处的灯，站着听了一会儿：门外有人在喘息。

"谁呀？"

一声清脆的回答：

"是我……玛丽！"

"玛丽？哪个玛丽？"

"哎，是我，妈！"

黛莱丝看着门槛上这个身腰挺秀的女孩，她右手提着箱子，身子往那边侧斜。距上次见面，已相隔三年，当然不会是眼前这容光焕发的大闺女……然而，那声容笑貌，那褐色眸子，依然认得出……

"啊，搽了点粉，就大不一样，我的闺女！……"

这是黛莱丝说的第一句话，是一个女人对另一个女人说的话。

"真的？家里他们都不这么看……真好！生着火呢！"

她把外套、针织围巾往手提箱上一扔。一件难看的黄毛衣，包裹着发育开来的胸部。露出的胳膊，肤色很深，脖子也很粗。

"先来支烟……哎，妈，你不抽烟啦？我包里还有……抽完烟，再讲……说来话长！"

玛丽来回走动，低矮的房里尽是她的气息。她点上一支烟，蹲在火炉前。

"你爸在哪儿？"

"还不是在阿什鹭鸶打他的野鸽。十月十一日了，不打猎，叫他干什么？自从得了风湿病，棚屋里搭了一间饭厅，铺上地板生上火……可以在那儿过他的日子了……天塌了也不管……野鸽飞过才最要紧。"

"他准你来看我？"

"他同意了的。"

黛莱丝挺了挺身子，深深吸了口气。多开心呀！她已料到小姑娘会说些什么。和她爸合不来，受不了，跑来求助，找个地方躲一躲。这还料不到？毕竟是自己闺女嘛。戴克茹家的人都说："女孩跟她妈一点都不像。"怎么不像？那高颧骨，还有那嗓音，那笑声。然而，黛莱丝本人，从玛丽呱呱坠地，就憋着股气，拒不承认她们母女之间有丝毫相似。而此刻，这种相似之处，太明显了。和那伙人厮守在一起，二十年前黛莱丝就觉得气闷，今天她女儿能受得了？

"说吧，宝贝……"

"先给我点吃的……都快饿死了。"

因钱不够，没去餐车。最后一个法郎，付了小费……玛丽有点口吃，句子都没说完，常加进去些惊叹词："真有意思！特棒！"烟从她的鼻孔袅袅喷出来，嘴里则连连吐烟丝。

"恐怕家里没剩下什么吃的……得出去吃。"

黛莱丝已想见带着女儿走进餐馆，不由得感到为难。她还是走去翻看菜橱。

小厨房干净明亮，锅子都亮锃锃的，安娜的闹钟嘀嗒嘀嗒在走。黛莱丝找到火腿、鸡蛋、黄油、饼干，记起以前冰柜里总存有香槟。幸好还剩一瓶，最后的一瓶……得留着待客……黛莱丝决定不打开，但玛丽已走拢来：

"真运气，有香槟！"

她说她炒鸡蛋是一绝。

"打野禽时，鸡蛋总由我炒……噢，没猪油？多讨厌，用黄油炒菜！算了，煮溏心蛋吃吧。"

小间里灯很亮，刚才只随意看了一下母亲，现在才看清：

"可怜的妈！你不舒服？"

黛莱丝摇摇头：心脏不好……最主要的，是老了。

"在我这年纪，三年就出入很大！"

女儿已点着煤气，背对着母亲。

"这情况，你爸他知道吧？"

"哪里，不知道。"

"那他会着急的……"

"你才不了解他呢……不！说真的，你该很了解他。只有他自己的事，他才着急，你该记得。别人他会看一眼？他眼里有别人？"

玛丽没转身，口气突然肃然起来：

"你知道吗，妈，我今天特理解你！"

黛莱丝没搭茬。女儿又说：

"这些年，一直错怪了你，心里很过意不去！……"

也许母亲的沉默弄得她左右不是，便也不出声，装作看煮鸡蛋。而后又说：

"这不能怪我。我那时还小，怎么猜得出你夹在爸爸和奶奶之间的日子……"

玛丽突然转过身来，一脸气恼：

"你怎么不言语？我知道，你在恨我……妈，你脸色煞白，是怎么回事！"

黛莱丝嗫嚅着说：

"没什么！没什么！来帮我摆桌子吧。"

她叫玛丽把桌子支在火炉前，摆上碗碟，自己则在黝黯的前厅靠墙站着，一动不动。玛丽哼哼唱唱，在两间房里走来走去，黛莱丝以目相随。人世的乐事，对她已所剩无几。她喊作玛丽的女人，又是谁？为什么用表示亲近的"你"称呼她？这三年里，贝尔纳搬出种种借口，使她们母女一年也不得相聚一周，黛莱丝也不抱怨："难道我真像人家说的，是个失去人性的母亲？"

实在说来，黛莱丝何曾把心思放在孩子身上过？作为年轻的妈妈，她目眩于自身的光华，孩子连看都不看。倒不是出于不近人情的淡漠……后来，她自甘隐退，还不是为孩子考虑？是的，黛莱丝把暗中呼唤玛丽的声音，一直抑制在自己的心底。自认为失去做母亲的权利，所以对前此裁定，从来不想提出异议。贝尔纳的决定和戒规，黛莱丝要想推翻，还不是易如反掌？但她对自己的裁定，那才无法可施。而她连想都不敢想的事，今晚却由孩子提了出来……孩子已不再是孩子了……母亲当年身受的禁锢，现在转而压制着女儿，打入同样的牢笼……如今，孩子觉得与这个离家出逃的女人休戚相关，而且，不加深究，就把她的理由全接受下来，不仅为她开脱，而且还加以首肯。

这不是儿戏。这也不是黛莱丝的本意。她可以释虑：女儿一点不像她，不愧戴克茹家的嫡传。戴家门这小姑娘，怎么看她怪她，她也习以为常了。实际上，母亲的底细，玛丽又知道多少？家里人不会涉及很多细节，不会提示足够情况，让她感到，在她出生后不久，在阿什鸳鸯的客厅里发生过骇人听闻的事。黛莱丝对她这行为在自己和玛丽之间划下的鸿沟，早已安之若素……而此刻，玛丽就在眼前，在镜子前举起胳膊，用手按着深色头发，像小姑娘在母亲的上房里……这个妙人儿，就是她女儿。黛莱丝低唤一声："我闺女……"这勉强听得清的几个字,一直震荡到她心灵深处。她从靠着的前厅的那堵墙走过去,高声喊道:"我闺女……"

玛丽转过身来,嫣然一笑,根本没注意到母亲脸上陌生的表情:冰雪消融,阳春来复,黛莱丝当然能深识其味!但这一次!但这一次不是出于肉的冲动,血的狂热,欲的渴求。玛丽像住读生一样狼吞虎咽,胃口奇好,黛莱丝看着,深感幸福……怎么比方呢?像火车从漫长的隧道开出来,湿润的空气和草木的清香,扑鼻而来……黛莱丝把目光移开,不去看正在专心开香槟酒瓶的玛丽。

"你看着,这样开,才不出声……"

这小心按住瓶塞的姿势,黛莱丝看到别的人,特别是那个人做过……得把玛丽赶开去,但眼前这一刻宜充分利用,因为女儿不可能在此久留。黛莱丝只准自己今天留她一个黄昏一个夜晚。她保留给自己这一欢愉,然后把女儿送还她父亲。她痴痴地望着女儿。她喜欢尚未成为人生祭献的本真的人。小姑娘一说开头,就是对父亲和奶奶的发难:一堆说不清个所以然的事。

"比较起来,我还是喜欢修女院,但他们说修女院住宿太贵。松脂暴跌以来,他们惊惶万状,你都想象不出……就是恐惧匮乏!去年一年,我只参加了一次舞会,顾仲府一次寒酸的舞会。咱们家先是拒绝,说我年纪太小,封斋期不能跳舞!说穿了,是不肯拿钱给我做一身衣服。是这样的!你又来跟我唱对台戏了，妈。他们那些人，你比我更了解。你听听奶奶说的：'还不起礼嘛，就别受人家的礼！'你觉得好笑？瞧我把她的口气学得多像。"

"这是你奶奶的做人之道，玛丽。"

"别说了，妈！至少，别跟我说教。我不评论奶奶……她要来管我，才觉得她多事……跟你在一起，奶奶、爸爸，我都会抛之脑后的。要不恨他们，很容易，只要他们不成天盯在我背后。而你，能理解我……"

"不，玛丽，不该这样说……"

玛丽回归于她，喜欢她更在他人之上……真是大大出了口气！但母亲这案子，玛丽得知其全盘吗？确切知道些什么？贝尔纳想必没少加点拨，使女儿心存戒惧。先前母女暂且相会，黛莱丝就注意到小姑娘害怕的样子……而今晚，她不请自来……

"不，宝贝，你爸爸有他的毛病，但他并不小气。"

"你不知道他变得多厉害。你十五年前就受不了他，今天更不知会怎样了。你都想象不出……奶奶和他，听听他们的说道：'现在什么都存不得……存也白存，一点积余全到了税务官手里。你得自食其力了，小乖乖……想不到会落到这步田地：你现在得靠自己干活儿！'我回答说：'行呀！多幸运的倒霉事！我干活儿就是了。'你要是看到他们的样子才好玩呢。巴不得我跟他们一起叹苦经。他们不明白，我接受我的时代。"

黛莱丝想:"接受我的时代"不像一个女孩子说的话。或许是听了年纪大点的女友或哪个男孩子的,拾人牙慧罢了。

"玛丽,你正面看我的脸。"

小姑娘放下酒杯,含着笑意。

"从你的话里,固然听得出惹你不高兴的理由,或者照你的说法,惹你气恼的理由……但不至于要对抗他们,尤其不至于逼你投奔到我这儿来……"

说到最后一句,声音极低。

"一定还有别的原因……得跟我说清楚……"

女儿虽没低下头来,但从她的眨巴眼皮和红头涨脸,黛莱丝猜到给她说着了。

"玛丽,你还有事没告诉我……"

"我还没有时间说呀……你真太精明了,妈,什么都瞒不过你。"

"他很优雅吗?"

"优雅?不,正巧相反。优雅?他恰恰讨厌这类字眼……总之,他是个人物,你知道。"

玛丽又点上一支烟,手臂撑在肘上:顷刻之间,俨然一个小妇人,一个不可小觑的小妇人。

"小姑娘,好好说一说吧。"

"你以为我是为别的事而来?"

"当然，是为此事而来。"

"可不！"

还是熟悉的旧伤疤：黛莱丝以为这次可脱然无累，所爱者不会伤害我们，因为本不抱什么奢望。然而，完全不计利害的爱，是根本不存在的。我们有所奉赠，总希望有所回报，哪怕只有一点点。黛莱丝觉得一切都可照预计的办：她已竖起脊梁，尽足全力，想把女儿推开，还给她父亲；可是，却突然发现，根本无须推开，因为女儿压根儿没靠过来，"并不是关心我……要是不有求于我，我到死都不会见到她……为了对抗父亲，捍卫自己的爱情，才想到还有我这个人……"

辛酸滋味只自知：甚至就在对女儿的疼爱中，也碰到了旧日的仇敌，碰到了宿敌——所爱者对另一个人的痴情。一向为了这份痴情，人家才找到她。她总是为人效劳，总是被人利用。

玛丽不安起来：母亲的脸色大变。少不更事的姑娘，没想到会看到这副忌刻巧诈的脸相。这张抿紧的嘴巴，这双冷峻的眼睛，而大多数识得黛莱丝的人，都认作这才是真正的黛莱丝。

"干吗叫我掺和到你那些事里去呢？"

这过分温和的口气，反使玛丽感到虚怯：

"你是我们最后的救星……"

"如果用不着我，玛丽，可能我到死……"

黛莱丝哈哈一笑，随即止住。年轻姑娘感到难堪，打量着母亲说：

"但是，妈，不是我抛弃你。"

黛莱丝转过脸去，用手蒙住眼睛，玛丽站起来想抱住她，给她推开了。

"哎，把桌子上的东西收走吧。"

女儿从厨房回来，见母亲站在一旁，以肘支着壁炉架。她没正眼瞧女儿，说：

"我没抛弃任何人，玛丽。是我一出娘胎，就为人所弃。我说你也不懂。"

是的，她不懂。惊慌之下，她又想去抱母亲，母亲悄悄避开了。

"妈，我喜欢你，不觉得吗？看来你不信。为什么不让我搂搂你呢？"

"你知道的，玛丽？"

"我知道的？"

黛莱丝摇摇头：

"这个搁过不谈……我听着，宝贝，你说吧。"

玛丽也不推三阻四，就把黛莱丝拖进是非圈里：事情起因是她爱上了乔治·费洛，于是跟父亲和奶奶发生了可悲的争执。他们认为这桩婚事有辱身价，装出不愿听的样子。已经穷了下来，几乎到了破产的边缘，黛莱丝感到吃惊，他们还死要面子，讲究体统。

她记起费洛这个人家，跟戴克茹家居留同一佃庄已有一个世纪。她小时候看到费洛老头一边放羊一边编织。儿孙辈后来当了房地产掮客，趁战事发了大财。但是，据玛丽说，他们的家产已蚀掉了一部分。贝尔纳正要做出让步之际——因为费洛家对婚事也取敌对态度——陡然变得不好商量了，玛丽认为这是出于狂傲。

"要知道他们还有一份偌大的家产。当然，也受到经济危机的影响。乔治他爸，奥古斯特·费洛，在二万顷林地上，搞了一个大举措；砍下的树木卖了个好价钱，地就不当回事了……但也吃了跌价的亏……不管怎样，还是比我们要阔得多……这是讲他们家，当然啰！至于他乔治，人非常出众，头脑特高级，学的是政治系。"

黛莱丝心里想："这些话不像她的谈吐，她只是重复周围人的言谈。我少女时代，就说过同样的蠢话。在家里，大人把他们的想法强加于我们。我们只能在咸水里载沉载浮，不淹死就不错了！"

再说，现在跟她黛莱丝有什么关系呢？她已知悉女儿缘何搭火车来巴黎：乔治要上政治系，这对玛丽至关重要，不宜远离！

"噢，分隔两地，这我受得了。这点勇气，当然还有……

但你要懂我的意思，妈：这里有个信赖问题。他这小伙子……我不知道像他这样的人，是不是很多。他爱我，那不成问题！但只是当我们在一起的时光。我只敢对你坦白：他常说些令人发急的话。比如说：'你人不在，那就完啦。我想到的，只限于我感兴趣的事，我所看到的人……'我可以肯定，他喜欢我，胜过任何别的女孩；但我一缺席，分量就不重了。他就是这么个人。这样，你就能明白：分离意味着什么。"

"明白，这就是你到这儿来的原因？但你不想想……我的小闺女，你不想想，"黛莱丝迟疑了一下，"我会连累你的？"

玛丽涨红了脸，有气无力地反驳：

"不会的，妈！"

"我已经被人遗忘了。时间把我盖上土掩埋掉了……人家不知道你还有个母亲，你却突然把我发掘了出来。从坟墓里拖出来不算，还要打我的旗号，要我来保护你和你的爱情。至于黛莱丝·戴克茹……"

她轻轻念出自己的名和姓，声音低到玛丽几乎听不到。

"你想想看，这名字会引起人家什么想法……"

"妈，没什么可使我为之脸红的。"

女儿回答的声调十分平静。

"你疯了，玛丽。"

但女儿默默起立，走来把母亲抱在怀里。黛莱丝把她推开，连连说：

"你疯了……你知道……"

"是呀，我知道。那又怎么样？"

"既然你知道……"

"我知道……反正，我猜到了，如果这样说更好。"

"那你还来拥抱我？"

"噢！妈，我不评断你的是非。依我看……"

母女俩相对而立，黛莱丝做了个动作，把手搁在嘴上：

"那你原谅我吗？"

"原谅你？可你什么也没做呀……"

"这件事会压在你头上，因为你是我闺女……"

"有这么严重？"

"世界上还有什么更严重的事？"

"可是，妈……"

黛莱丝愣住了，看看玛丽：

"可不，他们该说的叫你烦了！"

"他们大概估计我不会听他们嚼舌，应该说，他们从来没提起什么……"

"怎么？没说说我不在家的原因……"

"他们总闪烁其词。有一两次，爸在我面前说到性情不合。说到底，不管实际情形如何，我以为他说得对，最终逃不过这四个字：性情不合……此中道理，我是付了代价才明白的！"

黛莱丝一直垂着脑袋，这时才抬起头来看女儿。一直怕人疑及罪案，听到此语，心里只微微起点波澜，这可能吗？她很惊讶，婆婆和丈夫竟绝口不提。这份好心眼倒没想到，理应表示钦敬。噢！他们之所以保持沉默，不是为黛莱丝考虑，而是为家庭名誉计，为照顾玛丽的感情。然而，不管出于什么动机，家里人总算没多言多语，贬损她在女儿心目中的地位。可是，这样一来……

"你为什么这样看我呢，妈？"

"我在想……你爸应该受称赞，他完全可以在你面前把我贬得一文不值。"

"把你贬得一文不值！这样，我只会更喜欢你！"

黛莱丝站起来，朝书柜走去，背对着女儿，摸着书脊，一本本排好。

"你不可能知道……要是知道了……"

"那又怎么样？你喜欢谁啦，离家出走啦，不就是这么一回事？这有什么难猜的呢？我干吗要埋怨你呢？"

女儿以为就是这么回事，疑心就是这么回事！但得教她睁开眼睛。坦诚以告，黛莱丝觉得承当不了。况且，又何必呢？说上几句，把女儿支开去就是了。

"你过来。不，不，别坐在靠椅的扶手上。不，也不要你亲亲抱抱。老老实实坐在这矮凳上。这把小凳子，还是从阿什鸳鸯带来的，克拉拉姑姑就叫作烤火凳。听我说：对我的事绝口不提，这一手很漂亮。是的，很漂亮！他们完全可以说……"

"但是，妈，不受这种生活的罪，你在我眼里就显得更高大！"

"那么，费洛家的人是怎么想的呢？"

女儿显得为难的样子。无疑，费洛家常会含沙射影，提到年轻姑娘未必知道的事。他们曾暗示，戴克茹家那方面该做出让步。但玛丽对圣格雷人和阿什鸳鸯人的看法，全不放在心上。

"听我说，把凳子挪近些。我愿坐在暗中跟你说话。回阿什鸳鸯吧，孩子。马上回去……什么都别问我。"

黛莱丝低声补上一句："我不配当妈……"因玛丽没听清，她又说了一遍：

"我不配当妈。"

"当妈，没有配不配的问题……"

"你不知道，玛丽。"

"你知道我刚才突然发现了什么？你比我想象的更接近你的时代。好妈妈！你评断你自己，用的是圣格雷人、阿什鸳鸯人的眼光。你跟他们一般见识，用着同样的道德准则。像我这样年纪的姑娘觉得无可指摘的行为，你们却弄得铁案如山。你认为爱情是邪恶的……"

"不，我不认为你的爱情是邪恶的。"

"可是，妈，爱情总归是爱情，并不因为你结过婚而……"

"对你已不再有神圣的东西了，我的小姑娘？"

玛丽摇摇头，用很自负的口气说：

"乔治搭我过了这一关……你觉得好笑？"

黛莱丝苦笑了一下：用词吐语，可见出一个人的全部俗气。玛丽说的"搭"字，黛莱丝听了大不受用。小姑娘把矮凳挪近来，膝盖都要碰到母亲的腿。她合拢双手，按着母亲膝头，以炽热的目光凝视母亲，就像女孩子要说私房话，敞开心扉来做深谈似的。

"你要理解我：我不可能说的话，就别强迫我说。是的，爱情不一定邪恶……但是，邪恶，不用貌似爱情的东西来遮掩，就不知道有多可怕！"

最后这句话，说得幽声幽气的，玛丽问："怎么啦？"

"没什么，没什么……"

两人默然有顷。玛丽的眼睛盯着母亲看，显得特别大！她绞着双手，挺直上身，往后仰了一下。黛莱丝拿起火钳，拨弄着炉火。

"别费心来了解我。我不算良善之辈。你爱怎么想都可以。"

又说了一句"我不算良善之辈"，黛莱丝听到矮凳在地板上滑过去，玛丽又挪远了一点。黛莱丝两只手捂着自己的眼睛。从来不哭的她，今晚是怎么回事？不能让小姑娘看到。然而指缝里热泪滚滚，比小时候流得更急，胸口也像那时候一样起伏掀动。矮凳重又靠拢来。两只手急切地扒开黛莱丝的手腕，逼她露出面孔来。

玛丽用手绢给母亲擦脸颊，再用两臂围着她，吻她憔悴的前额和稀疏的头发。可是，黛莱丝猛一下挣出身子，用几乎愤激的口气说：

"快走吧……你早该走了。我已经说得太多了。现在，就因为这几滴眼泪，一切又得重新开始……我真傻！……别再问我什么，玛丽。我说话算数。"她一字一顿地说，"我这女人，你没法共同生活。我的意思，你懂吗？"

玛丽摇摇头：

"懂，又怎么样？你已有了你的人生！以后呢！不管你做过什么，走出阿什鹭鸶，就已得到开脱……"

黛莱丝的自供，不能走得更远了。世上谁也无权苛求于她。因她一再说："你不能留下来！这办不到！"玛丽打断她的话：

"噢，我明白了：你不是孤身一人。这点，我倒没想到。照你生活的安排，已无我插足之地了。我以为还跟以前一样呢……"

"咳，亏你想得出，一个老婆子还……"

让她这么去以为？不过，该让她这么相信。让她厌恶……还是让她知道实情更好？当然知道实情更好，但黛莱丝不愿看到女儿陡然起立，对镜整发，拿上帽子就走。

"不，不，玛丽，我这儿没有人。我是瞎说。"

女儿深深吸了口气，笑眯眯地看着母亲说：

"我本来有点疑心……"

"我孤零零一个人，从来没这么孤单的。"

"那么今后，你身边会多出个人了。"

黛莱丝注视着女儿，看她把软帽往矮凳上一扔，在自己对面坐下，搜寻着她的目光。刚才为什么这么怯弱？事情眼看要妥了：她陪女儿去陶赛旅馆，明天一早，就给贝尔纳发一封电报……而现在，又得重开战局，这累人的钩心斗角。

黛莱丝求玛丽理智点，相信她的话：她对丈夫做下十恶不赦的事，而丈夫却宽宏大量，甚至超过她的想象，也没做贬损她的事，把她弄得面目可憎……

"如果是这一点拦住你……"

玛丽略一踌躇之后，走近母亲，坐在靠椅的扶手上：

"听我说，妈，你最好方方面面都了解一下……是的，他们什么都没对我说……由于宗教上的顾虑吧，我想。他们的沉默，并非出于善意，你可以相信我这话。因为他们要巴住面子……每次谈话，我斗胆提起你的名字，他们马上涨红了脸，别转眼睛……不过，现在，我也不这么做了。假如还有一个人，我可以无拘无束谈自己看法的，那就是他，乔治。

我会全告诉你，愿意听吧？不过，我跟乔治还没有到公开谈论你的地步。谁知道他是怎么想的！我真想提醒他。毫无办法。如果我多说几句，他就拿起帽子开路。——啊！不，他们未必真想顾全你，你也用不着感激涕零。我们家甚至有点'操之过急'，费洛他们本该觉得这婚事是高攀的，却反而挑三拣四起来。什么原因，嗯？就因为我母亲不甘心在阿什鹭鸶的老房子里闷死……妈，我这么说，你不会怪我吧？"

黛莱丝把女儿推开，坐直了身子，说话的声气，像是走了急路后气咻咻的。她说：

"瞧，我害了你……会使你错过这门亲事……乔治知道不知道你到我这儿来？"

玛丽大窘，摇了摇头。

"你这次来瞒着他？"

答说是想给他以意外的惊喜：

"我推想，他知道我在巴黎，会高兴得不计及……"

"不计及我？得啦！别说啦！马上离开这儿。这跟你的前途有关。别逗我往下说了。"

黛莱丝又俯下身子向着火炉。这一下玛丽显得不知所措。她后退几步，打量着母亲：

"可是，妈，究竟是怎么回事？你总不见得是麻风病人？"

黛莱丝喃喃说："别以为不能这么说……"她深深吸了口气。总之，目的已达到。玛丽往四下里找她的东西。

"我陪你去乘出租车，住到陶赛旅馆去。明天早晨，再去车站给你送行……火车七点五十或八点十分开……记不大清。到旅馆再打听吧。"

　　黛莱丝不再忍住眼泪，已没有必要装假。伤心就伤心吧，不无畅快之感：该做的已做，总算躲过了可怕的话题……但玛丽突然逼近来，板着脸宣称：假如不把瞒她多年的事说个大概，她决不动身。

　　"事情关系不到你我，但关系到乔治。我得知道是什么把我们拆开的。如果瞒着我的，正像你所暗示的那样……"

　　这种咄咄逼人的口气，倒使黛莱丝恢复了镇静。她顶道："我已说得够多的了。你爱怎么想就怎么想吧。再说，已经提了你一个头，要套别人的话就容易了。倒奇怪，修女院里你女伴倒没含沙射影……匿名信也没收到过？没有？这一次，世人总算比我估计的要好。瞧，又给了你一些提示……"

　　黛莱丝注视着玛丽，这绷紧的脸，这迷茫的眼神……不错，小姑娘碰到多次，她一进课堂，众人都中断谈话，全班突然都望着她，好像老师话中有话，只有她一人没听懂。不过此刻，她的全部心思是记起去年的一桩事：有个庄户人家的姑娘，叫阿娜依斯，跟她同岁，给她当使唤的小大姐……那小大姐开头跟玛丽很热乎。然而，玛丽对喜欢她而不为她喜欢的人，很少有好声气。而且，小大姐人长得黑黝黝的，不讨人喜欢，又常常不衫不履，气味难闻，更使玛丽讨厌了。玛丽不时给她碰个钉子，她倒好像都能忍住，直至听到传言，说费洛少爷与小姐"时相过从"，其实，这时村里已无人不知了。后来得知，当时一些不胫而走的流言蜚语，其源盖出于这位小大姐之口；语言之间，似乎有一夜，玛丽在闺房里招待小伙子。小大姐遂给逐出门外，其父母大吵一通之后，也只得离佃庄而去。

两三个月后，玛丽收到一封信，附有从巴黎报纸上剪下的一段文章。事涉一桩刑事案，几天来是大家议论的话题。玛丽不大看报，当然一无所知。不过，那无名氏特地为她剪来的几行文字，她还是仔细读了。照她判断，那是一般公诉状，但未加任何评论，不然倒能有点头绪。

玛丽翻遍《小吉伦特报》和《西南自由报》，想找一点相关的反响而不得。那张剪报，大概剪自几周前的报纸。其中的文字已烂熟于心，很容易就能一字不错地背下来："诸位法官大人，尊敬的辩护律师等会儿将诉诸你们为人父者的良知，求你们为该女犯孩子的命运发发慈悲。然而，我要以法律公正和社会安危的名义，在诸位面前为那些无辜的孩子请命。他们是那个失去人性的妇人的第一批牺牲品。由于乃母的缘故，他们活在世上一天，都将被千夫所指，不断听到周围人说起这句可怕的话：瞧，他们就是谋杀亲夫那女人的孽种！"

玛丽的目光，在短短一秒钟里，与母亲的目光突然相遇，结果却是她垂下了眼睛。在她头脑里，黛莱丝不为人知的经历从未与刑事案有过联系……至少在她明晰的意识里没有过。然而，也没把巴黎剪报给父亲看，就悄悄烧掉了，跟谁都没提，或许是麻木不仁，或许是懒于思索，漫不经心，怕惹是生非……

而且，直至此刻，她还怪自己荒唐：家里没人被谋杀，也没人受过审。就她记忆所及，母亲的行动一直是自由的。

黛莱丝以枯索而冷漠之心，看女儿难受的样子。她心里发虚，等着发落。觉得或许什么都不用说，回答一两句，就此了事。

玛丽心里暗忖："家里死了谁呢？克拉拉姑奶奶？"小姑娘对这位老小姐，已记不起什么了。"但不可能是她：母亲对她很有感情，至今还为她伤心落泪呢。也许受害人得到家庭之外去找。"

偶尔，一滴雨点，异于其他雨点，在阳台上溅得很高。玛丽就要提问了……黛莱丝告诫自己，只答一个是与否。她等着下文。突然：

"你能发誓：没有人死于你之手。"

"我可以发誓，玛丽，没有人。"

女儿透了口气。

"你从来没受过审？……我的意思是指法庭审判。"

"从来没有。"

"那就是你的不对了：说话老是吞吞吐吐！你能原谅我吧？"

黛莱丝把脑袋低了下来。

"既然你跟法院没任何纠葛……"

"我没说过这话，孩子……事情不是这样！我说得很清楚：我没有过堂受审……"

"你在玩弄字句。"

"说来很简单：我跟法院有过纠葛，但侦讯工作戛然而止了，获得免予起诉。事情就是这样。放开我吧。"

"可是，既然你获得免予起诉……"

黛莱丝起身，拿起女儿的帽子和大衣，想把她推出门去。但是女儿靠着书柜不动窝。

"可怜可怜我吧，玛丽。"

"你说你没杀人……"

"没杀人……"

"那你是清白无辜的了？"

"噢，不。"

黛莱丝蜷缩着身子，肘弯支着膝盖，重新在矮凳上坐下。

"再问一句：受害人叫什么名字。然后，就不再纠缠，我保证就走。是外人？"

黛莱丝示意否。

"是家里人？"

她低下了头。

"是克拉拉姑奶奶？不是……是爸？"

玛丽的神气，像小时候猜画像那样。那个受盘问的，两眼低垂不敢抬，双手合着不敢分，脸部肌肉纹丝不动，然而玛丽确信自己猜中了。黛莱丝坐在那里像一尊石像，女儿径自扣大衣扣，甚至不想再提别的问题。不，她不想知道得更多了，其余的一切已与她无关。别人的事，她本不喜欢打听，哪怕是生身母亲的。明白自己不能跟乔治结婚就够了。或许，可以委身于他……还得看他的意思……

"我房里有把伞……等一下……心脏不舒服，很快会过去的。我得送你去旅馆。"

玛丽回答说不必。只是想先借点钱，可以付房费和车票。一到圣格雷，就用汇票寄回。

显然，她不愿欠母亲什么情。黛莱丝想，已过了半夜，不能让她独自一人走，虽然陶赛旅馆近在咫尺。她一再说：

"深更半夜的，你不能一人出去。"

"去哪儿都比在这儿强……"

"等雨小一些再走……"

"我等你给我点钱。"

"我等你给我点钱。"——这句话黛莱丝听得都耳熟能详了。她真想放声一笑，要是不怕引起左肩和胳膊痛。她说：

"来扶我一把，让我起来。"

或许声音太低了，玛丽好像没听见。黛莱丝撑着壁炉架，忍住没叹气，自己站起来，走进隔壁房间。玛丽听到钥匙开锁；她的思绪，已丢下母亲，飘向了乔治。乔治到巴黎已有多天，难道不见一面就废然而返？反正不存在反悔的问题。看来这桩公案，他早已都知道了……不，不，并非一切都无可挽回。最明智的办法，是火速返回圣格雷，使乔治无由得知这趟扫兴的旅行。乔治，乔治，他此刻占据了玛丽全部的心思。母亲这时已回进来，蜷缩在矮凳上，她的感怀对玛丽已无任何实际意义。总之，玛丽以后向家里人可以说：对黛莱丝的女儿来说，跟乔治的婚事已属无望……在这方面，至少她做得漂亮。碍难来自费洛家……但是，怎么回事？！要是费洛家真的不盼望这门亲事，那么，反对的态度就该更加明确。关键是，乔治不能软下来。一切都取决于乔治……

转而考虑问题的另一方面：不只一次，而是凡有机会，乔治便宣称他不需要任何人。这话想来可怕……干吗自欺欺人呢？只要他俩在一起，或者生活在同一地区，玛丽就感到某种宽慰。可是，乔治定居巴黎，这是多大的威胁！而她竟没法去跟他相会……那么，原因何在呢？为什么怕招白眼而却步呢？乔治不是早就听说她每年要跟母亲一起过几天吗？是为了他，她才延长逗留期的；乔治该能接受，这不是很自然的吗？

是的，细想之下，她真是太傻了！十五年前发生的事，跟她毫不相干。一个像她这样的妙龄少女，倒跟一个歇斯底里的老婆子，命运与共似的！而这老婆子还在随心所欲夸大从前的经历……如果把她的事归归类，那就会发觉她并不像她自己认为的那么罪孽深重……再说，有罪无罪，这桩已经忘却的逸闻逸事，为什么还要连累一个少女的人生？玛丽在矮凳对面的靠椅上坐下来，轻抚母亲的手，她浑身一震，抬起头来，简直不信自己的眼睛：玛丽在对她微笑，无疑是做出来的笑脸，只嘴角微微有点颤动，但她终于放下了心。

"妈，请你原谅。"玛丽说。

"你疯了，请我原谅！"

"我一时糊涂：凭直感反应……面对这样一个发现，我装出一种应有的激愤……但却不是我的真实感情……你相信吗？"

"我觉得，你在可怜我，想安慰我……"

"这样吧，妈，我拿个证据给你……"

她读过莫泊桑的《皮埃尔和让》吗？玛丽是从"博览书社"借来的。乔治觉得这本书"可笑"，那个时期的小说都显得肤浅……应当承认《皮埃尔和让》……写一桩家庭变故，儿子突然发现自己是私生子，探悉了母亲早年的私情……不过，玛丽觉得荒谬绝伦，子女以判官自居，审判自己的父母，探索他们的感情生活，发现了一点蛛丝马迹，就愤慨，就绝望……

“是的，我知道，对你是另一回事。但是，所有这些都是有连带关系的！相反，跟你在一起，我觉得更自在。以前我不知就里，你迎合家里的意向，附和他们的看法，当然是天经地义的，但现在，就不必用假象来瞒我了……”

黛莱丝在旁冷眼观察：莫非这就是小姑娘的意图，摘下假面具的母亲，会成为她的同党——谁知道？会同意她去跟乔治叙会……

“听我说，玛丽……”

她在寻找字句……这累人的谈话，不知什么时候能完？

“听我说，玛丽，你不愿评判我，固然不错。然而，你已做了判断，以为我会……”

“你想到哪儿去啦？我不求你别的，只求你做一个母亲能为女儿做的事。”

玛丽不想再用委婉的口吻，直白说了出来。黛莱丝拦住她：

“你现在该明白了，我为什么不给你爸抱怨的口实。”

“你真是深明大义，妈！别人听到了，准不信自己的耳朵。”

“玛丽……”

女儿的一腔积怨，突然爆发了出来：

“可是你毕竟有过爱，知道什么是爱。我才起步，觉得好像已没什么可学的了。我再说一遍：只要天天见到乔治，我就有把握稳住他。他一走远，就保不住。他来巴黎定居，这种考验就很可怕……咱们说定：我放弃跟你一起生活的打算，但临时来住几天，未尝不可吧……"

"我照你爸的意思办。"

"瞧你说这话的口气！这种小市民的门面话，竟出于你之口……"

黛莱丝打断她的话：

"够了，够了！没发觉我已忍无可忍了？喏，把钥匙拿去。到饭厅的柜子里去找两条毯子，在那间小房间把床铺好。明天邮局一开门，我就给你爸发电报……不，什么都别说了！"

黛莱丝把钥匙递进去，看都没看玛丽一眼。等黛莱丝抬起头来，女儿早已经不见了。放被服的柜子在房间的另一头，她听到刺耳的锁声，接着是搬东西的声音，折腾了一阵。少顷，她走进前厅，侧耳一听，但闻均匀的鼻息声。啊，终于能睡了！不指望能睡着，能躺一躺、懒一懒也好呀。然而出乎意料，刚熄灯，才合上眼睛，就进入了黑甜乡。酣睡深深，当晚发生的一切都没进入她的睡梦，连一句说过的话都没从她意识里浮起来。折腾得太累了，大自然赐她以休憩。隔壁房里，没有烧尽的木柴还煨着红红的余焰。曙光初射，照着凌乱的家什，照着黛莱丝坐着发愁的矮凳，照着忘在靠儿上的香槟酒瓶。

三

她被扫帚一下一下的扫地声吵醒过来。第一个念头是："太晚了，没告诉安娜……"安娜一定已走进女儿的房间。黛莱丝裹上一件毛茸茸的旧睡衣，朝脸色难看的女佣走去。

"你进那房间啦？"

"是呀，乱得一天星斗！"

"把人吵醒了？"

"那边可没有人。早走啦！"

黛莱丝穿过饭厅，开门一看：小房间里果然空空如也，手提箱也不见了。

也许玛丽乘火车回了波尔多，但也可能跑去找那小伙子了……

"太太，要不要把咖啡端来？"

黛莱丝听出安娜口气里亲昵而带包庇的意味，便解释说：

"昨晚你走后，我女儿突然跑了来，想不到她没跟我道一声别，就走了。一定是怕吵醒我。"

"这一来，就把太太的病治好了？太太不再觉得难受了？"

这种别有含义的挖苦话，黛莱丝只当不懂，推说她还感到乏。这时，安娜拿起忘在靠几上的香槟酒瓶，说：

"一定是这瓶酒对太太大有用处吧！"说着，嘲弄地瞟了黛莱丝一眼。"那会儿我住院动完手术，就给喝这个，人很快就好了。"

黛莱丝耸耸肩，她太疲乏也太淡漠了，懒得去说服这丫头。穿衣服时自忖道："随她怎么想，跟我有什么关系？"但心神还往这方面走，倒把玛丽搁下了。女佣对她的尊重、敬畏，有时甚至还很体贴，本是她应得的一份。安娜大概听到很多闲言闲语，所以一有可疑之处，信心就不坚定了……安娜这小丫头，连起码的一点忠心都不具备……这类事，有空再从容考虑，先办急事：给贝尔纳发份电报，责任就不在我了。玛丽说得对：一家人的常用语关键词，会顺口溜到嘴边：责任就不在我了！

走出格勒耐尔街邮局，黛莱丝踌躇了一下：现在回家，去受安娜的鄙薄？不，不受这份罪。好在没叫准备中饭……活该，让她去等吧……晚秋时节，天朗气清，街景怡然。可以到咖啡馆的露天座歇歇脚，去电影院泡一泡；太阳下山之前，街心花园的凳子也可坐得。进教堂，在暗角落看拜伏在地的人影，黛莱丝觉得好像耳朵贴着一扇看不见的门，在偷听什么秘密。最最要紧的，是勿回巴克街，免得去受墙壁屋顶的高压，那墙壁屋顶都饱含着她的痛苦——啊，尤其不想看安娜新近那副肆无忌惮的嘴脸，不想重演昨晚那可怕的情景："我承认自己有罪。假如玛丽去找那小伙子，我的秘密不是白说了……白白失去女儿的好感……不！"她不觉失声喊了出来，一群小学生回过头来看她，"到了今天早晨，这一切对我都无所谓了。不去为这些事苦恼……"

怪哉！对女儿不关痛痒，却这么看重安娜的观感！"好呀！对，就这样……"重新争取玛丽的希望还没来得及在她心里扎下根，而安娜这方面，她的尊重与好感，对这个深居简出的女人，犹如水与面包一样不可或缺……现在，一去除，什么也不剩……她枉自念叨：什么也不剩，什么也不剩！在这圣日耳曼大街的人行道上，在十月里早晨的阳光照射下，有股树叶和沥青的气味，身无病痛，好像摆脱了什么，去掉了什么——好像不再在原地打转，而是突然前行，朝什么目的走去。在昨夜的交战中，她说了什么话，无意中出了什么招式，竟把魔障破除了？她说的做的，又有哪一点异于往常？总之，她眼明心亮，正朝某个方向走去。

倘若无拘无束，无窒息之感，无梗在胸口的死症，生活差不多可算幸福的了……天气多好，圣日耳曼大教堂上空，高旷寥廓！青年的脸容，见了她一笑，她喜欢他们脸上的倦容！她不愿死！也不想死！

在"双偶"（Deux Magots）露天座落座，她勉强自己喝了一杯茴香酒，这样会带上一点醉意。"去掉悔咎之心，"她想，"凡能增长傲气的一切，都是好的。昨晚，玛丽没紧着往下问，倒有点失望。本想让她吃上一惊的，却落了空……

想我这辈子也有过点事，一桩未遂的谋杀案……这广场上这咖啡馆里的芸芸众生，每个人生活里也必定有点事。天长日久，世人慢慢相信他们的罪过、他们的恶癖、他们的毛病，没什么大不了……连德行也如此……甚至连牺牲精神，应该说有比没好……我对自己因小小不言的沾沾自喜，深表厌恶，因为昨夜我好像要为玛丽牺牲自己了。亟待把这种沾沾自喜掐灭去除……代之以对自己的卑视。一种完完全全的、明智的卑视……啊！就该朝这一点，朝这个方向努力。"她做了个手势，不料把杯子打翻，掉地上摔碎了。邻座一个年轻人，起身捡起碎片，彬彬有礼，举帽略点一点头，递给黛莱丝，引得他的同伴哄然大笑。黛莱丝以明亮的眸子盯着他，一言不发。他有点窘，把玻璃碎片放在她面前，郑重其事地说：

"请多多包涵，太太，我们是些毛孩子！"

黛莱丝略摇摇头，微微一笑，心里想："他不知道我已麻木不仁，一无所感……"

她走进雷恩街，顺着盖戴街，直抵曼纳大道，途经一个贫民区，走得晕头转向，只好停一会儿喘口气。对面朝街，有一爿马肉铺。一个看不出年纪的大肚子女人，光脚穿着毡鞋，正用尖利的目光，盯着肉铺老板称一小块肉，肉的颜色都已发紫。黛莱丝想拦一辆出租车，去一家好饭店。她想：善于躲避，就不会有真正的痛苦；而她，一向就能躲则躲的。

"去圆顶酒家！"黛莱丝坐进车里吩咐道。她自以为已经山穷水尽，但她目前这点进款，比起那个用黄纸包包走一小块变质肉的女人，还是多得不可胜数。痛苦而不受羁勒，尚能细细玩味，就算不得真正的痛苦。奢侈，与我们的习性相连。我们的痛苦，甚至也是一种奢侈。能关在房里哭个痛快才好……这钱，要用时手头总能找到……黛莱丝就这样瞎想着，这时，上饮料的侍者过来，她问：

"有没有没甜味的上等香槟？……那要一瓶……要冰镇的……"

她回家已很晚。掏手提包找钥匙的时候，听到安娜的声音：

"我想该是太太……是的，是太太！小姐六点就开始等太太了。晚饭她已吃过……只是没什么胃口。"

不说别的，黛莱丝先就感到高兴：安娜不会疑心她撒谎了，不会怀疑是玛丽在房里过夜了。

黛莱丝帽子没摘，起皱的大衣没脱，就进了客厅。玛丽陡地站起来，人失去了神采，脸色乌糟糟的，嘴巴好像有点肿。样子变难看了。她一上来就告诉母亲，已给圣格雷发了电报，通知她第二天到。

"又来这儿，有什么事吗？"

"当然。第一，是为车票钱：你昨天给的钱，我今天万不得已已用去一部分……"

玛丽停顿一下，等着提问。但黛莱丝只紧盯着看，没吭声儿。于是，小姑娘下定决心：

"我见了乔治，一起吃的中饭……"

"后来呢？"

玛丽无由言答，只见眼泪涌了出来。她从手提包里抽出一条已经湿透的手绢。

"可是，孩子，我看不出有什么新情况……"

"新情况是，我跟他说，我知道了你的底细，关于那事件的……于是，他就摊开来谈，说他父母早已得知，越来越反对这门亲事……是的，倒不是那桩事本身，而是你近几年的生活状况……也罢，让你知道也好！这是你的错，是你的原因！"

这天，黛莱丝像做了一场梦。长长一觉醒来，又坐在同样一张矮凳上，面对同样一个怒不可遏、放肆无忌的法官。她抗辩道：

"可是，玛丽，这'生活状况'，就算我真的那样，我倒想知道，人家究竟说我些什么！这生活状况，费洛家知道你们打算结婚时，早已知道了，那时据我所知，并无敌意嘛。"

玛丽越解释越糊涂：那时，费洛老爹想当然，以为戴克茹家还是殷实富户，可以不计其余。如今两家都近似半破产，而费洛他们又急需资金。

"他父亲好像一再对他说：'你想娶谁都可以，只是千万别找荒原人！'自然，我们授人以柄的地方太多了……这类盘算，乔治根本不放在心上，但他还不能自立。他得读完他的法科……还有那么多东西，比我更吸引他，更吊他胃口！"

玛丽的脸贴着靠椅的软垫椅背，哭了起来。黛莱丝问她下一步打算怎么办。玛丽说，还不是回圣格雷，重新过原本就觉得难以忍受的生活，而那时还存着希望……

"但到了现在，只剩下死路一条。"

玛丽把脸埋在臂弯里，嘟嘟囔囔说了句话，黛莱丝没听清：

"你敢把刚才说的话，再说一遍！"

小姑娘狠巴巴地望着母亲，犟头倔脑地说：

"我是说：至少对我，你也没高抬贵手，把我毁了。"

"你也一样，玛丽，出语伤人，言必有中。"

黛莱丝搓着手心，来来回回走动。想起二十四小时前，玛丽欢快地走进房来，做母亲的顿时神思飞扬，想不到"最后落到这下场"。想到这里，黛莱丝朝玛丽那张小脸看了一眼，由于失眠、绝望和怨恨，脸变得很难看。这种怨恨，不错，她这做母亲的算是罪有应得。但她还不至于假仁假义，把责任全推给命不好。即使以前没做过无法挽回的事，即使一辈子当安分守己的戴克茹太太，十二月到来年七月枯坐在朝圣格雷广场的小客厅窗后，其余岁月住在阿什鹭鸶的老屋里，女儿在她的生活里也不会占更多的地位。黛莱丝不是当母亲的料——说不出为什么缺少这份天赋，而一般女人就会把自己的生命注入她们生下的子女身上。是的，即使生活顺顺当当而无波折，黛莱丝相信，她仍会像昨晚看到进来一个长成女人的女儿，顿生一种惊喜。多年来生活在同一屋顶下，突然见到玛丽，会觉得她新奇而陌生，连同她的趣味、好恶，不知不觉中养成的习性，为黛莱丝所不喜欢的做派，与黛莱丝无关的活动，等等。"但这丝毫不会有什么改变。"然而，面对这个冤家，今晚蹲在这儿就是为来算账，黛莱丝承认自己有罪，不做任何辩解以减轻罪责。千罪万罪，最突出的一项，就是嫁了人，生了孩子，顺从了常情常规，而她生来就是无法无天的。

不！问题还不在于此！如果她不像个做母亲的，为什么昨晚玛丽跨进门来，她会这般高兴呢？是报复家庭赢了一着？也许……那么，为什么对女儿的烦恼，会这么嫌弃呢？为什么又这么想加以弥补呢？她可以舍弃自己生命……如果仅需舍弃生命，事情就太简单了……谁也不要我们的命，拿我们的血也买不到什么。或许她早早自杀就好了……那也不一定！黛莱丝的阴影还会横在玛丽可怜的生命途程中。这种株连岂不可怕？"死了，也不见得对你的危害就会少些……能给你什么呢？钱……"

突然，来回走动的黛莱丝停下脚步，两眼瞅着女儿：

"我倒有个主意，玛丽！"

小姑娘连头都没抬一下，两肘支着膝盖，左右摇摆着身子。

"听我说，我突然产生一个念头。"

她冲口而出，不假思索，只是径情直遂，义无反顾。她是这样开头的：

"孩子，如果我明白你的意思……"

实际上，说来可悲，但所有问题——唉，人生中几乎都是如此——最终都归结到一个"利"字。一方面，小伙子恋恋于玛丽，然而目前的境况，不容他违抗父亲的意旨。是这情况吧，对吗？（玛丽点点头，现在她听得很入神。）另一方面，费洛老爹需要资金，希望儿子不要跟荒原本乡本土的人成亲。玛丽暗示，讨论就应限定在这范围之内。

"如果为了你，我放弃娘家拉罗克方面的产权……"

不错，此处涉及荒原林场：近三千顷地，其中部分已被她父亲砍去——这就足以解释她的收入近来何以锐减。然而，这片地产前景看好，十五年前播的种，现在已长得很茂盛，尽管经济萧条，好歹也值几百万。费洛家如急需现钱，完全可以抵押出去……确切数目黛莱丝说不出，但近日就能知道，因为缺现款，她瞒着丈夫，已要公证人报告财务情况。总之，费洛他们运气不错，能从中觅取他们所需的资金。因为，没有迹象表明，以目前的情况而论，乔治能在别处"找到像你奶奶说的，更合脚的鞋子"。

黛莱丝说到最后一句，口气近乎欢快，放弃她名下全部财产的提议，已予她减轻罪责的松快。可是玛丽耸耸肩，以为不可理解，母亲不能把自己剥夺得一贫如洗，总得留下必要的生活资源，这一时的心血来潮，只要有十分钟时间考虑，就会改变初衷的。

黛莱丝声辩说，自己筹思已久，对自己造成的祸害能有所补救，已有意想不到的快慰。她只需一份菲薄的年金，够付一般养老院的费用即可——这方案是临时想到的，其实，她早已抱定宗旨，宁可在贫民窟冻死，也不住养老院的！她还补充道：她很久以来就过着缺这少那的生活，心脏迟早会"吃不住"的（医生也不瞒她），她只求有个偏僻角落了此残生。

玛丽比较温婉，说她永远不会接受的，再者，也得征得父亲同意，最终，要看费洛家对这一安排是否动心。黛莱丝对各种反诘，回答只有一个：她出嫁时带来一笔陪嫁，这个决定，乍一听或许会使她丈夫大吃一惊，但她丈夫没任何理由可以反对，因为牵涉不到他的利益……至于费洛他们……

"听我说，要不要我去见你的乔治，当面加以说明？……"

"噢，不！尤其你不要露面……不要亲自出场……要是我这么说伤害了你，请原谅，我觉得……"

黛莱丝摇摇头：不，玛丽没伤害她，她已没什么感触了。

但正因为那小伙子把她想得很怪，所以让他看看她的真实面目也不坏。

"我觉得只有我才说得服乔治。我们计划有双重好处，能解决费洛老爹的两个难题：既能为他提供必要的资金，又能使他摆脱（略一迟疑）黛莱丝·戴克茹。你听明白了吗？我自动退隐，自行消失，我即使死了，人家也未必知道。"

"不，"玛丽不赞成，"不是这个意思！你同乔治见个面，了解他的情感，把你的印象告诉我，坦白说，我会很高兴……噢，当然，他会取守势，不会和盘托出的……好在你见多识广……你明白我的意思吧？……怎么啦，妈，你病啦？"

黛莱丝睁大了眼睛，有气无力地笑笑：

"没什么……白天走了一天路……别担心。我得吃点东西。安娜会来服侍的。你也需要休息了。我说的话你好好考虑考虑。"

"你太好了，安娜，来帮我脱衣服……被里还放了汤婆子……啊，躺下很舒服！请把枕头再垫高一点……就这样。现在把灯罩压低一点。汤冷了吗？"

安娜把汤碗递过去。

"味道好吗，太太？……小姐已经睡下了。"

"尤其得当心，厨房里别弄出声音来。现在才十点。今晚你出去吗？"

安娜摇摇头：今晚，她要做针线活儿。

"不知你愿意不愿意……噢！就是一刻钟工夫！把你的针线活儿拿到这儿来做！咱们也不说话。感到你在旁边，我就高兴，会休息得更好。"

"如果这样做能使太太高兴……"

灯光在天花板晕出她小时候生病时看到的光环：那时，也像今晚，看到一双粗糙的手捏着粗布衣在灯光下缲边。这是黛莱丝悟出的一个秘密：在我们种种行为的厚厚积层之下，我们童心依旧，没有变易，心灵逃过了时间的侵蚀。四十五岁的黛莱丝，又变成当年那个小姑娘，在进入睡乡之际，有保姆陪着，便感到安心、平宁。

"安娜，今天早晨你想到哪儿去啦？"

女佣浑身一激灵：

"今天早晨？"

"是呀，看到抖开的床铺、凌乱的房间、香槟酒的空瓶子？"

"没想什么呀，太太。"

"人家说了我很多坏话吧？你照实说，没关系！看门女人……肉店老板……"

"噢！那肉店老板，没说什么，太太！可是我，知道那不是真的。我说过，最有资格说话的，是我！不是吗？"

黛莱丝没回答。她屏住呼吸，感到眼泪要涌上来了。别让安娜看出来。但怎么能流泪而不噎气，不打嗝，不气急——不管是十岁还是五十岁，我们哭的时候总像孩子，只有孩子才会哭。

"怎么啦，太太，太太！"

"没什么，安娜……"

"小姐弄得你心很烦吧！"

"事情过去了，不是吗？我要睡下了，你再坐几分钟吧。"

黛莱丝闭上眼睛，过了片刻，告诉女佣可以走了。安娜收起针线活，起身说：

"那祝太太晚安。"

黛莱丝叫住她：

"你不亲我一下吗？"

"噢，很乐意，是的……"

安娜用手背擦了擦嘴唇。

四

"那当然啦，我的闺女：我还没笨到这地步！他绝不会觉得我去缠他，我不会唇枪舌剑的……或许你会嫁给他。只想让他知道一下我的打算……我想，见一面，也就几分钟的事……"

"不过，万一他推三阻四，就让他从从容容说，弄明白他的意思……"

玛丽看母亲站在壁炉台的镜子前,往眼睛前系一片半遮脸的面纱,不觉惊奇。黛莱丝略施胭脂口红,顿时变成另一个女人了——好像要去办交涉,马上恢复了社交本能。她找准了自己的角色,像演员要重返舞台,所有遗忘的姿势又一下子恢复了。连玛丽也来了精神,一夜好睡,皮色鲜嫩,两眼闪着希望的光芒。

"他或许不在房里……哦,不!他总在旅店吃中饭,因为膳宿费一起交的……要是他还没回来,那就等一下吧……"

"遵命,宝贝,别多操心啦。"

跟昨天一样的太阳,一样的雾。乔治住的旅店,在蒙帕纳斯大街,靠近火车站,黛莱丝步行过去。等会儿要说什么,也不去事先考虑。一路走一路看,路中央挖开的沟渠里工人在卖力干活儿,一个少年拖着一辆重板车,还有那个靠墙站的女人,只差伸手求乞了。黛莱丝决定舍己成人,已然尝到轻财好施的快意。在这一刻,对她还是一桩乐事。真的到了不至于饿死的地步,她的生活就很难设想了。现在,还用不着为这题目烦心。"到时候再说吧……"她总这么想,不徒事惊恐。也许她不信,有一天会真要她履行诺言。这门亲事能成吗?再者,即使家里同意她放弃财产,贝尔纳总有办法,使她得到超乎日用必需的用度。但开支总得紧缩。她想着这项那项的紧缩,牺牲的快意并未稍减。

黛莱丝顺着伏齐赫路向上，一直走到蒙帕纳斯大街，沿左边人行道，朝火车站方向走去。她看着又旧又脏的门面，招牌：南特旅店，西铁旅店，因为玛丽说不出门牌号码是多少。

玻璃门后面，围着女掌柜的桌子，站着好些人。黛莱丝略一迟疑，进门便朝楼梯走去。有个撸起袖子干活儿的伙计，脏得要命，在梯阶上放着一只装满鞋刷的箱子，把一张倒三角脸转向黛莱丝："找费洛先生？在五楼，八十三号房间。"黛莱丝请他通报一下，说有位太太想求见，那伙计说：

"他在房间里，您上去就是了。"

黛莱丝还是要他通报一下，在他手里塞了一枚硬币。伙计打量了她一下，贼头狗脑地一笑：

"姓名不通报，只说：一位太太？"

楼梯很陡，越走越暗，黛莱丝跟在他后面慢慢往上爬。底层酽酽的沙司味，一层一层上去，渐次让位于厕所和阴沟的气味。有人嚷了一声：

"当然喽，让她自己上来！"

栏杆上俯出一个身子。黛莱丝还听到一句："怎么摆谱！"显然，站在五楼楼梯头的高个子青年，等的是另一个女人……他的脸突然绷紧了：

"噢，太太，我就是乔治·费洛。"

房门敞着，光线照到楼梯头，他正好背光站着。黛莱

216

丝只看到他个子很高，背有点弓，前额较低，黑头发乱蓬蓬的，没穿上装，只套了一件毛线衫，蓝衬衫敞着领口。黛莱丝教他放心，说只说两句话，打听一个情况。她擅自走进房间，转过身来，报出自己的姓名。小伙子特意让门开着。

多年来，黛莱丝知道，她一报姓名，圣格雷和阿什鸳鸯的人会有什么反应：一种贪婪的好奇。这张俯向她的瘦长脸，流露的正是这种表情。她从这张脸上也读到了一种不安、一份戒惧，这是她首先要打消的。

"敬请放心，跟我无关的事，我不会去掺和的。"她急忙补充说，"我进来坐一下就走。如果有朝一日，你们，就是说你和玛丽，要做出重大的决定，我觉得有必要让你了解……"

她不紧不慢说来，恢复了那种游刃有余的从容。字字句句都很清楚，但似乎并没抓住小伙子的神，便一边讲一边打量，想弄清楚他怪在何处。她发觉小伙子有点斜视，这一缺陷给他很一般的容貌平添一种魅力，带点睡眼蒙眬的神情。黛莱丝无须假谦虚，但也不是没带点教训的口气，说："你允许我坐下吧？"小伙子马上笨嘴拙舌地表示歉意，同时推过一把扶手椅来，慌忙把搁在上面的外套、脏衬衫、唱片等拿开。接着，用手摸摸脸颊和下巴，抱歉还没刮脸。他关上窗子说：

"彼此讲话都听不见。"

"住得离火车站这么近，一定挺烦的。"

"噢，我倒不怕吵声。"

乔治面朝黛莱丝，坐在床边，现在集中注意力来听了。

"你要明白，这不是为催成其事，或出于类似的考虑……关于玛丽的事，我丈夫没把他的想法告诉我，而我跟女儿住得又远，没有形成一定的看法……"

黛莱丝对自己嗓音里那么一种音色特有好感，那音色不常出现，不是召之即来的：声音像蒙上一层什么似的，低沉而略带沙哑。这时，她听到自己在说：

"把财产赠予玛丽之举，作为直接的后果，就是把我自己从社会上完全抹去。"

这句话平平道出，又做了个手势以加强分量。既不追求任何效果，也不装出殉难者的样子。乔治担保说："利的问题，根本不在他眼里。"接着，又恣肆又怯缩地说：

"我们年轻人，已不像我们的父辈，一辈子围着陪嫁、遗产、遗嘱转。经济危机一来，这一切都成了泡影。我们对这些已不感兴趣。"

"这我就放心了。我的态度，令尊大人有权知道。你认为有必要，可以把我这层意思转达给他。"

黛莱丝起身要走了。乔治显得有点犹豫：

"玛丽在你那儿吧？"

他以疑惑的神色瞅了黛莱丝一眼。窗子关上后，房间里就闻到旧衣服、烟草和肥皂的气味。外加阳光灰蒙蒙的，室内突然显得脏乱不堪。黛莱丝审时度势，知道可为玛丽做一番争取的努力了。

"她今晚走。你有什么话要对她说吗？"

"夫人，希望你能理解……"

黛莱丝不失时机，又坐了下来，看起他来，那表情颇见心计，似超然于自身的利益，只关切所嘱托的事。乔治说，以他二十二岁的年纪，害怕过早成家。倘若非要结婚，那么除了玛丽，他不会娶别的姑娘的……

"哦，"黛莱丝打断他的话，说，"你这些话，我可以转告玛丽吧？这对你不会有任何约束……"

他信誓旦旦，这并非简单的推脱。他想起玛丽，真是一往情深。玛丽跟他少年时的回忆连在了一起。到圣格雷过寒暑假而不见玛丽，简直难以忍受。

"那荒原，我是既喜欢又讨厌……你呢？"

"哦，我吗？"

乔治赧然脸红，想起面前这女人的身份，提起圣格雷会在她心里引起什么感喟，他无法把这个透过半截面纱用沉思的目光打量他的女人，与黛莱丝联系起来。

"不是说，我不结婚，"他沉默了一会儿又说，"但是现在……这不可能！首先，要上学，要应付没完没了的考试……"

"噢！这倒没关系，"黛莱丝打断他的话，"相反，结了婚，跟娱乐啦、消遣啦，离得反远了。但是我明白，以你的年纪，有点举棋不定。"

"不是吗，太太？我才二十二。"

黛莱丝的目光，盯着这张瘦长脸，线条虽分明，似尚未定型；栗色的眼睛，略有点斜视，集中不到哪一点上。只有嘴唇的轮廓，宽厚而坚定。

"你倒不如说：我已二十二了。"

他带点惶恐：

"你觉得我已不算年轻？"

"噢，你知道，一上船，等于已经到了对岸……你不觉得吗？"

不错，他深有同感。

"我二十岁生日那天——你想得到吗？你不会相信的！——我哭了一场……"

"你哭得对。"黛莱丝简单评了一句。

乔治听她说：青春并不是什么开始，相反，倒是一种终结……

"但是，既然你喜欢音乐……"黛莱丝把目光凑近一张唱片，想看乐曲的名称，"只有音乐才能表达完美。舒曼，对啦……"

"我求之于音乐的，或许正是这点。你认为很多年轻人都有这种惶恐吗？"

黛莱丝答：他应该比她更清楚。

"我有个朋友，七月份自杀了，"他突然抬起头，"大家找不出一条理由，一条他非得自杀的理由。我跟他很熟：没有女人问题，没有坏毛病……"

"恐怕是吸毒？"

"不，毒品从来不碰。但或许——听你说话，才临时想到——出于一种跟你说的相仿的感情……他想赶快了结一桩事，一劳永逸地了结。这种想法，我从来没有过……"

黛莱丝站起身来：

"玛丽在等我回去，而我却在这儿跟你……"

她换过一种声音，字斟句酌：

"那么可以这样理解：目前你害怕结婚。这话允许我转告玛丽吧？我可不可以加一句：你对她的感情没变？"

乔治不做正面回答，只说：

"真奇怪，说着说着竟忘了你是谁。真不能想象……玛丽事先没告诉我……她不会形容人的相貌……"

谈话暂时中断。为打破沉默，乔治问，玛丽动身之前，他能不能去告个别。她大概乘十点的火车吧？

"干吗不跟我们一起来吃晚饭呢？"黛莱丝不假思索，突然问道，"然后，你可以陪她上车站……"

乔治不觉得意外，动情地接受下来。约定他晚上六点到。就在这时，杂役推开半掩的房门说：

"嘉尔辛太太来了……我说你有客人。她在楼下等。"

乔治转向黛莱丝，用得意的口气说：

"你知道，是奥克达夫、嘉尔辛太太……是嘉尔辛，特·拉比特家族这支的？……你们不是还有点亲戚关系？他们已在巴黎定居……"

"我认识她婆婆，"黛莱丝说，"但是别让她久等了……她也常来常往？"

小伙子很自负地否认：

"噢，不，太太！千万别这么想……"

在前厅，黛莱丝对一个身材高挑的少妇飞快瞥了一眼。快一点钟了。她急忙往回走，一心想着她将带给玛丽的快慰。小姑娘一定等急了！以不给她太多希望为好……然而，一看到女儿在楼梯头张望，黛莱丝禁不住嚷嚷道：

"猜猜看，今晚谁来跟我们一起吃晚饭？"

玛丽笑笑，不敢说出那名字。

"他六点钟来。再陪你去乘火车……"

玛丽把母亲引进客厅，不等她摘帽子，就把她紧紧搂在怀里了。

"你真好！而我太恶劣！"

黛莱丝猛地挣脱出来：

"不，不，我不好。"

她先女儿走进饭厅。

"你详详细细都讲一讲：你说了什么，他怎么回答的……还有，你的印象如何……"

"你太兴奋了，太兴奋了！"

给人快乐的愉悦，黛莱丝一下子体味完了。她心里想：别让玛丽存太多希望，免得醒悟之后太难受。

"是的，他今晚来吃夜饭……这已说定了……他首先不愿把话说死而受约束……这意思希能体谅。对这一点，他尤为强调。"

"唔？"

玛丽两眼定定然看着母亲，杯子满了，还在倒水。

"桌布都湿了，宝贝……千万别不高兴。他把他的想法说得很清楚：他怕结婚，所以面临结婚问题就退缩了。在二十二岁上，这也很自然！至于他对你的感情，那不成问题。"

母女俩沉默了一会儿。玛丽挪开杯子，把溢出来的水擦干。

"不，我什么也咽不下。那么，他对你说过，他对我的感情……他真的用了'感情'这个词？"

黛莱丝相信是的。反正，他没说"爱"。见玛丽嘴角微颤，黛莱丝知道是什么意思，马上补充说："感情"也即爱的意思。玛丽执意要知道：见面这么长时间，他还说了别的什么。

"还说什么？说你已融入他寒暑假的回忆之中，你是他生活的一部分……"

"还有呢？"

两肘支桌，下巴搁在反绞的两手间，玛丽盯着母亲，凝睇不移。

"别的就想不起了，孩子。"

"你们一起待了半个小时呢……"

"记得我俩还谈到音乐。"

玛丽做出痛苦的表情，喃喃说：

"对音乐，他真是疯魔。"

"而你就讨厌……像所有戴克茄家的人……真不走运。"

小姑娘反驳道，如今会弹琴也没用：

"像乔治说的，我弹得再好，也不及他收藏的录音好。"

言语之间，黛莱丝表示这毕竟是件憾事。

"这话怎么讲？"玛丽紧盯不舍，"既然他喜欢的音乐，他唱片里都有！"

"话当然不错，宝贝……但是，对一个喜欢音乐的人来说，有位能弹弹琴的妻子也是美事……但问题不在于此。如果你愿意听我的意见，那么，严重在于这种旨趣相反……足以把离不开音乐的丈夫和厌弃音乐的妻子拆开。"

黛莱丝幽声幽气说来，有种不安和忧愁的神色。玛丽却热情慷慨：

"我能做到爱他之所爱。对这一点，我很放心。你认为不可能？只要他提出来……"

黛莱丝摇摇头：

"放心吧，这种要求他不会提的……到你们共同生活的一天，有音乐可逃避，或许他反会高兴……是的，就在他身旁，你却无法跟他走进音乐王国。正是音乐，有时使丈夫摆脱妻子，有时又使妻子摆脱丈夫……这样也好。而且，即使两人都喜欢音乐，同样的心醉神迷，也可以把两人拆开。音乐能协调的，只是在同样的时间怀着同样的爱的两个人。"

"但是我们彼此相爱，妈。他不是亲口跟你说到他的爱，至少是他的'感情'……"

黛莱丝起身，快步走进客厅，玛丽跟在后面，还坚持不放松：

"而且，他一再跟我说，他生活中只有我，我是他唯一的女人……你干吗笑呀？"

黛莱丝抿紧嘴巴，心里一再叮咛："不能跟她提那个嘉尔辛太太。"她回答她没笑，只是抽搐了一下，因为面部神经突然……她要去躺一躺，静一静。晚饭的事玛丽就多费点心吧，别忘了备香槟酒，还得去订一份冷饮。她该知道乔治的口味吧？

"这就够你忙半天的了，宝贝。"

黛莱丝躺在床上，听到碗盏挪动的声响。下午天色昏暗，家具泛出微弱的光。日常生活，就在汽车、卡车、刺耳的刹车声中过去。学校操场上的尖声高叫，表明世界还在繁衍下去。修椅子的，吹响小喇叭。"别让玛丽抱太大希望……但是，我也不应该毁掉她的幸福。毁掉她的幸福，我有这种想头吗？那比我以前的作为更险恶了。那时的处境，还情有可原。给活活埋在地下，只得把压得我透不过气来的石板掀开一块。我的本质如何，现在我时时在反省自己。凭良心，我这女人心地也够好的！（她独自笑了起来，喉咙都笑出声音来。）那天晚上，自认不讳的谈话，主要是逼玛丽回到她父亲那边去……我超越一己之上，为超越一己而欣喜，虽则我的悲苦是实实在在的……尤其是昨天，我决定放弃财产的这一刻，予我深切的快慰。好像高高翱翔在实际的我之上，向上攀升、攀升、攀升……冷不防一下子滑了下来，跌回到令人齿寒的恶意之中：我不思长进时的存在状况——反省自己，就是反省自我的存在状况。"

她把枕头抬抬高："但不……我并不这么可憎吗。我要求别人都能眼明心亮。玛丽最教我恼火的，是好做不切实际的幻想。揭去别人的遮眼布，在我简直成癖了。周围的人只要见事不明，我就不肯善罢甘休。在绝望中，他们便与我为伍了。我不明白，为什么他们不感到绝望。难道是出于恶意，我想对玛丽喝道：你明明看出他不爱你，而且他永远不会爱你，至少不会像你那么痴情？日后阿什鹭鹭一婆娘，和一个充满好奇和苦恼的小伙子之间，能有多大距离，我要玛丽估量估量。自以为能独霸一个男人，独霸他的命运，好大的口气！我要向她说清楚。我要对她说，即使有一天成婚，这男人的生活会构筑在一个她无法企及的层次上。除非把他收拾得服服帖帖，跪倒在她脚边，那他也完了……"黛莱丝低声自语："不，我不能这么对她说。"

下午，时间流逝。汽车在路口此呼彼应。从圣日耳曼大街，传来电车的铃声；不间断的寂静中，闻小鸟啁啾，但随即止歇，她把自己关在房里，不敢走动，怕略一动弹会伤及玛丽似的。欲说还休，只作泛泛之谈。等玛丽回来敲房间门，黛莱丝嚷嚷道：她觉得好多了，可以上桌子吃晚饭了，但得休息到那时。

六点过后，听到门铃响，有个男子的声音，为玛丽神经质的笑声屡屡打断。有时，两人讲着话，突然压低声音。黛莱丝想："他们大概在谈我……"静下来的时候，真可让人认为客厅里空无一人。彼此有着默契：两个肉体怜悯分离的心灵，便在深渊之上会合，把歧异遮掩覆盖起来。想必是乔治把头靠在玛丽肩上，一切难题都迎刃而解了，一切成问题的事都悬搁起来了。

他们故意挪动椅子，把无关紧要的话说得山响，再重重咳嗽两声。厨房里传来沙司的味道。黛莱丝开灯起身，脸上搽了些美容霜。小伙子只看到她戴帽子的模样，她拢拢发丝，把前额遮小一点。趁热熨斗的工夫，穿上一件黑色羊皮衫，再披一条遮掩脖子的蓝披巾。她不愿让小伙子看到她的真面目，认识她的真能耐。她的外貌，将跟她的言辞一样，充满欺妄。尽量少开口，尽量躲闪掉。或许不容易办到，有的人，不管我们愿不愿意，总得跟他说话。他们今天早晨的交谈，本可以一直延续下去。但今晚，有玛丽在场。再者，一离开饭桌，两个孩子就会把她撇下径自走了，是十点的火车。这段间奏曲就告终了。这一切占了她两天时间：对女儿的愧怍，轻弃钱财的豪举，与小伙子的交涉。她的角色扮演出色，对自己的姿态感到满意。今晚，她又将回复自己的本真，回复自己的微不足道。

五

她一走过去，就看出自己打断了他们的谈话，而且话题正好涉及她。她只得说说话弥补沉默。饭桌上，回忆阿什鹭鸶和圣格雷的往事，不失为一助。黛莱丝列举的人名，乔治只认识他们的儿辈。两人讲的从来不是同一代人："不错，她儿子该有你这年纪了……不，我讲的那个台季伦，是你认识那位的大伯……"

乔治说："阿什鹭鸶的悲哀，是树的寿命不比人长。长了几代的松树，消失得跟只活一代的人一样快。地方上不断在变。你童年时的阿什鹭鸶，休想能再认得出。周围的老树都砍光了。以前遮天蔽日的大树林，已经变成一片空旷地。"

"想当年，林场主颇为他们巨木森森的松树而自豪，宁可让树烂在地里也不肯砍掉……不过，我是不会再回去了。"黛莱丝补上一句。

玛丽和乔治不吱声，看着她喝酒。

"要是回去，"黛莱丝又说，"沙地、砂岩，总还认得，还有阴凉的急流、松脂和沼泽的气息，羊倌吆喝下杂沓奔跑的羊群。"

"看来你挺喜欢阿什鹭鸶？"

"喜欢？哪里，不过，受了那么多罪，到最后对我反正也一样了。"

乔治不知如何回答。随着动身时刻的临近，玛丽目不转睛，盯着他看——好像以防干渴而先喝个够。乔治问，能不能抽烟。

"圣诞节到元旦那几天，你回乡下去吧？"黛莱丝问，"那么，不到三个月，你们又见面了。"

"还有三个月呢！"玛丽重复了一句。

她脑袋侧向桌子，长发一下子泻落了下来，露出一只不大雅观的耳朵。一边拈弄右手上一枚戒指，朝乔治微笑着。黛莱丝觉得乔治"态度不太明朗"。头顶翘起几簇发膏没定住的硬发，他这副尊容倒像只小乌鸦。黛莱丝有几次发觉他斜眼停在她身上，但随即移了开去。她们母女的菜盘早空了，他还在慢条斯理享用。仿佛刚才没上过甜食，他来者不拒，把奶酪和水果留到最后，香槟在他杯子里刚斟满就喝干了。

"到时候了，宝贝，"黛莱丝催促道，"费洛先生会帮你把箱子提下去的。"

分手之际，玛丽把母亲紧紧抱在怀里。黛莱丝忙挣脱出来，似乎急了一点。她说：

"你们要乖一点哟！"

她又重新伶仃一人。身上还存留一份浮躁、一份惶惑，不过不失甘美。拿起一本书，也读不下去。她心里琢磨："话没说错，事情没做糟，大体上说，帮了玛丽的忙。要是婚事成功……"她想起放弃财产的事，这次倒不感到快意，甚至开始觉得有点不安。这漂亮的一手，不再给她的自尊心带来任何满足。此时此刻，她清楚地意识到，这一牺牲会给生活带来什么变化。她想法使自己放下心来："他们不会同意的……或者我会得到一笔年金，过日子绰有余裕，反正比现在这样不上不下的好……总之，这或许倒是一桩好事……"她笑谓："任何豪举，都不会虚掷。"虽然只略施脂粉，她从镜子里惊异地发现自己脸色很好。刚才喝过一点香槟：大概是这个缘故吧。紧缠不放的绝望情绪，略为松动，几乎总是由于生理方面的一点缘故：一夜好睡，一杯美酒……绝望情绪好像走开了，其实没走远，还有来复的时候，但毕竟不在眼前。世界是美好的，或许还有多年可活？在死之前，任何一种孤独都不是最终的。今晚，明天，我们不知道会遇到什么人。那么多人与我们交臂而过！每时每刻，都可能冒出一颗火星，流行一种风尚。所以，这个晚上，黛莱丝向欢快的心情让了步，不感到有心脏病。她心里想："或许我还不会死，还能活下去。"

打开窗子，凭栏俯视：路灯不亮，嘈杂依旧。商店的铁卷帘门，在嘎啦嘎啦摇下来。黑色汽车在路面滑过，到路口发出短促的制动声。一辆公共汽车的急刹车声，盖过了其他声响，除却楼梯头的房门声。而且，这房门声，与其说是听到的，还不如说是猜到的。紧跟着，女佣和一个男人的声音，在前厅相互对答。黛莱丝关上窗子，看到乔治没戴帽子，没脱大衣。她这时突感心口痛，不由得咬紧下巴，皱着眉头，小伙子以为是看到他而羞恼。

"你忘了东西吗？"

乔治喃喃说，是想来报告一点玛丽的消息：一切顺利，给玛丽找了一个角落上的位子。黛莱丝坐下来，俯着上身，为熬住痛苦，她屏住不动，像一条受袭击便装死的毛毛虫。等缓过一口气来，便请他坐另一把靠椅。乔治这才明白，她或许不是生气，而是身子不适。

"就是一点不舒服……现在好多了。你再耐心等几分钟……"

房里只听见挂钟的摆动，邻居家的收音机。乔治把目光移开，尽量不去看这张死脸。但目光不断返回这宽阔的前额，几乎还没有皱纹，禁不住要看那低垂的眼皮，那黑眼圈，那闭住的嘴巴，好像用力在抿紧。突然，他发现，她眯起眼睛在察看他。他顿时赧然，把头转过去一点。她挺了挺身子：

"现在好多了，跟我讲讲玛丽吧。她走得还愉快？"

他认为是这样。

"她跟你说了些什么？"

他不敢回答说：我们谈的。主要是你……然而，眼前不是机会吗，把他最挂虑的事，弄弄清楚？他对玛丽说过不止一次，她母亲当年不惜一切代价，想求得自由，也无可厚非……他觉得不可解的，是圣格雷人的传说纷纷。此刻朝着他的女人，容貌凄苦，怎么能想象她在许多日子里，天天下一点毒，让别人长期处于垂死状态？玛丽也认为不可能有这种事。实在说来，减轻她母亲的责任，于她的情爱有利：在她眼里，唯此最重要。但她不知如何回答是好，乔治因她没进一步盘问下去而感到惊异："你母亲让你提问，你却没好好利用！当然，这种问题使人难堪，但总比疑疑惑惑好。我要是你，会辗转难安……"玛丽反驳说：现在他已认识黛莱丝，要问的话他可以自己去问。乔治顶了一句："噢，我吗？我对这问题感兴趣，还不是因为你！"她听了这句话，深感兴趣，此刻在火车上一定还在回味。她不知道小伙子在说谎：黛莱丝的奥秘才引起他强烈的兴趣，而与玛丽根本无涉。他刚才爬楼梯按门铃时想的，也恰恰不是玛丽。但黛莱丝盯着又问了一句："你俩刚才谈的，你不愿告诉我？"他避而不答，以很不屑的口气说："跟姑娘家还能说什么别的？"黛莱丝听了会心一笑。关键是，只要她女儿玛丽走得高兴。乔治表示担心，觉得给了玛丽太多希望：害怕有一天她会大失所望……他仔细观察，发觉黛莱丝没任何恼怒的表示。

"玛丽并不指望近期有什么决定……能争取到一点时间就不错。不管怎么决定，你有足够的时间可以准备起来。今年暑假，她可以天天跟你见面，自由自在。看她运气吧。"

听黛莱丝说得这么超然，乔治很高兴。事实上，这是一位不同寻常的母亲。凡百事情，她都理解。

"说到底，我相信，玛丽的运气总是很好。"她补充道。

他只笑笑，不知如何回答是好，耸了耸一边的肩膀。

"暑假在圣格雷，"黛莱丝又问，"长长的白昼，你们怎么消磨？在我那时候……"

"现今的年轻人自有办法：在磨坊那边……我们整天泡在水里，一出水面，就是阳光！"

黛莱丝嚷起来:"怎么?连圣格雷也这么开通!"

乔治以为她不放心,看不惯,马上申辩:

"我们很规矩,你知道!"

黛莱丝差点想说:"这跟我有什么相干!"转而想到事关自己的亲生女儿。乔治脸上带点傻笑,快意地描述游泳场景,令人想起很久以前的海滨浴……水闸后面,河水清凉而平静,身体泡在里面,没什么遮掩;上岸后躺在干草地或斜坡上。树叶的影子,斑斑驳驳,洒在身上,比没有树木的沙滩,更显得有生气。

"我跟玛丽,彼此非常投机。可以并肩躺几小时而不说一句话。有时候,我们跳到水里,但游不了多久,水太冷,而且水草太多。于是,我们又跑回来晒太阳。蟋蟀和蝈蝈儿在我们周围先一静,然后开始叫,就在我们身边,好像我们是死人一样。眼睛习惯于仰看树梢上的禽鸟:松鼠,松鸦……"

"不错,玛丽的脖子和手臂还晒得黑黑的……"

"过完暑假,她的样子才最好看。"

"实际上,你很喜欢她。"

乔治答称:"我也不知道……"心里感到柔情一动,茫然笑了一笑。他站起来,点上一支烟。黛莱丝刚说:"应当……"她就打住了。乔治身子斜靠着书柜,追问:

"什么,应当什么?"

"跟我们看中的或看中我们的人一起生活,应当像阳光下一种长长的午休，没有终止的憩息，充满温煦的安宁。是的……坚信可意人儿就在这儿，伸手可及，跟我们十分协调，是言听计从，心满意足的，不比我们更想逃于天地之间。周围似有一种慵懒的气息，思绪也变得飘飘忽忽；根本不可能有背叛的情事，甚至连背叛的想法都没有……"

"这倒是真的，要到天气转凉，我们才会想到别的事，寻思着起而行。玛丽会突然问我：'你在想什么？'"

"那你一定回答：'什么也没想，亲爱的。'因为要把她引入你已登堂入室而女人不得其门而入的世界，太复杂了……"

"这正是蒙杜常说的。"

"蒙杜是谁？"黛莱丝问，但已料到这蒙杜是何许人：那是这种年纪的小青年总会认识的了不起的家伙，是无书不读、无乐谱不能演奏、带点神秘兮兮的好友，是巴不得要你认识而女人一上来就讨厌的奇才。"你会发现，他不会一见面就无话不谈，不过，要是他心情好……"这种人几乎总是以粉刺和喉结引人注目，特别的腼腆，特别的傲慢，特别的妒忌。蒙杜的影响，总是可怕的……黛莱丝想："但是，有什么可担心的呢？玛丽对蒙杜一点也不用害怕。"

"我一定介绍你认识，你会觉得这个人很有意思。我太冒昧了？已经十一点了……"

"噢，睡眠对我……"

然而，她站起身来，没说什么挽留的话。乔治问能否再来拜访。玛丽曾告诉男友，不必担心是否知趣的问题，不过乔治还是希望能得到一个同意的表示。黛莱丝没正面回答，只叹了口气："可怜的玛丽！"

"干吗说可怜的玛丽？"

"因为过元旦假，既不能在磨坊游泳，也不能躺着晒太阳……"

"反正能见面吧。她不常来我家，我也不常去她家。但是，她骑马骑得特棒，你知道吗？不管天好天坏，我们都出去。差不多总是在西垒碰头，那是一个荒废的佃庄……"

"在我年轻时就已荒废了……"

黛莱丝脑中又看到墙上那幅下流木炭画，墙角那堆木柴，因为羊倌有时在那儿过夜。

"我们把马拴在羊圈里，生一堆很旺的火……"

两人沉默有顷。黛莱丝另起一题：

"也许我丈夫现在更乐意接纳你。这样会更惬意些。然后，你们可以弄弄音乐……"

乔治看着黛莱丝笑了出来：

"啊！看来你不太了解玛丽！音乐她最讨厌啦，信吗？"

黛莱丝耸了耸肩，无奈地一笑，好像是说："瞧我心思跑哪儿去了。"

"不过，现在关系不大了，好在有留声机！"她提醒道。

他噘了一下嘴，免得说出反驳的话。陡然，黛莱丝心中一快，都有点不好意思。

"你会给她写信吧？"她热情骤发地问。

乔治答应过两天就写，黛莱丝强调：

"不，马上写！你想想，头几天，她会多难受！"

"我最烦写信了，除了给蒙杜，"他坦率承认，"蒙杜信里有思想，我都摘编出来，你信吗？编成政治、哲学、宗教三部分。我可以借给你看，你会发现，那太精彩了……你觉得好笑？你在讥笑我？"

黛莱丝摇摇头，心里想："这真是做蠢事的年纪。二十岁上，蠢得无以复加！"

乔治总算把写信的事答应下来，并请求允许他再来。

"来干什么？"黛莱丝问。

看到他的窘状，黛莱丝马上补上一句：

"来跟我谈玛丽？那你想来就来……只是我不常在家。"

他表示感谢，神情并不高兴，像有点心事，而且，"碰巧"想起告诉她，说他几乎每天中午在"双偶"咖啡馆去会蒙杜。黛莱丝跟在乔治后面，走到前厅。年轻人的手拉着房门插销，转过身来，犹犹豫豫地说：

"我很想知道……算了，以后再说……"

乔治关了两次，才把门关上。黛莱丝听他的脚步声在楼梯里逐渐小下去，便回进客厅。烟味还没散尽，房里一片混乱，倒是生动的生活场景。垫有软垫的靠椅，炉旁取暖的矮凳，位置都动过了。阿什鸳鸳的剩余家什，又焕发了一次生命。黛莱丝推测这小伙子想知道什么，但，她不想让他知道的，他就永远也不会知道。她对自己过去的行为，有如神助，把握得住。她想："这是一个视角的问题。"她走近镜子，察看自己陌生的面容——不是黛莱丝真正的面孔，而是映现在小伙子眼中的面孔。只消把头发往后一甩，前额和鬓角就显露出来了。是的，两手一抹，转瞬之间就抹去了自己骗人的假象……但她却往嘴唇上涂口红，脸上再扑点粉。好像面对一个无形的对手，她高声宣告："他会写信去，经我力争，乔治答应写这封信，玛丽会高兴的……"她不可能不意识到他在虚晃一枪，而她却借以自慰，可高枕无忧。她觉得口渴，便朝厨房走去。

"你还没上楼回自己房间，小丫头？"

厨房里挂着从未用过的锃亮的铜锅，安娜坐在这干净的小间里，两肘支桌，两手托头，油腻的头发，又长又不齐，把她哭肿的脸遮去了一半。出什么事啦？被人甩了？病了？怀孕了？这一时刻正是黛莱丝先前十分巴望的：与安娜之间隔着的一堵墙，借苦难以打开缺口，乘虚而入，探得这可怜虫的厄运……但是今晚，黛莱丝转过脸去，拿起一杯水，一饮而尽，便走出厨房，了无友好的表示。

穿过厨房时，她不得不停步：她的心脏刚才忘了，这时突然……按着椅背扶着墙，她缓步进到客厅，俯着上身坐下来。她忘了那只在她左肩上抽拢来的手，忘了从那儿弥漫全胸的疼痛。在长夜的寂静中，她听着自己喘息。目光流连在她监狱的四壁，今晚生命又回到这杂乱的家具堆和烟草的余味间。生命回复，黛莱丝不愿意死。医生嘱咐过：小心防备，切忌孟浪……她记起上次看病时心脏病专家的话：X 光片看不大清楚，不能确诊。或许比较严重，但他加上一句："心脏毛病，也说不准。"总之，她不是善加调理，顶住了吗？只是从今以后，不要再冒冒失失。痛楚平复了一点。她没躺下，一夜都得这样坐过去。玛丽此刻在火车上，大概已过了奥尔良。或许，自以为为人所爱……好吧，能这样想，最好！她黛莱丝将尽力把这虚幻之象变成现实之事。有什么可替玛丽抱怨的呢？她今年十七岁，身体又棒。才十七！完整的一个人生在她面前，望都望不到头……"而我，已到了屠宰场门口！"

所有的钟，陆续敲响一点钟。疼痛钝化了些，但仍萦绕不去。那只手只略松了一点。黛莱丝已不再想玛丽、乔治和任何人，一切都猬集于自身，专注于内在生命的深度紊乱，好像这内视的目光足以威慑那错乱的器官，平息发狂的心跳，遏制过度的奔逐，拦住于悬崖的边缘。

六

乔治来访一周后，那天上午，将近十一点，黛莱丝一步一步走着。一边注意住房招租的告示。即使像她住的老房子，楼梯很平缓，爬楼也觉得费劲，甚至带点危险。心脏病专家，她又去看了一次，认为她离不得电梯了，除非找到可以住住的底层。她的心思转而考虑这问题，已是一大进步！一个星期之前，根本不会生出搬家的念头。

乔治方面杳无音信，她的心绪也未受什么影响。倘若有人告诉她，乔治每晚都写有一封长长的信给她，早晨醒来却又撕去，黛莱丝大概会回答："我早知道了……"

在"双偶"露天座前，她买了一份报纸。转身过来，看到有一张脸在向她笑，并挥着手打招呼。她的心不该狂跳，不该为这样一次普通的见面而感奋，尤其是一次预先约好的见面。因为知道原委，所以没朝塞纳河边走，而是拐向右手，沿着圣日耳曼大教堂一边。这时，她从桌子间走过去。乔治站起身，神色有点惶恐，把一位刚才没看到的年轻人介绍给她："这位是蒙杜……赫内·蒙杜。"她一上来就看出，蒙杜倒不像她想象中的那种可笑模样：肩膀薄削，背有点弓，可是稚气的脸上，两只眼睛清澈得简直不敢逼视，使人可以不计他那件不合身的套装，那双系带子的半高筒靴子，鞋扣已露出黄铜色。黛莱丝想，无论如何，要博得他的好感。

蒙杜从满满的书包里，抽出一本杂志，看那刊名，黛莱丝马上把他列入"精英"一类，自认为对这类人颇有了解，因为她失魂落魄的样子，常引起他们的关注。她这厢主动去接近，蒙杜却一味支吾躲闪，口吻像不屑于与女人言的粗鲁大学生。乔治对所钦佩的两人相会，不知结局如何，兴奋之中带点忧惧。黛莱丝搜索话题，全无锦心绣口之致，反失却泰然自若之态。不惜把当年使她风光一时的论调，拿来旧调重弹，然而蒙杜甚傲慢无礼，任谈话冷落下来。

　　黛莱丝以为碰上了一位宗教青年，便谈起恶及宿命问题，即使最无知的女子，只要嘴巴乖巧，谈到这题目，也能把上帝的选民难倒。焉知乔治插了一句话，暗示她路头不对，蒙杜的想法与此正好相反，她才突然打住，问道："我说的至少没使你扫兴吧？"接着，便开始打退堂鼓，卑辞甘言，本能地想用更可靠的办法，一种关切的目光，一种那么样的声音，去笼络蒙杜。从表面看，蒙杜依然无动于衷，她不惜把拙劣的手段弄到可笑的地方。这时，突然发觉乔治在一旁注视她的一言一行。于是，在她心中蕴积了三天的浓欢，像风暴一般爆发出来。

　　噢，美妙呀！乔治在为之痛苦！嫉妒的样子，黛莱丝再熟悉不过了，一眼就能认出。噘起的嘴巴，充满苦恼和怨望的眼神，就是我们被爱的明白不过的表征。她已有多少年没捕获到这种证据了？从时光上追溯，一直可追溯到她到巴黎的最初几个月。这种欢快再次降临于她，奇也不奇！这样一个发现，等于在她心口击了一掌：她全身心承应这欢乐。她这张没血色的脸，一直仰望着蒙杜，或者意在加深乔治的痛苦，或者是想缓过一口气来，克制住左胸隐隐作痛之感。黛莱丝的外貌，像一个在专心倾听的造物。她在窥探一个脚音，一个来自她内心深处的——死亡的脚音。死亡，本质上是空无，并不因为这疲敝的肉体刚获得意想不到的幸福，变得有点生气，硬朗一点而放过她。多年之后，爱又回到这女人的心坎里，似乎只是为了加速她肉体的衰颓。不，她的心脏，劳累已甚，承受不了这样极度的兴奋，会喜极而竭。她转身对乔治说：

"能不能帮我拦一辆出租？我感到不大舒服。不，不用陪我。"

"今晚，上你那儿去，行吗？"

"不，今晚不行，改明天吧。"

"我去看看你情况如何……"

她不许他来，不愿他看到她病痛之状……何况，他在旁边，只会增加她的苦痛。她需要有点时间来稳定情绪，这意外的发现使她猝不及防。明天晚上，就有备无患，能管住自己的心了。在出租车里，她反复念叨："不能死……"年轻人本善妒，难道这就是她被爱的确证？就算果真被爱，年轻人狂热中富于想象，焉知不是情幻？乔治不会为一个身心交痒、半死不活的女人长久痛苦下去的。此刻，她设法缓过气来，才知道她的心脏稍稍跳快一点，就得付出多大代价……

她站在楼梯头找了一会儿钥匙。乔治满可以今晚来的。但已说好明天来，到明天，她会活着吗？他那张脸，已由不得她，不断出现在她眼前。明天晚上，他的大衣就会挂在这衣钩上。黛莱丝一进门，看到桌上放着一封信，认出是玛丽的笔迹。这两个钟头里，倒一次也没想玛丽！

这蠢头蠢脑的字体，她带着敌意瞟了一眼。长形的信封，紫绛的笺纸，甚至红色的墨水，全都显得蠢头蠢脑：是的，无一不傻。黛莱丝对自己生出这样的感触，深感不好意思。安娜过来帮她脱帽脱鞋，让她省省力。中饭可以不吃，就安坐在炉旁的矮凳上，等病痛过去。她倾着上身，手里捏着信封，独自一人待着。玛丽的幸福……玛丽是她女儿……然而，血缘又怎样？她们是互不相识的两个女人。各人凭各人的运气。玛丽才十七，长得也不错。他们在磨坊那儿一起嬉水，在晒热的草坪上并肩仰躺，听叫蝈蝈长长的叫声。而她黛莱丝，半个身子已入了土……玛丽在逼取口信的那晚，可曾有一点怜惜母亲之心？而更可恶的是，不愿深究，不问任何细节，不征询当时的具体境况……乔治或许更加坚执：上次临走，他叹口气说："我很想知道……"话没说完，黛莱丝很清楚是什么意思。那是想知道他能不能再来。天哪！再来……审问？经受第三次审问？

女儿套出她供词的那晚，她本以为会难受一晚的。她想得很好，以自己的牺牲，让玛丽回到父亲身边去。事实上，这种母女之爱，她从未有过："我放弃我并不拥有的，牺牲本不属于我的东西……"然而，明天晚上，又要受乔治新一轮的进击……啊！这一回，得，就说假话！……其实，也不能算说假话：这只是不同于她的另一个女人，一个陌生的黛莱丝，在十五年前的几星期里，怀着罪恶的意图，天天壮起胆子……细水长流的谋杀……然而，多年以前故意不计多寡往丈夫杯中滴砒霜的疯婆子，与今晚的黛莱丝，有何相关之处，相同之点？

　　哦，自知之明的痛苦！不知自欺的欠缺！显而易见，这几天里，她除了荼毒玛丽的幸福，还能做出什么来！而这次，还能找出什么辩词？女儿不就是到她身边求个庇佑，在她怀里觅个靠傍吗？

　　花园里藤蔓间的小鸟喁啾，四点钟放学回家的学童叫唤，特价市场上兜圈子的马蹄嘚嘚，汽车减速时的喇叭声和刹车声，交织成一片熟悉的声响。死亡，意味着再也听不到这嘈嘈之声；活着，就是枯坐着听这单调的市声喧哗。牺牲一下，一下子也就补赎过来了；自裁物故，无异踩死一条毛毛虫……黛莱丝拆开信封，信的内容还不知道，已想好准备按所提条件办。如果是一道命令，不管讲什么，也决定照办不误。

这次回家，爸爸和奶奶，态度比我预期的要好：我出走一事，他们相约不说，免得惹我生气。我马上跟他们说到你，以及你为我结婚拟做的安排。虽然没表露什么，我印象中，效果很好。爸爸说："显然，这样一来，很多事情就好办了……"奶奶的话一说就说到点子上，我听了大不高兴："有这样一笔陪嫁，嫁一个佃农家的灰孙子，太不值了。"

我没回嘴。我有理由表现得多一点耐心：邮差刚送来一封乔治的信，没想到这么快就收到信，他可最讨厌写信。我心知肚明，此信得之于谁……好妈妈，现在讲正题，但我要跟你说的，不知如何说好……我很笨，真不明白你怎么会生这么一个笨女儿。的确，我是父亲这边戴克茹家的人！就这样吧！在此，请你原谅，这绝不是做作，虚伪……我们之间日前发生的一切，我想得很多。现在，我知道你是好意的——此前，我从未碰到过这样的好意。从前的事，我跟乔治一样认为，是人家看错了。其中有个疑点，乔治相信，只有你才掌握全盘情况（这是他信中的原话）。我对你一向很少体谅和同情，看到你对我这么大度，怎么还能有怀疑的余地呢？因你，我才明白以怨报德这句话的含义。

我尤其佩服你。即使乔治不佩服你，我还照样佩服你。你对他已产生非同一般的影响。此点当无疑义。精明不精明，他还识得！我一生的幸福，都取决于你。显然，你必定以为，利之所在，我才说这些好听的话，然而，我是十分真诚的，你应能知道！在你身边生活过后，这里的人事，这里的一切，都显得淡乎寡味，可以想象得出，在你和乔治之间，我的生活会多有意思。

家里要是来信询及你的豪举，请告以那是取决于我这门亲事的成否。奶奶尤其做得出，会按她的情趣，摄弄一门亲事：她本瞧不起费洛家，由于我们处境大不如前，才勉强接受的。我的陪奁一增，她的心思又活了。意思要说清楚：你做此牺牲，就是为让我嫁给我喜欢的人……

黛莱丝思念中又看到玛丽，还是出现在楼梯头，手拎箱子侧着身子的模样。她的女儿，她的孩子，给她写来这封温情脉脉的信，遐想着三个人的共同生活。这并非海阔天空：这种幸福不是不可能。所求的是这一种，又不是别样的幸福，是她唯一可以得到的幸福。这些天来，黛莱丝又陷于黯然的狂想之中。她一直认为，恶癖和罪行，都源于这股放荡不羁的力，才会去想不可能的事，去做不可能的梦。而现在，她要进入"生活的真实"了。这是贝尔纳的用语。与她开始共同生活之初，贝尔纳常说黛莱丝："你就没置身于生活的真实之中。"她有力量去牺牲别的事……别的什么事？尚未具体成形。她装得赏识蒙杜，使乔治大为气恼。更荒唐的是，她赋予这种气恼，以另外的意义。再说，她对乔治仅仅止于喜欢？甚至还没想到："实际上，我是喜欢他对我怀有的感情……"

黛莱丝心情渐趋平静，在天色昏暗的下午，独自坐在烤火的矮凳上想心事，已然不觉心口痛。她想起乔治，还是初次见到的模样：胡子没刮，一眼斜视，穿一件不干净的毛线衫。她倒习惯于这样一个再平常不过的男孩子的形象。以自己有病的心脏，为这样一个跟千千万万其他人一样的凡庸之辈而甘冒怦怦心跳的危险，是否值得？与别人之间常隔着的放大镜和哈哈镜，突然消失了。她看到了真实的乔治，而不是玛丽、蒙杜、嘉尔辛太太眼中的乔治：一个瘦瘦高高的小伙子，乡里乡气，衣着不整，而且还是斜白眼！一个这么平凡的家伙，值得她这么看重，真难为情死人了。她差点发一封气压传输信过去，劝他勿来；不过，为了玛丽，还得招待他。

下午才五点，安娜就来关上百叶窗，生起火炉。黛莱丝毕竟达为明天晚上不再孤单而感到欣慰。静思之中，确信明天会有人来，冲淡了这几个钟头的烦闷。狂热已下降，还有那悬悬不定的心。休矣，不再为有什么人来而高兴得发抖，而语无伦次。她或许能走出她的牢笼，不会孤零零死去，而是倒在玛丽的怀中。

这两天，就在平静的复归中过去。到约定时刻，听到安娜去开门，她的心大概也不会跳得更快。

七

才向乔治投去一瞥，黛莱丝就感到快慰，因为他正像她昨晚想象的那样普通平常，那副老是忘了把大衣脱在前厅的尴尬模样，那种喘着粗气、擦着前额的习惯动作，一则为掩饰窘态，再则也表示自己疾走才准时赶到。

黛莱丝只让身背后的桌上点一盏灯。她的脸容，乔治本想得闲可打量几小时，现在只得去揣摩。带点不自然，黛莱丝已急匆匆谈起玛丽，感谢他这么快已去了信。

"那是因为你开了金口。"

黛莱丝装不懂，把玛丽的信递过去。乔治接过信，漫不经心地看了一眼，然后举目望着黛莱丝，黛莱丝却大动感情：

"你看她心思多细，感受多敏锐呀！我现在可以向你透个底：我一直不认为她很聪敏。大人对孩子，往往根据一个幼稚的想法，一句笨话，做出褒贬，他们有些话，不是他们自己的，是拾人牙慧。不过，玛丽非常非常聪敏。"她特别着重"非常"两字。

说话中，黛莱丝看出，她的每句话只引得小伙子对玛丽更反感。她这辈子已不只一次，故意装冷淡，让所爱的人以为她没想他！然而，这一招没帮她什么忙：她的爱，反而欲盖而弥彰。而今天，黛莱丝像个赌徒，每次都把赌注加了十倍。有一句话，她说到一半就打住了，因为完全出于真诚：

"你的朋友蒙杜，我抱有好感……"

这是随口说的话，想变换一下话题而已。这一回也是，尽管不是有为而发，却歪打正着。

"是的，我感到你很喜欢他，"乔治像被刺了一下，下一转语，"可惜，好感不是双方的，他对你并不理解。"

"没什么可不理解的……首先，他看到我是怎样的人，或者说，看到我不是那样的人！"

"这就是你比他高明之处：你一眼看出他的价值所在，而你身上卓尔不群之处，他却视而不见。"

"我身上卓尔不群之处……"

话说到这里顿住了，突然发觉，这倒方便了乔治，他正想找机会探询十五年前在阿什鹭鸶那幢松阴森森的房子里发生的事。她心里一慌，想找什么话来说说，却一时词穷，觉得自己头脑既清明又木然。她俯视炉火，免得去看乔治。终于听到这避不开的问话直逼过来。她又要再次受盘问。如何是好呢？话且说够，让小伙子疏远她，但又不能留下任何把柄，使玛丽见弃……

"毫无疑问，你是卓尔不群的，跟谁都不像，"乔治说，"所以我觉得你能够……"

这一回，她抬眼直视，看似不经意地问："能够无所不为？"

乔治涨红了脸说：

"你没懂我的意思：我相信你能担当大事……不是吗？对恶毒的诬告，你都不屑于申辩……"

她站起来，在房里走了几步，在乔治靠椅背后贴墙站住。乔治不敢回过头去看。她冷冷答道：他完全有自由，爱怎么想就怎么想。乔治颤声问道：

"难道我对你的看法，你也觉得无所谓？"

"对我已没有什么大不了的事了，你知道。"

于焦虑不安中抱着一线希望，他转身跪在靠椅上，仰望着黛莱丝。

"第一，"她接着刚才的话题，"还得考虑玛丽。"

乔治叹了口气："真不敢相信！"又喃喃说了几句话，黛莱丝没听清，但猜想是："我才不理玛丽的茬儿呢……"但措辞一定更粗鲁。她于是正面看他，才敢于看他。这世界上她最最珍爱的情感，少女时代几次聚首中才偶一得到而以为永远失去的那点快慰，只有她自己才能平抚的惆怅，还有她深味的悲苦，所有这一切，在那双盯视着她、带点惶恐的眼里，一下子全回报了她。有一句可怕的话，为她那有病的心脏所不堪忍受的，她感到正在逼拢来。她想招架住，勉强一笑说：

"我不值得关切。别误会了……"

话音未落，却听到一个异样的声音：

"这世界上没有人比你更值得我关切了。"

她略弯一下身腰，好像为躲过第二次袭击，嗫嚅道："这是没道理的事……有什么可关切的？"终于当胸兜住那句切盼的话，尽管没太听清楚：

"那是因为对你感到爱慕。"

不错，正是当胸袭来，全身一凛，五官扭结成一副怪相，乔治误读为郁怒的表情。

黛莱丝看到他惊骇的脸容，连伸手过去的力气都没有。小伙子结结巴巴，净说自责的蠢话，她不以为然，又激动得说不出话来：

"你在笑话我……知道你讨厌我。"

她想做否认的表示，略略抬起右手，放在他强直的头发上，往后拢着头发，像晚上撩开儿子的前额，临睡前吻别一样。他闭上眼睛，依旧跪在靠椅上，以肘支着椅背。黛莱丝心跳慢下来，深深吸了一口气。他还在说：

"你是可怜我。"

她没回答，实在无由言说。而这不由自主的沉默，倒比任何反驳更有效。"可怜可怜我吧！"乔治连连说道。黛莱丝所能做的，就是把他脑袋搂过来按在自己肩上。此举在他看来确有矜怜之意。因为心脏不觉难受，这姿势尽管不舒服，她还保持不动，从他深色头发里闻到一股淡淡的发油味。但她很快抽出手来，因为感到麻木了。就这样……一梦惊回。

她口气很威严，要乔治坐矮凳，自己坐在靠椅里，但身子没靠椅背，保持一种警觉的坐姿。她说：

"你真是个孩子。"

"我知道，你不把我当正经。或者受你鄙薄，或者为你仇恨，我只能在两者之中做抉择。我不知道是不是更喜欢……"

看到黛莱丝委婉的微笑，年轻人以为是对他的蔑视。其实，她是在想生平那些就要听到"我爱你"这表白的情景：看到这三个字差不多已到了对方嘴边，往往在最后一秒钟，出于可叹的诡诈，对方把话咽了下去；而她自己，也不知有多少次，把会招致溃败的心里话，闭紧嘴巴不说出来！因为取胜之道，常在于略施小计，怕对方吃了定心丸，摆出冷面孔来。而他，这个大孩子，像俗话所说，说了真心话。黛莱丝想："他就会认识我的。突然之间，会看到真实的我……"她站起身来，对壁炉架上的镜子，朝镜中那女人很快瞥了一眼。脸颊上，不是脂粉涂的，有淡淡的红晕。两眼闪着光芒，前额很美，没一条皱纹。鼻翼到嘴角边的两条纹路，非但不使她显老，反而赋予她一种大家闺秀的风范。她在这一瞬间看到的，是受爱的感应而升华的自己，是在这傻孩子谦卑的目光中映现的她那理想化的形象。

她心里感到极大的平静，怡然玩味着她的成功。黛莱丝差点要倾心吐胆，说说她的惊愕和感谢。当一个人不再年轻而为人所爱时，常会说出这些话来。她正要拨开他眼睛，解除他魔障，让他突然看到一个高兴得昏了头，实际上是可怜兮兮的老婆子……这时，把发烫的手搁到壁炉架大理石上去凉一凉，不意碰到散放在那里的信纸：玛丽的来信，刚才乔治只大致瞧一眼，还没看完就留在那里了。

黛莱丝咬紧牙关闭上眼，脑袋侧向涂满张牙舞爪字迹的信纸。玛丽？竟不让她母亲安生？各人扮各人的角色。不是玛丽自己把这后生送来的？她以为黛莱丝无害，不承认祸害正来自这边。蠢姑娘，自以为只有她才被人所爱！但是，爱情在我们身上寻找的，除了长相，还有热忱、识见、机智，其奥秘只有过来人才晓得。此刻的玛丽，或许正在阿什鹭鸶的大房间里，听着四周松涛簌簌，久久不能成寐。人睡不着，心里却深感安然，因为已把自己的爱情和生命托付给了黛莱丝。黛莱丝从前就住这间房间，贝尔纳则在楼上房间呻吟，她隔着天花板去谛听……啊！她已不必亲临现场搞谋杀！现在远距离就能杀人。

她的手抖抖索索地把信笺一一收起，理好次序，纳入信封。她抬起胳膊，手掌蒙着眼睛，突然转向小伙子——

他还蹲坐在她曾度过无数痛苦时光的矮凳上，从牙缝里小声对他说：

"你走吧！"

他站起身，像打败的狗，对她瞅了一眼。他嚅动了一下嘴唇，大概想说请予原谅的话。黛莱丝推他朝前厅走去，一边把大衣递过去，打开房门。乔治两眼盯着她，倒退着走出去。楼梯又暗又有气味，自动熄灭的楼梯灯又坏了。她嘱咐：

"好好摸着扶手下去……"

他几级一跳，飞奔下去，等听到喊"乔治"名字时已过了二楼。她在喊他，他旋即回上来，跑到楼梯头，她听到他气喘吁吁，要朝房门走去，便阻拦道：

"不，别进去了。我只想对你说……一切都是真的！"用劲说出这句话后，她低声疾语道："是的，不管人家说我什么，请相信，我这人是不可能被诬蔑的。你不肯回答？那就做个手势，表示你懂了。"

他靠着栏杆，兀立不动。两人的眼睛已习惯暗中看物，虽然分辨不出彼此的脸色和表情，块然的形体还看得见，起伏的喘息还听得到。黛莱丝嗅出廉价凡士林的气味，感到小伙子勃勃的热情。

她徐徐低语："这就是我要对你说的。现在明白了吧？"

临街的大门开开，又用力关上。进来的人向房门报了一个名字。楼梯底下有微弱的火光一闪。那房客划了一根根火柴，嘟嘟囔囔着走上来。黛莱丝和乔治马上回到前厅。客厅里的灯一直亮着，他们眨了眨眼，不敢相互对视。

"你明白了吧？"黛莱丝问。

乔治摇摇头。

"你的话我信不着。你给自己加罪状，想把我逐走。都是因为玛丽……"他突然发狠说道，"得啦！你这一招没用，我可以不娶她。听到了吗？我决不娶她……哈！你的如意算盘打错了！"

黛莱丝靠着书柜，半闭着眼睛，转过脸去，竭力想抑制她极度的欢快。乔治说不娶玛丽。不管发生什么，反正小姑娘得不到他，乔治永远不会属于她。黛莱丝意识到，这种欢快，近于恶俗。她但愿就在这一刻倒下去死掉，现在的胸口痛就成为临终前最后的疼痛；但自己更讨人喜欢这一妙不可言的幸福感，却是世界上什么都剥夺不去的。

等她有把握能做严厉状，目光里不再流露出感情，才慢慢转过脸去，小伙子机械地晃着手臂，垂头站在房间中央，这时眼睛从下往上瞄，带着恶狗般的狡黠神态。

"我深感遗憾，希望你能收回成命，"黛莱丝冷冷地说，"至少我已无能为力。在这件事上，我自信没有干系。我想，我们之间已没有什么要说的了。"

黛莱丝打开门，闪身让乔治出去。但乔治赖着不动，看着她注目不移，最后说出一句话：

"你得知道……得告诉你：没有你，我活不下去。"

"能这样说吗？"

黛莱丝用一种轻松的口气，装作根本不把"没有你，我活不下去"这句话当一回事。然而，实际上，她已经懂了。这几年饱经沧桑，不至于识事不明。首先从他那么一种声调里，就咂摸出一种无可救药的绝望。她相信这句话不是随便说说的。这一类年轻人她识得。她缓缓走过去，就像这晚早些时候所做的那样，把他的脑袋按在自己肩上。乔治把全身的重量压在黛莱丝的前臂上，黛莱丝像母亲瞧婴儿似的把他的脖子扭过来。他没笑，眼睛睁得很大，带点惶恐。她不免吃惊，在这张年轻的脸上，看到如许衰替的迹象。不仅仅是小学生打闹时留下的伤疤，脸上到处都有轻轻的抓痕，额上的纹路还很深。然而，闭上眼睛时，眼皮平滑纯净，完全像孩子似的。

她看得出了神，突然惊觉过来，要乔治坐靠椅，把自己的矮凳推过去，强使自己出语通情达理。如说，她已是一个无可奉献的老女人，她所能表示的最大爱惜，就是使他能对一具可悲的残骸，对一个已经完结的女人，掉头不顾。

说话间，黛莱丝故意把头发往后甩，宽阔的前额了无遮蔽，还露出两只耳朵。这看似漫不经心的动作，却很需要点勇气：她奇怪没立即看出效果——世人不知，爱情常常不顾外表，我们想掩饰的几茎华发，对方看了非但不觉不快，反而大为心软。可惜小伙子视而不见。不，乔治盯着看的，不是一个半老女人，而是一个善于用眼神用沙哑的嗓音自现的不可见的造物。即使一句最简单的话，对他也有巨大的价值，无穷的意义。黛莱丝向这少年露出衰萎的前额也枉然，他有一种特长，能不为形役，超越时间之外来观赏她。我们的痴情，即使是应受谴责的痴情，向我们揭示的，总是一颗灵魂的奥秘。哪怕是污秽的人生，带着爱的眼光去看，其人的风采依旧不减。

就这样，黛莱丝逐步毁弃自己可怜的防御手段，看到凝视她的目光里热情并未稍敛，不免暗暗吃惊。他是否意识到，这女人说的每个字，都不是轻易的，诸如两人之间年龄的鸿沟，这种情爱，不管发生什么，必定没有出路，而且很快就会告终，等等，本想竭力掩饰不谈的，她却把思虑放在了这上面，并引得乔治也注意起来。

她一再说："你才二十……而我，已四十开外（说出这确数之前，不免踌躇一下）。你期望从我这儿得到什么呢？你自造的幻象，只消一个晚上，就破除无余了……"

乔治抗辩，说他已过了二十。

"我二十二了……还有，那天你到我寓所来，对我说的话，自己忘了？是你自己来的……我没找你吧？你对我说……？"

他闭起眼睛，想从记忆深处，找回黛莱丝的原话。

"你记得吗？我蠢头蠢脑，自夸还只二十二岁，你驳斥说：'你还不如说，已经二十二了。'特地加上'已经'这个可怕的字眼。——可怕，是对我而言，因为把我少年时代就感到的惶恐点明了：'上了船，就如同到了岸……'"

"瞧你的记性！"黛莱丝笑道。这些话要是能收回，她任何代价在所不惜。乔治摇摇头说："我的记性不算好，除非来自你的一切。我时常很烦恼，打认识你后，就把你说过的话，哪怕最琐屑不足道的，都一再回味咀嚼，当作一种消遣。你的一句话，我可以想而又想。从感到新鲜直到浑然不明，可以想上几小时几天……但是，有一句话，意思觉得越来越明白。是的，上了船，就等于到了岸。那么，为什么拿你我的年龄大做文章呢？既然我们一起上船，又有什么差别呢？青春……像手指间流逝的水，像拦不住的沙……那些自以为喜欢我们的人，看重的是一种表面力量，一种虚假的纯真……但是我，再过几年，还剩下什么呢，他们才不在乎呢。蒙杜本人……实际上，他就觉得我蠢。他说：'你身上有点意思的，就是蠢得像畜生。'"

黛莱丝的手按着小伙子的膝盖，考虑怎么回答，仿佛存在一种解毒作用的词语，可以消解他记住的那些话。便随口说道："青春实际上什么也不是，最重要的，是找到生存的理由。从上智到下愚，每个人都有他生活的理由。他的同学他不是都看到了吗？这个为天主效劳，那个为国王奔走，另一个为工人阶级呼号，为这为那……或者更简单，纵情逸乐。今天，有几个男女青年在健身的同时，还关心心智的培养？……"

言者谆谆，乔治只耸耸肩，摇摇头说：

"不，需要的是……那天晚上你说过。（黛莱丝不禁叹了口气：'我又说什么来着？'）你记得吗？认识你的那天晚上……送玛丽去车站后，我冒昧回到这里。你真是出语不凡……你说（几乎是逐字逐句背出来）：'跟我们的所爱一起生活，应当像阳光下一种长长的午休，了无终止的憩息，充满温煦的安宁……坚信可意人儿就在这儿，伸手可及，跟我们十分协调，是言听计从，心满意足的，不比我们更想逃于天地之间。周围似有一种慵懒的气息，思绪也变得飘飘忽忽；根本不可能有背叛的情事，甚至连背叛的想法都没有……'"

"这些都是空话，可怜的孩子，是为避免冷场，没话找话，说说而已的。你会发现，这跟真实情况毫不搭界。爱情，不是生活的全部——尤其对男人而言……"

从这题目开头，她大可以一直讲到天亮。出于责任，她勉强自己说得极合情理，却跟乔治脑子里的想法格格不入。大概他没听进去，只记住几句助长他失望情绪的话：她只有失意可以提供。因此，不知不觉中，她的话题顺着他寻求的方向。她列举二十男儿当热爱生活的种种理由，说着说着，出于惯常的挖苦口气：他这才竖起耳朵，盯着她的脸，带着愁苦而贪听的表情。"是的，无疑，还有政治……"黛莱丝说。

"有一类人，感情生活把他们的精力全占去了，政治当然不属于他们。他们常为之惭愧：对周围人热衷的事，只好装得也感兴趣；面对生活里唯一的女子，又把苦恼惊惶温情绝望等等，像人性中一种可耻的疮疤，加以掩盖；——绝望，是因为对于他们，任何占有都归虚妄：你刚抓住，就已失去！每分钟都碰到你是否还被人爱的问题，假如感情没变淡薄的话。"

黛莱丝仿佛在对自己说话：

"一般人旧信从来不再去看，不是吗？不再去看，还不如撕掉，因为那只是已往的见证。就在最幸福的时刻，那个口口声声说爱我们的人，也会撇下我们不管……他有他的事、他的家庭……他待我们好，就是一种恩赐。即使在最美好的时刻，我们得到的，也只是财主在阴间向拉撒路讨得的凉凉舌头的一滴水[1]。如此而已，甚至连这都不如！因为我们心爱的人，几乎总是那个穷人，荣升天堂却身无分文，没什么可给我们，可是我们为他却受尽煎熬……啊，不，乔治，我在说胡话。这些话毫无意义，或者只对我有点意义。别这么痴呆呆地瞧着我。"

黛莱丝起身走到乔治坐的矮凳背后，用手蒙住他的两眼。乔治把她两只手握在自己手里。黛莱丝想起自己这双老相的

1　事见《新约全书·路加福音》第十六章。

手，毛毛糙糙，斑斑点点，此刻正好给乔治看到。但即使看到，他也会喜欢，正像喜欢属于黛莱丝的一切；而且此刻，他正把嘴唇印在她的掌心和手腕上。她没强挣，想着她刚才克制不住说的话，乔治心里一定会琢磨个不完。她小声说：

"我在向你灌输毒液。"

这句话刚出口，便感到脸上火烫火烫的。乔治没动弹，一直把嘴贴在黛莱丝斑痕点点的小手上。从轻微的一颤中，黛莱丝明白给她偶尔言中了。循这路向，或许能找到出路，她想：就此挺进，至少让乔治得救。玛丽已经完了，是被她断送的；但乔治还有救。未加多想，她又说了一句：

"我害了你，连你也在内。"

"是啊，"乔治用嘲讽的口吻说，"是的，黛莱丝（他略一犹豫，以温婉的口吻，第一次喊她的名字），我明白，你何必一说再说呢？"

他把嘴唇更用力地贴在他紧握的双手上。他们听到安娜在隔壁房间铺床，然后关上厨房门，知道这套房间里只剩下他们两人了。整幢楼房进入睡乡，街道变得静悄悄的。摇曳的火焰，映照在阿什鹭鸶搬来的书柜上。壁炉架的大理石台面上，摆着一只粉红信封，玛丽用红墨水写有：巴克街，戴克茹太太启。黛莱丝的目光盯着信封，像游泳时换气，仰面躺在水上，漂浮着，感到乔治的嘴唇贴在她手上，她没动，也没一点点默认的表示。

"我说的，你不信？"黛莱丝声音很低，有点气恼。

她不徐不疾，把小伙子搂着的手臂抽出来，并走开一点。两人相对而立，互相打量着，他惶惑而不轻信的笑容，把黛莱丝惹急了！又对他说："实际上，你在恨我……"

"我恨你，是因为你不肯信我的话。你跟阿什鹭鸳那些白痴一样，用同样的目光看待这件罪案；我做这桩黑良心事，你们都觉得不可想象；你不明白，这桩事，比起我进入你生活，在你眼皮底下做的，真是微不足道。啊，你真是乡巴佬的儿子，以为没杀人就没犯罪。好吧，说说无妨！有一年，整整一个冬天，我把砒霜溶剂一滴一滴往杯子里倒，喝的那人，就是我的牢头禁卒；他把守的监狱，比任何石头牢房更可怕……之后，又怎么样呢？至于今天受我害的，首先是玛丽，其次是自以为爱着我的你……"

说话间，她把脸慢慢转过去，等目光重新停在他身上时，又进一步说：

"我的意思是：有那么几天，你自以为爱着我……现在已经结束了？"

看他耸耸肩，黛莱丝越发有气：

"怎么，你敢说什么？那桩事我没做？我恰恰是做了的。但比起我那些更卑劣、更隐蔽、更无须冒风险的罪行，就算不了什么……再说一遍，我们相识以来，我说的那些话归向什么，难道没看出来？你摇头，不懂我的意思？"

乔治背靠着墙，打量着黛莱丝。

"你为什么这样看我？不，我不是怪物……你自己……如果好好想一想……甚至不用多想……噢，当然！你没做加大药量除掉某人的事……但是，杀人的办法，不要太多哟！（压低声音说）你在生活里，又抛弃过多少人？"

小伙子动了动嘴唇，没说出一句话来，黛莱丝逼近一步，他退无可退了。

"不光是指跟女人的关系……而是一种更隐蔽的事，那是谁的生活里都会有的……有时，甚至小孩子的时候就有。"

"你怎么知道的？"乔治问。

黛莱丝得意地笑了。她对自己很满意，便柔声说："怎么样，说出来吧……"

乔治做了个回绝的手势："这没法说。"

"对我，百无禁忌，什么都可以说。"

"噢，不是不好意思说……道理很简单，太难说了，说不清……我从来没想过要告诉别人，因为人家听了会笑话我。那不值一提。"

黛莱丝的眼睛一刻也没放过他，坚执道：

"先试试吧，说到半当中说不下去，那就算。况且有我在此，可以帮你忙……说吧！"

两人仍面对面站着，乔治一直背靠着墙。

"中学三年级时，我十四岁，"乔治低声开始说，"班上有个远地城市来的男生，他是住读生，从来不出校门，他尽管像我们说的，'脸蛋儿很漂亮'，但衣着不整，难以亲近。他跟我倒挺好，我很容易动感情，得了个心地好的好名声。其实心肠很硬。我不特别疏远他，他却在我学生生活中占了很大一个位置，并非出于友谊，倒是由于淡漠。在我眼里，他只是一般的同学，不过有点'缠人'。他终于征得父母和督导的同意，逢节假日，我可以带他出校，到我家来。（我们在波尔多一直有个落脚点，我上中学期间，父母几乎整年住在那里。）我根本不信，这位不通世事的同学，能把这交道办成功。他却旗开得胜，大概因为他是个好孩子，非常纯洁，非常虔诚，师长们寄希望于他，能给予我有益的影响，因为我已被怀疑有坏脑筋。那天早晨，他容光焕发，跑来报告，他事情已办成了，我不免暗中感到沮丧，虽则我事先曾表示赞同。我装作为他高兴，但从那天起，我的坏脾气就够他受的了。我不能原谅他的，是侵犯了我的'家庭生活'，那在我眼里是神圣不可侵犯的。还有，我觉得他夸张，可笑，碍手碍脚。我特意让他感到这一点。我想，他没有比过星期四、星期天更凄苦的了，吃完晚饭，我们开车穿过那些愁云惨雾、尘土飞扬的街道，把他送回学校去……"

乔治顿住不说了，用手抹抹眼睛，看着黛莱丝：

"你觉得怎样？太不足道了。"

"我倒不觉得，往下说吧。"

"哦！你会觉得没什么了不起的事：大失所望。"他急忙补充说，"就在圣灵降临节假后第一天，他告诉我，说十月份要转校去伦敦附近的一所中学。他看出，我听了这消息心里波澜不起。便说：'也许我们再也见不到了。'我不敢告诉你，我是怎么回答的……大致就是这些。"乔治沉默了一会儿说。

"不，不只这些。"黛莱丝说。

乔治顺从地接着往下说：

"到期末发奖，看到他很悲伤，我就特别有气，特别生硬。这天我们该彼此道别，他想在典礼之后，让他母亲向我母亲道谢。我是什么感情呢？我不想让她们见面：事情已经结束，不必再提了。我拖着母亲快步走开，此情此景好像还在眼前。人群在校园里四散开来，把草都踩倒了。树荫下乐队奏着乐曲。那是七月的一个早晨，天气已经很热。我听到背后有个带喘的声音喊：'乔治！乔治！'因为他陪母亲走，不能来追我，或者不敢来追，他知道我已看到他们。他相信我听到'乔治，乔治！'的喊声。"

"你现在还听到这喊声呢。"黛莱丝说。

他一脸痛苦的表情，望了望她，不做回答。她又问：

"后来，他给你写信了？"

他点点头。

"回信了吗？"

乔治低声说"没有"。沉默有顷，直到黛莱丝又提问：

"他后来怎么样了？（年轻人低下头）死了？"

"嗯，在摩洛哥。"他急忙说，"应征入伍去的……这跟我没关系，你可以想见！后来知道，他从英国回来后，生活很惨……我不知道为什么要跟你讲这些。"

他两眼呆滞，木然站着。汽车在巴黎的雨夜驶过，他大概没听见，但那个童音，在校园深处，在树荫底下，喊了他多少年！

黛莱丝此刻好像醒了过来，她引起的烦忧也感染了她：

"不，我可怜的小朋友，这没什么，渺不足道。（看到乔治摇头）你自己说过：这没什么……"

乔治怨叹道："你弄得我多痛苦！"黛莱丝伸出两只手，想把他拉过来，但乔治用力挣脱了。黛莱丝明白，她已失去了他。

黛莱丝重又坐到矮凳上，用机械的动作，扒开脑门上的头发，露出两只白皙的大耳朵，但这次倒不是有意的，所以乔治得以看清她的模样：一副可怕的相貌和一双老相的手。这双手十五年前曾想制造死亡，而今晚，他刚领教到她的紧勒。说实在的，他不相信起自己的眼睛来：会略去外貌不计，跟一个使他迷惑的陌生女人相会！这就是她，始终是她，然而，又不再是她，这个他傻乎乎听她作深刻辩白的女人。

不，她从来没想要做坏事，从来没有害人之心。她说，她是在挣扎，一直要挣扎到最后一口气。过去和现在，她一直在爬坡，需要爬多少次就爬多少次，爬到了顶又往下掉，仿佛活着别的事可做。走出洼地，又掉进洼地，循环反复，无穷无尽。有好多年，竟没意识到，这就是她命运的节律，现在幸好走出了黑夜。她看明白了。

黛莱丝双手抱膝，低着头，听乔治说：

"我希望能为你做点什么。"

黛莱丝想，这或许是临逃前的客套话。然而，乔治以热切的口吻，又说了一遍：

"我希望能为你效点劳……"

乔治相信，黛莱丝会说："对我，你可无能为力。"于是，他可以逃离这间房间，逃出这场噩梦，变得跟认识黛莱丝前一样。现在这会儿，回到他小房间放唱片太晚了，怕打扰邻居……那么，不想黛莱丝的时候，他在想什么呢？

今晚，她突然变成另一个人，一个不同于从第一天起就使他迷惑的女人……变成阿什鹭鸶人所讲的那个女人，他刚中了她的魔法。如同记得她当他面所说的一切，他记得她这句话：对同一个人，两种截然相反的看法，都可能是对的。这是个视角的问题，而且此视角不见得比彼视角更真切……这突然显现的，像罪犯挡上阴森的面貌，会是真正的黛莱丝吗？

乔治第三次说："帮不上忙，我会很难过……"事实上他只想快些逃走，回他房里，不用开灯，就能脱衣服。百叶窗拉开，大门上的灯光招牌就够亮的了。再把毯子拉到脸上……突然响起一个声音，谦卑而怯弱，那不属于黛莱丝，不可能属于黛莱丝的：

"不错，你能帮我一个忙……其实很简单，你完全能做到……只是你不愿意罢了。"

乔治拼命否认，那劲头倒不像是装出来的。他笔直站着，黛莱丝一直坐在矮凳上，无意中撩开额上的头发，乔治马上别转眼睛。"不，不，她不会直说的。说了又有什么用？"他鼓起勇气，跪在她脚边，两人又面对着面。近观之下，看她被岁月刻蚀的容颜，像用放大镜看出来一样。眼睛还是那么美，但在这双使他梦想的眼睛周围，发现一个遍体鳞伤的世界，一片焦土的海岸。

黛莱丝犹犹豫豫地说："既然你肯……是的，事关玛丽。放心，我不向你提任何要求，只求你能多等等，不要把事情弄糟，让时间做成一切吧。你对我已有相当了解，我不是一个急于把女儿'推'出去的母亲，为求女儿幸福，不惜做降低身份的事。认为你能给玛丽幸福，岂非皮相之见？要知道，是为了我，才跟你说，才求你的……不，不是为玛丽，而是为了我。"

她有力地强调说：她身上的破坏力，那种鬼蜮伎俩，那种出乎她本意的恶德，唯有他才能战而胜之。乔治看她眼里含了一包泪水，说话幽咽欲绝，便嗫嚅着说："当然，我懂得你的意思……我可以答应……"如果此刻世界上有一个他最不愿看到的人，那就是黛莱丝的女儿了。黛莱丝的女儿！恨不得逃得远远的……然而，口头上他一再说："玛丽的事，你不必担心……"面对这样的求告，他怎么狠得下心？

"这对你不会有什么约束的……我相信，如果你有耐心……对你来说，重要的（我了解你，可怜的孩子！）不是爱，而是被爱；能有一个女人把你扛着，是的，照料你的一切，而你却常对另一个女人情有独钟……你瞧，根本不关忠不忠的问题……你日后给玛丽的各种打击，她早已准备一一承受下来，不信吗？然而，这并不重要，关键是你会进入她的生活，永远留在她的生活之中。"

她说话时离得很近，乔治都能感觉到她的气息。因为她拽着乔治双手，乔治做了一个肯定的表示，而侧着头站着的姿势，倒好像急着想走。是黛莱丝为了表示感谢，为了再次听到担保，把他滞留在门口。她还说（既是命令，又是恳求）：

"中学里那件蠢事，就忘了吧！"

"你以为能忘得了吗？"他反问道，加上狡黠的一笑，一边去拉插销，但黛莱丝又把他喊住：

"到书柜去挑一本书，拣你喜欢的，留作纪念吧！"

"噢，又是书！"

他耸了耸肩，又笑了一笑。黛莱丝此时疲惫已极，对小伙子再也感不到任何类似爱或柔情的意绪。疼痛在左半身扩散开来，减灭了心中任何悔疚之感。在经历其他多少夜晚之后，这一夜也会教她付代价的！"真是可怜的疯婆子，我这人！"所幸，这类感情事没闲人看到，不会传开去。在她总算办成一桩事……至少有点把握吧？她再次抓起小伙子的手，直视他的眼睛，热切地问：

"你会留在玛丽的生活里？会留下来的，不是答应过了吗？"

乔治已经打开房门，到了楼梯头才回过头来说：

"只要我活着……"

终于能独自安静了，黛莱丝关上门，回到客厅，站了一会儿，蓦地，又打开窗子，推开百叶窗，俯身在湿润的夜空里。视线被下面几层阳台挡着，看不见人行道，看不见乔治，只听得一个脚音在走远去，或许就是乔治的吧。

八

根本不要想能躺下来，她靠着枕头坐在床上，暗中睁大两眼，着力调匀呼吸。这是一天里最静的时光。无论出于愁苦还是欢快，连最轻微的声息都能听到，都足以扰乱清静世界。黛莱丝像幕间靠着布景歇一会儿的舞蹈演员，慢慢缓过气来。戏暂告中断，没她就演不下去。

寂静的夜，千千万万生灵在拥抱欢娱或临终受难，真是不可思议。黛莱丝以为可以得此安宁了，其实只是暂时出局。戏搬到别处在演，只是为她所不知。听到其脚音在空寂的街道逐渐远去的那人，此刻或许已钻进被窝，或许跑到别处去了也未可知。但黛莱丝没生此念，虽则东想西想想的全是他。

他今晚穿得怎样？不懂穿着！黛莱丝竭力回想他领带的颜色，因领口太低，领带都束不紧。她记起托他头时看到的那一种目光，为了看个分明，还把他脖子扭了过来，像母亲对着婴儿微笑。而他，对她的微笑，并无好颜相报，只是眼睛直定定看着她。这时，发觉他的左眼，照阿什鹭鸶人的说法，是有点"转向"。下巴底下刚长出来的胡子，使她联想起什么？哦！是了……是那具尸体，在旧画报上看到的，一个被宪兵击毙的西班牙无政府党……她想，乔治今晚可以留在这儿，留在她身边，不用担风险，也不算罪过。为病所苦，病痛免除了许多礼节上的考虑。乔治可以像孩子般靠着她睡。做母亲的，不是常把做噩梦的孩子抱到床上来睡？她黛莱丝，疾病成了一种庇佑，加上致命的心痛，自可以心安理得，得此人情温暖，只要没闲人看到；即使她青睐的人不在身旁也无妨：因为睡眠，就是一种缺席。最后的夜晚，最后的欢快——这种异样的欢快，只适合于她，换一个人就不可解……啊！为何急遽把他送进黑夜？能促成这一刻千金的幸福机遇，或许是可遇不可求的了……永远也求不到的了！

痛楚平息下来，呼吸也顺畅了点，慢慢滑进一个人事纷纭的往日世界，不过那儿没乔治一席之地。她跟丈夫在圣路易岛的寓所共进晚餐，她在岛上住过几年而丈夫从未到过；玛丽坐在他们夫妻之间，已是大女孩了；黛莱丝想悄悄离开饭桌，不让丈夫和女儿察觉；安娜在旁边斟酒，示意她勿走开；但她有急事要办，非得走开一下……

黛莱丝突然惊醒过来，以为已是早晨，把灯一开，发觉睡了还不到一个钟头，便又关灯。她不以失眠为苦：正好可以想想乔治。在想象和冥思的隐秘之域，至少不会得罪人、毒害人。她私忖道："乔治不再属于我，而属于玛丽……"

于是，她思想上竭力不把他俩分开，一想起他俩就成双作对的。并力求去除一种隐隐约约的羞愧情绪。

怀着苦中作乐的欢情，按住痛处的那种痛快，她的思绪停留在他们一双两好的虚像上。不，想想他们小夫妻俩简朴而甜蜜的生活，夜晚就不会觉得太长了：他们会有自己的子女，会有长辈的丧事，会相继走向死亡，先走的开了路，留下的就不会畏怯。黛莱丝这辈子自己并不拥有这样的人生，却有本领想象得很周全。她认为，平平淡淡的人生自有其温馨之处，却为生活平淡的人体味不到。每天的面包，对他们已食不甘味，只有像她那样永远被剥夺的人，才能从难以忍受的匮乏中咂摸出佳趣来。

黛莱丝遐思联翩：不是一个钟头，不是一天，而是天天晚上，能把头靠在一个肩膀上，不是萍水相逢式的，而是夜夜如此，直到死去之前，躺在忠实的臂弯里睡去，大多数人不是都能得到吗？这种福分，玛丽将领略到，乔治也一样。我自己没得到的，要让他们得到。命运没给我的那一份，我要奉献给他们。高蹈巴黎，还是困居阿什鸶鸶，有什么关系？我要把这意思告诉乔治……一定跟他说……可是，他不爱玛丽。她放低声音说了一句："他在勉强自己……为什么要勉强自己呢？不是出于对我的爱心，甚至也不是出于对我的矜怜……为了信守诺言，也许是？很多男人都是这样：认为自己说了话，要算数。"

黛莱丝眼睁睁坐着，她再次做了该做的一切，结果是造成乔治和玛丽最大的不幸，想起来不寒而栗。凡是断送别人的事，她的本能可谓百灵百验。她想为自己辩解："但是不！对玛丽，我心安理得。她会得到这个——有乔治在身边，别的什么在她眼里都无所谓了……哪怕得受他折磨：所有弃妇，想起她们的遭遇，还觉得回味犹甘！男人空缺，是她们唯一的苦痛，男人一去不复返，是她们无可弥补的损失。"但乔治怎么样？乔治在她的撮弄下，走上了一条视为畏途的路……

黛莱丝的眼睛已适应了黯昧，看得出衣柜的轮廓、靠椅的形状，那朦胧的亮光——她愀然于心，一再念叨："乔治……乔治……"可不是!……对乔治来说，不能少了玛丽，这黛莱丝吃得准，因为对乔治有认识。乔治即使是她所孕所生所育，看着他智的觉醒，也不见得会了解得更深。这些渴望得到照应体贴的男孩子，不会把注意力从自身离开片刻……但看乔治不时摸摸自己鼻子嘴巴脸颊就够了……他们目光内向，眼看自己一天天老去病死……

不，玛丽的爱，对乔治不可能有别的出路。兴许是一种不幸，但却是最小的不幸。实在说来，他几乎没怎么抗拒，而是马上俯首听命。太快了，照黛莱丝的看法，抵拒一下，对她也不无快意! 然而不，他答应忠于玛丽，表面上看不出有什么勉强: 乖乖服从，似不可思议。站在房门前，还把许诺重申了一下，那话是怎么说的? 黛莱丝搜索而未得，但相信字句一定记得起来，因为当时深受震撼: 他说……啊! 是的! 他说 (话很简单，没我想象的庄严): "只要我活着……"

总之，这句话毫无奇特之处。为什么她听了会一怔，铭感五内? 仿佛又听到他的嗓子，带着那么一种口音: "只要我活着……"不用说，当他不再活在世上……这样一句话有什么可推敲的，真是荒唐。他这句话，没别的意思，就是想给他的许诺增加点分量。意即到死方休。

"不！"黛莱丝吟哦道，"不！不！"她是对刚冒出来而挥之不去的想法说不，是对沦肌浃髓的莫名的恐惧说不，是对虽然还隐隐约约但肯定会膨胀会左右她的焦虑说不。不，这句话里不含任何威胁。"只要我活着……"简简单单五个字，除了直接的意思，没有更多的蕴含。用不着去找言外之意……是呀，乔治活着，玛丽就不会被遗弃，乔治活着，黛莱丝就可以对玛丽的命运放心……啊，为"只要我活着……"这句话，犯得着翻来覆去想上一个晚上，想得发疯吗？

黛莱丝竭力使自己平静下来："往坏处想，就算话中隐含威胁，只消今晨给他写封信，告诉他不要自认为给套住了……或者不如跑去跟他当面说。"

她起身打开窗子，推开百叶窗，不禁哆嗦了一下。外面在下雨。晨光淡薄，照着屋顶。空街上有个脚步声，像昨晚乔治的……当时为什么不去追？现在起身到他住的旅店去还太早，人家准会把她当疯子。八点之前，不宜上门，还得等两个小时。她裹件睡衣，走进客厅，吊灯一亮，顿时呈现一派乔治走前的景象。黛莱丝看到乔治跪过的靠椅，闭上眼睛。似乎还闻得到他身上的凡士林气味，混合着淡淡的烟味。不，不该开玻璃窗和百叶窗，好多闻闻这气味，直到闻不到为止。这凌乱的景象，证明乔治来过，就怕变动。他烤过脚的炉火，余烬尚温，他在这儿活动过。对黛莱丝，像对别的女人一样，一切都可能发生。似怕吵醒他，她轻轻起身，回到自己房间，此时此刻，隔着半开的门，当可听到他的鼻息。但是，她甘愿失掉他，而且，已经无可挽回地失掉了。等会在旅店见面，她不会再心造幻象，她已不再是他前几天生死以之的女人。现在，他已认识她，认识了真正的黛莱丝……她预想自己走进客店房间，他会以什么样的目光看她……但愿至少是活人的目光！他仍活着，才最要紧！她在想什么呢？想到哪儿去啦！真是荒唐！不，她不会再这么瞎想下去了。

她把窗户开大，坐进几小时前乔治跪过的靠椅，身上裹了一条毯子，把光脚搁在矮凳上。现在，"只要我活着"这句话，显得无足轻重了，她奇怪怎么会从中咂摸出威胁的意味，微风夹着雨丝，吹起桌上的点点烟灰。

安娜把黛莱丝惊醒了，倒没盘问什么。

"昨晚我无法平躺着睡。"黛莱丝怯怯地说。

女佣的脸，一无表情。倒高兴去理这丫头呢！九点钟了，或许乔治已经出门，碰不见更好。敲敲乔治的门，没回答；推开一看，只见床铺凌乱。或者在他桌上留封信。告诉他不要自以为套住了，他有完全的自由。——她把这封信写好，急忙穿上衣服，疲乏虽然疲乏，但情绪并不低沉。等她确知乔治还活着，那时累死还来得及。她把西铁旅店的地址告诉司机，就放下心来，尽量去设想那最坏的情况，虽然明知不会出现。想象中旅店里人头繁杂。"你找费洛先生？想必你还不知道昨晚……旁边房间的人听到一声闷响……没想到是……"管事太太的话，她听得很分明："是的，已通知家属……要看看吗？位置没挪动过。"或者是另一种说法："他七点出的门，像每天早晨一样，跟我们说声早安就走了。没想到把他送回来已……"黛莱丝晃了晃脑袋，深深吸了口气……心里倒泰然起来：刚才想得有眉有目的情景，并非现实情况，她实在不具备起码的先知先觉，而人的命运总出乎意料的。

　　旅店看上去平安无事。乔治房间的窗关着，但百叶窗开着。走廊里，楼梯口，都没有人，她疾步登楼，如此匆遽，会要她付代价的，房门后面有人哼着歌。是他……不，是隔壁房间。她好像听到他的呼吸，敲门，谛听，再敲门。房间是空的，床也没乱，空气像关了一夜不流通，这类旅馆里都是这种旧被褥旧衣服的气味。黛莱丝关上门。何必惊惶？乔治一早就出了门，房间已打扫过，只消问一下管事就清楚了。即使得知他昨晚一宵未回，又有什么可奇怪的？

　　黛莱丝坐在床沿，俯身看着地板上仿漆布的图案：此地就是他生活受煎熬的地方。此地就是他每天清晨搁光脚的地方。床头柜上，堆有几本油印的法学教程。床上方，贴着一张胖胖脸女郎的明星照，乃剪自电影画报，同一女郎的泳装照。足见影坛女星在小青年生活中的地位……那些女郎仅以形象委身于他们……黛莱丝站起身，看到板壁上钉着一张唱片，像一个黑色靶标。书架上叠放着许多廉价书。（昨晚他嚷嚷"又是书"，口气是何等不屑！）突然看到桌上，很醒目的，摊着一张长方形的白纸，黛莱丝抖索着手，把纸凑近面孔：字迹工整易认，然而她读来费劲；"在'双偶'白等你一上午。这里的人告诉我，你昨天没回来，你这……见信请即去卡普拉特，恭候至二点整。"黛莱丝明白：是蒙杜留的便条……无须再去服务台打听：乔治肯定在外面过的夜。但蒙杜似不以为怪。黛莱丝倒抽了一口气，是的，蒙杜觉得稀松平常。说不定乔治就会回来，且等一下吧。"等人好像最容易了……"她叹口气说。

早晨的公交车和出租车纷纷朝火车站驶去，黛莱丝走近窗户，雨已停止。挖开的路沟，露出下水道的黑管子，干活的工人有半个身子埋在沟里。生活的机制已上好发条，由城里的警察加以调节。想卡是卡不住的，只能卡死自己，但是可以怂恿别人去自杀……"要是乔治寻了短见，他们就会抓我，送我进牢房……难道我疯了？"她关上窗，又坐回床沿，注意倾听脚音、叫喊和铃声，真是他就好了！楼下的门砰的一声关上，隔壁的歌声戛然而止。管道里传来种种怪声，音响持续不断，好像藏着什么乐队……这一次不会错：有人急速跑上来，停在房门口，听到呼呼喘气的声音。不，这不是他，但也没认出是蒙杜。

蒙杜也听到房里有人走动，以为乔治已经回来。原来是这个女人。蒙杜恰好从她家返回。偏偏是这个女人。黛莱丝也想："偏偏是这个蒙杜。"谁也不买谁的账，彼此怒目而视，蒙杜不客气地问：

"你最后见到乔治，是什么时候？"

她答：是昨天午夜前离开的。蒙杜"呦"了一下，眼睛立即避开。黛莱丝只看到他坐在咖啡馆露天座的样子。站着，显得特别颀长，容貌清秀，目光淳朴。两肩夹一细颈，瘦骨嶙峋的样子。

"你们讲了些什么？怎么分手的？"

法官何其之多，这儿又碰上一个！对黛莱丝来说，不是承不承认他法官资格的问题。或许世人现在留着一只眼睛盯着她？她老老实实回答。跟乔治谈了她女儿，彼此都用信任的口吻，分手时关系堪称融洽。

她不想撒谎。真相说不清，难道是她的错。两人对峙，非三言两语可尽。他们之间究竟发生了什么？黛莱丝感到无法说明白，即使法官严加拷问，她也只能报以沉默。但他蒙杜，为何这么牵肠挂肚？她不敢问。但他急昏了头的样子，不可能看不出。她这份担心，突然有了眉目，便急急巴巴问：

"什么事弄得你这么惶惶不安？他昨晚没回来，很特殊吗？"

蒙杜口吻几乎很粗野，打断她的话：演什么戏呀？她应该知道他怕什么……

"不，说实在的，我跟乔治刚认识，你们认识大概已很久……该你告诉我……"

蒙杜做了个否定的手势，乏力的样子，大概也不亚于黛莱丝，黛莱丝刚才就虚弱得说不出昨晚跟乔治在一起那几小时的情形。在这小房间里，面面相觑，他们这位缺席朋友把两人分隔两边，好像各自站在大海的对岸。两人除了焦急，没有别的共同点。

"我曾想去报警，就怕人家笑话。这小子昨晚才失踪！人家会劝我等一等，别着慌！往坏里想，早晨的报纸还不会登出什么来。到中午再说吧。"

黛莱丝喃喃说："你疯啦！"蒙杜耸耸肩。她在床边坐下。她向这股也许并不是盲目的力量投降，向她并不介意的这无名意志认输（刚才，做最坏的设想时，她不信自己有回天之力；然而，她的所作所为，倒像又信了似的）……故所以，此时此刻，不胜重压之下，心里陡发狂想：仰虔苍昊，禳灾祈福，她佯装相信：孩子只要一息尚存，凭一个女人的意愿，就能使他性命还阳。即使要她独自把一个死沉死沉的躯体用绳子拽到高高的岸边，也不见得会喘到这地步。神志清醒过来时，她会连连说："多么荒唐，多么荒唐！"但同时，好像为了对她的心不诚，祈求宽宥，又会进足全身力气，向不知何人进行近乎疯狂的报复。

蒙杜打开窗户，倚身窗栏，黛莱丝问他几点开始奔走的；街声喧闹，他没听到。黛莱丝坐在床边，现在倒感到精疲力竭，更为刚才急得乱祈祷而羞愧……好像她相信靠祈祷能改变什么似的！除了坐等，没别的事可做，要是灾殃已不期而然发生……真是如此，也只能安之若素——"不认识我，这小伙子或许就不会死"，存着这想法，时光就不好过。不堪承受的想法，最后终归会习以为常，她历来如此。她已在准备辩词。她永远有辩词要准备！而她，总是自己行为的第一个受害者，尽管是最无辜的受害者。她清白无辜也罢，对谁都无所谓；唯一有所谓的，是那孩子倒在什么地方，太阳穴打了个洞。最紧要的，是查明真相，通知家属！……我的天！还有玛丽！万事并不随这一死而结束，但对玛丽，一切却因这一死而开始。蒙杜俯身窗外，没听到黛莱丝低唤"玛丽"的声音。黛莱丝决定不再为女儿卖力，只当没有她这个人，因为不管做什么，只会深深伤害她。不再管玛丽的事。事故一旦爆发，黛莱丝就闭上眼睛，堵住耳朵，像小时候半夜里响雷把她打醒那样。以不变应万变，对任何侮慢都不理不答，不多说一句话，让这一悲剧自行完成，乔治身上就含有强烈的悲剧性，此刻又不知身首何处，人间的法律到头来会跟她算账的，不是吗？警方一辈子不可能逃过两次。

她听到蒙杜的嗓音。蒙杜跟街上的什么人在说话。黛莱丝站起身来,但不敢朝窗子走去。蒙杜转过身来,用平常不过的口气说:

"是他。"

她跟着说了一句:"是他?"不带感情,两手却冰冷。已听到楼梯上的脚音——生还者的脚音,不过十分轻忽,甚至比生命从她身上要抽走还轻忽。不该晕倒,乔治不是好端端活着吗?她又问了一句:

"是他?"

蒙杜从房里出去,乔治就将出现在黑黝黝的门口。他不会身缠绷带,满脸是血的。

他终于出现了,眼神昏昧,满脸黑乎乎的胡子,鞋子沾了不少泥巴,黛莱丝还来不及看清,他倒一见黛莱丝,就退回到楼梯口,顺手把门带上。黛莱丝起先只听到一阵低语,接着是乔治高叫起来:"不管,不管!让我安静安静!"恶意的调门,病态的调门。蒙杜回屋,说乔治要去洗个澡,他不高兴别人看到他这种模样。"走了一夜之后,他常这样……"黛莱丝对着镜子整了整帽子,手拉插销时又说了一句:

"活着就好。"

她感到身疲体软,然而情绪镇定而安详,有种释然之感。

"瞧你刚才急的……我嘛,当然有点担忧……但从担忧到认为他已死……"

黛莱丝苦笑了一下：

"烦请告诉他，我是特地送一封信来的。喏，就在桌上。"

她又转过身来，迟迟疑疑地说：

"事关我的女儿……能劳你看一遍吗？请你决定，该不该让乔治知道……你最能判别了……"

今后，凡事都要多在意一点，哪知蒙杜匆匆一看，干巴巴地说：

"我等会儿就转交给他。不错，应当让乔治感到他是自由自在无所羁绊的。他倾向于认为，自己负有某种义务，加重自己的职责，超乎他的承受力之上。"

因蒙杜说，经此危机，他的朋友需要安宁，黛莱丝马上截住他的话：

"你从没跟我讲过什么危机……"

蒙杜猝不及防，拿出学生腔抬杠说：对她这位夫人，他无可奉告。黛莱丝为了让他心情平缓下来，尽量施出略带沙哑的嗓音，知道这种嗓音有其神效，可惜白费了劲。她眯起眼睛，蒙杜依然无动于衷，黛莱丝轻声轻气，抱怨没让她事先有个戒备，倒惹得蒙杜火起来：

"你凭什么权利闯进他的生活？"

一个钟头来一直压制着的怒火，终于爆发了出来。黛莱丝迟疑了一下，低声说："这跟我女儿有点……"好像该向这局外人报告内情似的。

"谅你根本没把女儿放在心上……"

黛莱丝听了很吃惊，做了个厌弃的手势。这狂人跟她有什么关系？那恶声恶气，尽量不去听。

"你的花招我一眼就看穿了，施影响于不安的灵魂，病态的想象，不算本领，说不定你还以为他爱着你呢！"

本可以耸耸肩，一走了事。虽则自认为对一切无所萦心，但这嗤笑这嘲讽，太叫人受不了了。她忍不住嚷嚷道：

"只要我愿意！"

"当然啦，只要你愿意！"

干吗留在此地，干吗僵持不走？黛莱丝简直认不出自己的声音。这哭腔，是她的声音吗？结结巴巴说话的，好像是另一个女人：

"他自己发誓说，他爱我。"

"他对好些人都发过誓……好吧，就算发过誓！像俗话说的，你把他弄得团团转，他真把你当成了人杰……但是得看到，这长不了……"

同一个声音，那不像是黛莱丝的，陌生的蠢笨的声音，抗辩道：

"只要我愿意……"语带哭声，"只要我愿意……只要我伸开双臂，只要……"

"那又怎么样？你没这么做……是出于道德的考虑？"

她怒目一瞪，用颤声问：

"我惹了你什么？"

"难道你没想让乔治跟我闹翻？有没有？"

"我？"

"是的，你煽动他的妒忌心。你还来不及告诉他：我在追你。我们只见过一面，他不会相信的。但是，你不会放过的，在今后的日子里……这是老办法了，但顶用。哪个女人不知道。一上来，你装得喜欢我，觉得我更合你脾胃……那天，你离开'双偶'咖啡馆后，乔治跟我闹得多凶！"

"看来逻辑不是你的所长，"黛莱丝火气也上来了，"就在刚才，你还不乐意他爱我呢……"

这一回，才真正是她黛莱丝在说话：给这冒失鬼激活的，准备反击一切中伤的黛莱丝。照黛莱丝看来，他蒙杜才妒忌得要死。妒忌不一定可笑，但他发醋劲，确乎可笑。

"干吗可笑？"

她答以轻薄的一笑，蒙杜感到一种侮慢。突然，她的小脸蛋冲着他，提高嗓门说：

"贵友即使有点怪，也怪不到认为你有多讨人喜欢……我要是有意挑起他的妒忌，就会做得更像一点……"

她确信看准了对方的要害，打着了对方的痛处，大为快意。要说的话，毫不费力，奔涌到嘴边。话越是恶毒，声音就越放得悦耳，说个痛快，性气也和顺了些。自信能克敌制胜，随时可予致命的一击，使她恢复了镇静。她倏忽之间平静下来，不觉得心跳如鼓。而蒙杜变得面无血色，刚才还是那么粗鲁的一个愣小子！

"你有能耐侮辱一位妇女，可以自鸣得意了，是不是？你有道理，你能从她那里得到的，也只有这点愉快。但这是空喜欢，因为你永远不可能真正伤害到我们。只有我们所爱的人，才有这种火力。只有我们的相好，才是最可畏的。然而，对一个女人，像你对我这样粗鲁，却又于我一无损害，真大可奇怪……"

"这话伤害不了我。"蒙杜嗫嚅着说。

他又说一遍："这话伤害不了我。"一边开门。把黛莱丝朝楼梯推去，额上爆出一条青筋，脸变得认不得了。黛莱丝用目光去探测这双还充满稚气的眼睛……她的火气，怎么会一落千丈，恨意在她心里像海水退潮，抽回去了。刚才怎么敢说这样的话？

"不，不！"黛莱丝突然说，"我说的，你别信。"

蒙杜已把她推到门外，她还抓住门框。

"别信我说的。"她低声恳求。

"随你说去好了，我根本不放在心上！"

乔治随时会回来，他可不愿在房里见到黛莱丝。

"乔治叮嘱过我：'尤其得叫她走，我不想再见到她！'"

黛莱丝靠门一站，板着脸，蒙杜顶不住那目光。她轻轻抽出给他拽住的手臂。走到楼梯口。她的小脸蛋再次冲着他：

"我就想刺伤你的心，刚才那是随便瞎说说的……"

蒙杜低声答道：

"不，不是随便说的……"

黛莱丝有点担忧：

"你想怎么报复？去报告警察局？"

蒙杜颇感意外，瞧着她下楼，直到看不见为止。然后踅进房间，在他朋友的桌边坐下，两肘一撑，两只拳头托着脸。

九

黛莱丝心里，净是想的蒙杜，这时她正沿马路上一幢幢楼房走过去。乔治，还有玛丽，暂且给撇过一边。只有蒙杜，她最后一位受害者，才令她关切。并不是对蒙杜已造成多大伤害，而是她这十拿九稳的一击，帮她测出自己的能量，明白自己的作用。一路上行人纷纷回过头来，这没什么可奇怪的：臭鼬之臭，就是自我暴露。黛莱丝感到背上丛集着紧盯的目光。她拉开大步，急于回窝躲起来。今后得深居简出了。为了不再伤害人，也为了躲避报复，因为受过她伤害的人，最后总会碰到一起。她授人以柄的地方太多了……

不错，免予起诉，使她逃过一关，但诸如此类的前科，给各种诽谤增添了分量……什么诽谤？她焉是诽谤得了：她犯的罪，不是比外间传说的还多？但是没有人告她！一个也没有。她是怎么想的呢？

黛莱丝头有点晕，便靠在一扇车辆进出的大门上，眼睛闭了几秒钟，想起自己还是空肚。敢情肚子饿了，早起还没吃过东西。不，她还没疯，得注意按时进餐。她走进一家糕点铺，喝了杯茶。一切都又恢复正常，一切都又变得单纯起来：乔治安然无恙，玛丽先不去理她，自己就在靠椅和餐桌间讨生活吧，要出门也得等天黑之后。再也不在大白天上街了。再也不会感到众目睽睽盯着她后脑勺了。

终于到了家。但愿看门女人不在楼梯道里。谁知她在房门前跟安娜正聊天！为什么一看到她，两人就不言语了？为什么看她的目光，那么令人难堪？看门女人开腔说：

"太太，有人来找过您，今儿个早上。是的，一个高个子……问了我好些问题……"

"什么问题？"

"我怎么知道？问您昨晚有没有出门？有没有来客？……"

"你怎么回答的呢？"

"我什么也不知道呀。我的职司，又不是去打听别人的事……"

黛莱丝不敢问："你认为那人是谁？"也没要她比方一下

那生客的模样，不然，老太婆肯定会说："是个年轻人，长头颈……"黛莱丝敢情会认出是蒙杜。蒙杜的确到巴克街来过，那时黛莱丝正好在西铁旅店门口下车。

黛莱丝心烦意乱，爬那几层楼梯，没顾到自己心脏。闩上门，帽子都没脱，就颓然倒在靠椅里。她心口作痛，倒不怕孤零零地死去：唯恐躲不开人呢……安娜大概从后楼梯上来的，得把她打发走。原以为安娜跟看门女人已交恶，哪知她们背着她已重修旧好。把她赶走，无异于给自己树个死敌……想什么法子，让她自己走？"假如有人有意要把她安插在我这儿，那是怎么也撵不走的，她会占着位子不走。"

黛莱丝拖着沉重的脚步走进卧室，心里重又焦躁起来。"真是荒唐，"她想，"我什么危险也没有。哪怕是犯罪的事，法律也管不到。是的，想要毁了我，他们就会做手脚。要牵累一个跟司法有过纠葛的女人，还不是容易……"

她一再对自己说"没事没事"，也不管用，总觉得脖子上套上了个活结。怎么比方，也去不掉这执拗的念头。套房里这么静，也觉得可疑。有好长一段时间，没听到安娜唱她家乡阿尔萨斯的歌谣了。这丫头一定在偷听：同玛丽同乔治在客厅说的话，她大概一句也没漏掉。无论对玛丽，还是对乔治，黛莱丝都一口咬定，自己确实有罪。对黛莱丝的对头来说，这丫头真是个好帮手！不，歌不唱，碗不响，一定在偷听女主人的自言自语。

黛莱丝走到窗前，撩开窗帘，看到人行道上有个男人抬头朝上看。他站在站头旁，装着等车，眼睛却盯着这套公寓。"不！很清楚，他不是在等公共汽车……"她大声反驳自己，证明自己神态完全正常。门外有人喘气，在她卧房里应是听不到的，可分明觉得有气咻咻的声音……为了弄个明白，索性开门出去看看，差点与看门女人撞个正着，看门女人说："刚才忘了把信件交给太太了……"黛莱丝就近看着这张扁脸，灰溜溜的皮色，闪着两只鱼眼，不，不如说一对鼠眼。好一副贪相！

"你干吗盯着我瞧？"

"太太您脸色不好啊。"

"我觉得跟平时没不一样。"

"不过，太太，我要说……"

"昨天那人有没有问过你，我是不是生病了？没有？告诉你，那些闲言闲语，我才不在乎呢……"

黛莱丝砰的一下关上门，插上插销。看门女人给抢白了一顿，嘀嘀咕咕说："好吧！又怎么样！"她没下楼，开门进对面的空屋，走后楼梯到厨房找安娜去了。

黛莱丝坐在矮凳上，像心口痛那样俯身向前，一动不动，全副精神集中在两只耳朵上，谛听最细微的声响，像狐狸听猎狗的动静。安娜独自一人在说话……不，有答话的声音。厨房里有人在低声交谈。伙同安娜密谋策划！

黛莱丝拖着脚跟走到饭厅，把耳朵贴在锁孔上，听出看门女人的嗓门。这点时间，她根本来不及从大楼梯下去，再从后楼梯上来。此中奥妙，得好好想一想，等头脑冷静的时候再去推究。眼前，一句话也别漏掉。看门女人建议要看住黛莱丝，而且，照她的看法，宜通知家属。安娜说：对，地址她知道……"她怎么知道的？"黛莱丝寻思。多半从玛丽那儿知道的……莫非她们背着她互通信件……安娜听到响动，开门出来，见女主人脸色刷白，不由得倒退一步。

"我来看看，该给太太做饭了……（转身对看门女人）阿婆，你又爬了上来？"

老太婆吞吞吐吐，说是顺便来问个好，说完便从后楼梯走掉了。安娜在炉子旁忙乎，感到背上压着可怕的目光，不敢转过身来。

黛莱丝退回去坐在矮凳上，手指似摸到在头颈周围收拢来的网眼。她再也不能自自在在呼吸了。首先，不得出门；在家里，又受监视；别人还能再做什么呢？民宅不容侵犯！除非他们去控告……大概也抓不到事实。安娜偷听来的私房话，不能直接用来攻击她。要是她出门，就会落入圈套。他们知道她有罪孽，该进苦役监，所缺的是合法的事由……警方要断送一个人，有的是办法。黛莱丝困守住处，别人都留着一只眼睛在看，但他们不采取行动，相信她迟早总要出门。安娜进来说：

"太太可以用餐了。"

嗓音不同于往日，眼睛却盯着黛莱丝。

"太太不吃？"

黛莱丝不吃，安娜大为扫兴！

"太太还是将就吃一点吧。"

黛莱丝在心态上就要跟对手对着干。既然人家要她吃，那么，拒绝进食对她就极端重要了。

安娜端了咖啡来，见女主人对门而坐，双目盯门，坐而不动。过后，女佣来收托盘，咖啡壶还是满满的，黛莱丝连坐的姿势都没变。她倒不是没有闯出门去的念头，以她的胆量去震惊敌人，看看他们有什么反应，使他们不敢轻举妄动……下午四点，安娜来斟茶，她也拒不肯喝，女佣灵机一动，当着她面呷了一口，咂着舌头说："味道不错……"就像哄不肯喝汤的小妹妹。黛莱丝立即夺过杯子，咕咕喝了下去。不过，仍用凶恶的神情看着安娜。

"太太心口痛？"

"不，安娜……或者说，有一点……但是，难受的，不是这个……"

黛莱丝抓起安娜的手腕，握得紧紧的：

"你不会向他们出卖什么吧？可以装得站在他们那边……但什么也别传出去。"

"我不明白太太的意思。"

"别想骗我啦。他们抓住我……"

"我用烫斗去把被子暖暖热，太太好睡觉。"

"你干吗要我去睡？"黛莱丝悍然问道，"别打我睡觉的主意：我再也不睡了！"

"没有人想难为您，我的好太太！"

"你坐下来，安娜……得，我全告诉你吧。把靠椅挪过来，他们把你卷了进去，却又不跟你讲清楚。我活该死去，但是要除掉一个人又不犯法，也不容易……即使是除掉一个有罪的女人……你好像不懂，跟你说，这非常非常简单！说到罪孽，本可以送我进苦役监，我却侥幸得以免予起诉……我其他行为，没落到法律惩治的范围，认真说来，这些罪孽连普通法都管不到……但是，凭我以前的所作所为，尽管不予起诉，他们也可以找到由头……"

安娜惊恐起来，抓住女主人的两只手，搜寻她的目光：

"您得睡觉了，可怜的太太，您开始说胡话了……"

"不，我没疯。但人家会要你这样相信。因为他们已料到，我会闭门不出。人家见不到我，晓不得我。安娜，我神志很清楚。怎么才能使你相信，这一切都是真的？我知道，这没法相信，然而，却都是真的。我说话再也没人听，谁也不会信。我一辈子老讲痛苦，只有今天才知道什么叫痛苦……你干吗给我脱衣服？"

然而，也没强挣，听之任之。安娜把她轻轻朝床边推去：

"汤婆子不太热吧?"

"不,很好……"

黛莱丝暂且有一种放松之感,但并没放开那只潮乎乎的大手。

"记得吗,安娜?以前有几次,你在我旁边做针线活儿,一直坐到我睡着,那真是美好的时光,我真是福气!那时还不知身在福中!现在,都过去了。不,不,别去找针线,把我丢下,别松开我的手。"

她沉默不语,好像已昏沉入睡,安娜慢慢松开手指,可是马上听到凄切的声音:

"我没睡着,你要知道!我有个想法,安娜……我自己上警察局,怎么样?最近的警察局在哪里?这想法不错吧!从头说起,不厌其烦,统统说出来,拆他们的墙脚。但是,从哪儿说起呢?他们一是没耐心听,二是不会相信。安娜!诽谤只要简单一句话就够了,不由得你不信……至于事实真相……半天也说不清!……他们没耐心听,听了也不信……假如他们来捉我,我很坦然,总算了了一桩事。不必整天这样惶惶不可终日……把衣服递给我,让我穿起来。"

安娜搂着她,随口敷衍道:"明天早晨再去吧,此刻警察局里很挤,既然决定好了,不如先过这一夜……"

"不错,我现在可以睡了……我没什么风险可担的。"

安娜以为她睡着了,刚站起来,手还没摸到插销,就给喊住了……只得乖乖回到她的椅子上。然而，八点三刻，她非得走。三楼的汽车司机九点钟要来找她。她第一次同意他到自己房里来。他担保决不比平时过分。安娜闭上眼睛，深深吸了口气。担心什么呢？到九点，在半掩的门后注意动静，这谁都阻拦不了……老太太迟早总会睡着的，即使没睡着……在她身上踩也要踩过去……等归等，脑子并不闲，知道该想什么。守夜灯灯光幽微，她不觉得厌烦。因为夜已降临，这幸福之夜！老太太安静多了，还同意喝了一碗汤。她几次说："是的，我想我要睡过去了……"八点，八点半，安娜刚要走，就给喊住，那喊声还惶恐不安，于是倒索性睁大了两眼。

到了九点，安娜说："这回我……"黛莱丝也不抗辩，只啜泣起来。这种小姑娘式的呜咽，对女佣比任何哀求更见效。她只得留下来，尽管已敲九点，尽管她猜想那男人此刻一定在喊她，耳朵贴在八楼房间的门上，想法把门拉开。黛莱丝的呼吸渐趋沉稳，有时喃喃说几个字，哼哼唧唧喊"不要，不要！"转身朝左睡，避开守夜灯。

安娜觉察到后楼梯门上有轻轻的铃声，肯定是他！她站起身来，倒没惊动黛莱丝，踮着脚尖穿过前厅，走到厨房也没听到喊她，便拉开插销，看到那个大个儿堵着门口，随即把他拉进小厨房。

"不，不要开灯。"她低声嘱告。

她叽叽咕咕解释着什么，他没回答，却封住了她的嘴。

他们听到饭厅里椅子碰倒的声音。厨房门开处，他们习惯黯黑的眼睛看到一个瘦骨伶仃的幽灵僵着不动。黛莱丝听出一个男人的口音：

"你拿得准她没带枪？"

黛莱丝想喊："别开枪杀我……"但什么声音也没发出来，人就瘫倒在方砖地上。

她睁开眼来，发现自己靠着枕头坐在床上。她什么也没问安娜，也不提无意中撞见的那个男人，他想必帮安娜把她抬回房来的。安娜明白，她现在对女人而言，是敌对营垒的人，混同于她最坏的仇敌。勉强才套出几句简单的答话：

"是的，觉得好些了……我觉得要睡了……你可以坐在长椅子上……"

病人苦苦撑持，尽量保持警醒，注意最轻微的声响。等天一亮，她就起身，上警察局。用这后半夜的工夫，把她的事理出个头绪，时间也不见得很充裕。就怕人家不信……难以容忍的无奈！她一直独自一人活着，从没去想孤独为何物。一个人可以说孤独，却并不了解孤独。她要说的话，看来不会抵达警察局，半中间就会失落，像飞鸟没到目的地就跌死一样。除了枯守住处，没有别的出路。敌人是从后楼梯潜入的，这边尤需注意。

黛莱丝不怀疑自己正处于一个庞大而隐秘的阴谋之中，已成为惹眼人物……她怎么想得到，此时此刻，世界上没有一缕思虑思念及她，这个夜晚，也没有一个人关心黛莱丝·戴克茹，没有一件事牵涉到她……除了一封信，下午五点投入雷恩街邮局，此刻正送往波尔多。一封寄给她女儿的信：纪龙德省，圣格雷镇，玛丽·戴克茹小姐收。写地址的笔画，比平时硬。乔治在"纪龙德省"四字下面画了一条横线，把"圣格雷镇"的"圣"字涂改了一下。他把信往邮筒里一投，心情愉快，有种解脱之感。字字句句都经过蒙杜的推敲和修改。他现在只需堵住耳朵，不去理会玛丽的呼天抢地。这类事中，没有比心软更糟的了。像蒙杜说的，最坏的刽子手是那种好心的刽子手，出于同情，本来一刀可以了事的，结果砍了十二刀。有鉴于此，信的最后一句，完全出自蒙杜手笔，乔治觉得妙极："请不必回信。为之，为你的利益计，我发誓：你哀求也罢，威胁也罢，休想叫我开口。再说一遍，不要责备我无情。使人抱着无穷希望却又不能酬愿，我真是个可怜虫，正因为此，谨请原谅。忘了我吧。随信附上你母亲的字条，她并不认为你我关系中，我因做出承诺而受到约束。"

十

第二天下午一点，这封信抵达圣格雷，交到玛丽手中。少女独自坐在饭厅，两肩搭着披巾。心仪的笔迹才一瞥，就快活得直晕。无须遮人耳目：乃父贝尔纳为杀猪事，到阿什鹭鸶与他老母商量去了。

玛丽一边吃饭，一边望着信封，要等一会儿，回到自己房里，锁上门再拆。十一月的这天，阳光温煦，镇上人声喧嚷，锯木厂干得很欢，从东边刮来的风里，带着松脂和树皮的气味。轻轨铁道上的小火车在狭轨上撞出哐当哐当的清脆声：好天气的征兆。生活，充满着幸福。

玛丽转动房门钥匙，确信周围没旁人了，把留有乔治手泽的信封吻了吻，一打开，就瞥见母亲的字迹，陡地产生一种可怕的预感。她先看字条，再一口气读乔治的信，看得那么快，信已读完，老车厢晃荡晃荡，在这晴日的下午朝松林深处还没开远……"随信附上你母亲的字条，她并不认为你我关系中，我因做出承诺而受到约束……"

乔治如此决绝是何道理，玛丽一秒钟也没往这上面想。她凭着小姑娘的本能，把问题想得很简单，首先要找出罪魁祸首，把仇恨集中在她亲不起来的那人身上。"她出卖了我。这怨妇，我还跟她掏心掏肺！我真够傻的了……"疑窦突然有了眉目：她什么不会对乔治说？那是为什么呢？出于妒忌？要想报复？那她太不了解我玛丽了！如果脸颊通红的小姑娘还能挺住，如果她没在打击下倒下，那是因为她不相信自己的厄运。把该做的都做了。小伙子谁都能拽住一个的，她知道怎么去拽住她那一个……这不是自她开始，也不是到她终止……去波尔多的汽车，十分钟内就要开了。到巴黎的火车，五点开，半夜就可到奥尔塞车站。到车站再给父亲发电报。无所行动，怎么受得了？她匆匆收拾一下行李就动身。

　　用人没看到她出门。公共汽车里几乎没什么人。不，她并不绝望。恨恨之意，限定了她的愤激之情。她先不想开头说什么，同乔治争吵的场面，却把今晚走进巴克街，把可恶的母亲从头觉吵醒的情形想得很具体。半夜三更，不能到西铁旅店去。她打算天一亮便去，把乔治从睡梦中喊醒。这事容易办……她愿相信自己有此能力。漫漫长夜，正好跟母亲去消磨。她一肚子怨气冲着黛莱丝，这怨气正是从黛莱丝那儿继承来的，不过更少辨析的能力。玛丽自忖，得保持冷静，套她的话，或许能求得她给乔治去一封信，收回前言。反正，瞧着办吧……

　　黛莱丝从头天晚上起，便睁着眼睛坐在床上，装得安然无事，那是为摆脱安娜——现在安娜在场，她既感到可畏，又觉得可憎。她这厢佯装安详，想不到风暴正从荒原腹地扑来。这不幸的女人，哪怕再多疑，也认为就这一天而言，进犯和打击都已过去。安娜想必在八楼房里，同昨晚那个陌生男子欢聚……整套房子里空荡荡的，所有的门都已锁上。黑夜意味着休战，黛莱丝也暂时忘了迫害她的人。她越过敌军无形的警戒线，重新咀嚼日常生活里卑微的痛苦，回想起在发现可怕的阴谋前所受到的最后一击……又想起乔治那句由蒙杜复述出来的话："尤其要她走！我不想再见到她！"是他说的？！这同一声音，在几小时前说的话又那么温柔……啊！他还是应该得到祝福，为曾给她若干充满希望的日子，为那些令人眩惑而又予人自信的瞬间！即使此刻，黛莱丝又找到那滴甘露，做了一个用嘴唇去凑近掌心的动作。总的说来，他们没做什么坏事，觉得乔治也没什么不好的地方，还梦想能把她无所依凭的脑袋靠在那年轻的肩头……啊！这几秒钟的闲暇，敌人并不慢吞吞没有动作。猛然间铃声大作。她以为在梦中，把脸埋在两只手里。第二声又响，持续不断，透着狂怒。

黛莱丝起身，开亮进门处的吊灯，靠墙站了片刻（她一天只喝了杯茶，吃了几块饼干）。

"谁呀？"

"是我……玛丽。"

玛丽！第一个打击，竟来自她！黛莱丝离不开墙壁，艰难地朝门口走去，心里又想了一下刚才的决定：静以待变，听之任之，不做任何防卫之举。

"进来，玛丽，进来，我的孩子。"

黛莱丝站在吊灯下，玛丽张大了嘴，对着这幽灵怔住了。

"到客厅来吧，我的宝贝。时间一长，我站不动。"

玛丽回过神来，暗想："真会演戏啊！"她领教过黛莱丝几天里可变好几次脸。这也是她的一种手段。一开始就给顶回去！

"这么晚才到！"

"是搭夜车来的。"

以为母亲会问这问那，不料黛莱丝只是看着她，什么也没说，等着打击之来。那死盯着看的目光，叫人受不了。又是一招：凝眸看住人！

"知道我为什么而来？"

黛莱丝点点头。

"我的反应很快，看到了吧！幸亏如此……可是干吗对我来这一手呢？"

黛莱丝叹了口气：

"我做过很多事，你指的是哪一桩？"

"你猜呢？没猜到？就是前天写给乔治的那封信！哼！这下你慌了手脚吧？出卖我的证据，这么快就到了我手里，没想到吧……"

"这没什么奇怪：我知道他们手段高强，再难的都能做到。你还会看到别的花样呢。"

黛莱丝口气很平静，神情很超脱，这对玛丽不无影响，尽管想惹她光火。玛丽心里想：不假，真是高明的戏子！

"你有什么想法，孩子？总之，此行有什么目的？对我，还是打开天窗说亮话好。我不跟你们斗，我会顺着你们，但求进展得快点……你们要我回答什么就回答什么，要我签什么声明就签什么声明，不必绕圈子……"

玛丽怒气冲冲，打断母亲的话：

"你总拿我当傻瓜，把我想得比实际还笨。你先说说，为什么写那封信？"

"孩子，老实跟你说，我宁可回答警察局长或预审推事的盘问。"

"你还来取笑我！……"

但玛丽话说到一半就打住了。不！这不可能是演戏，但看母亲浑身剧烈地战栗，沿鼻梁往下淌也不擦一擦的眼泪，那惊怖的眼神，以及认输似的弯着脊梁……

"我的处境，你不会明白。我所知，而且只有我一人所知的事，你也不会相信。你只会拨一拨动一动，听从不明所以的势力摆布。他们巴不得乔治自杀，好把账算在我头上。我独行其是，阻止了这起谋杀。这罪本该我来犯。他该死，因为认识了我；但是，我打乱了他们的计谋。你听懂了吗？我打乱了他们的计谋。到算总账的时候，就该说出来……是的，我是付了代价的，但我不为自己辩护……而他，我根本不会谋害他，像人家归罪于我那样，但是，没有人相信是我救了他。再说，在这片沙漠里叫喊，有什么用？在这坟墓的底下，又能喊向谁呢？你在我眼前，却又隔着千里之遥。"

黛莱丝哀叹了一声，把脸转向了墙壁。这种痛苦，是怎么一回事？玛丽顾不到自身的创痛，真想做点什么，譬如说用毯子把郁怒的母亲裹起来……"我阻止了这次自杀！"母亲这么说过。要是情况真是这样呢？曾有多少次玛丽俯身愁郁的深渊，而掉在里面的乔治，却很少能攀缘到她身边！

在寂静的套房里，她听到母亲面壁而泣，脸埋在臂弯里，不像大人的哭泣，而是小姑娘受罚后那种抽噎。玛丽像抱个孩子一样，把母亲抱到床上，对她说：

"谁也不想害你，妈。我特地从圣格雷来照顾你。有我在这儿，谁也碰不到你。"

"你不知道我看到了什么。昨天来了一个男子，问我有没有带枪。今天晚上，他就躲在安娜房里。他是警察局的人。他们不急，反正能把我逮住，知道我别无出路。"

"今晚什么都不会发生：有我守在这里。睡吧……你瞧，我的手按在你的额头。"

"他们要你来骗取我的信任？我全知道。我不会上当的……不过，有你在这儿，总是一种安慰……"

这个夜晚，与玛丽期盼的是多么不同！她手放麻了，刚一挪开，母亲一声呻吟，又逼得她放回去。她觉得夜里寒飕飕的。这又是巴黎了。秋夜传来车辆沉闷的转动声，火车开往中央菜市的噗噗声。乔治睡在某一幢楼里，无动于衷，亦无法接近。她从不为他倚重，尽管她装得相信似的。要的是他，而不是别一个，这斜白眼的高个子。要的是他，而不是别一个。她奉献自己而不存任何希望，对他没有丝毫责怪。"你可以抛弃我，但没法使我不属于你……"她暗自饮泣，但不是愤懑或绝望的眼泪。和衣躺在母亲的身旁，她听到母亲的呼吸，说些不连贯的话……十八岁的女孩子，她终于也沉沉入睡了。

黛莱丝感到身边有个血肉之躯，不无欣喜。虽则认为玛丽跟她的仇敌是串通一气的（不过与其说是同党，不如说是胁从），她也安然进入睡乡。是说话的声音，把她吵醒过来。天已大亮，玛丽已不躺在她身边。原来在客厅里跟安娜正窃窃私语。啊！好快，那一位已把玛丽勾搭上了！黛莱丝伸长了耳朵在听。

"请大夫来，怕不行，"安娜说，"她会把大夫当成警察局的，奉命要来抓她。那人进房间，她会以跳窗相威胁的。既然她相信你，小姐，那就别走开。你的事，改日再去吧……"

"那不能耽误。或许去不用多久……吃中饭前就能回来。不！不必多说了……"

世界上并不是只有她母亲一人！

"她去看谁？谁在等她？"黛莱丝边听边思量，"那人看来是她所畏惧、能左右她的……但是瞒不过的。等她回来，就能看清她怀着什么鬼胎了。"

黛莱丝听到关门声，玛丽急促的脚步声在楼梯里逐渐消失。安娜进来的时候，黛莱丝佯装熟睡。

玛丽疾步快赶，一直走到蒙帕纳斯大街，尽管冷雾冻云，还是走得一身大汗。在附近门洞下，她草草匀了匀脸。旅店的服务员还没来上班。有个小伙计在冲刷大门口。玛丽原想直奔乔治房间，出现在他睡梦中，不料这如意算盘被那伙计打乱了。

"哎！那位小太太！"

玛丽已上了楼梯，回头嚷嚷说有人等她。

"谁等你呀！你是说费洛先生？他才不当回事呢，你那位费洛先生！"

玛丽俯在栏杆上，他抬头涎着脸发笑，眼圈红红的。

"不错……昨天中午，他把房租付清就走了，没留地址。只说有他信件可以送到蒙杜先生那里。"

玛丽的表情要是不好玩，他还不会说那么多话。但是，看着这小娘儿们变出什么脸色，说两句也值得。

"是啊，有位少奶奶，嘉尔辛太太，开了车来，把他接到巴黎郊外的村子去了……这儿倒常见她来。叫她等也不怕……您不认识她？又漂亮又年轻，出手很大方！"

嘉尔辛太太的名字，玛丽听说过。知道跟乔治有关系，还曾跟他开玩笑说："在巴黎，就准你见嘉尔辛太太！"语言之间，乔治并不喜欢她。可现在，给玛丽写了绝交信后，公然跑到那个女人家里去了。美丽的姑娘，在那伙计眼皮底下，人缩小了，脸拉长了，两手攀着栏杆，这种气不是玩的，怕就要发作了。他噔噔跨上几级楼梯，抓住她的胳膊，她也没反抗。她的眼睛直瞪瞪地望着前面。要是没这点话，正可以说说笑笑。然而，也不会占太多的时间的……

"您如果想歇口气，七楼上倒有个漂亮的小间。"

他凑近来看她。玛丽没懂他的意思，轻轻把他推开，走到街上，向一辆出租招了招手。

"太好了，你这么快就回来了！"安娜开门时说。

前厅里太暗，女佣没看出小姑娘神色大变。玛丽把便帽和大衣往矮凳上一扔，便走进母亲房间。母亲装睡，但眯着眼，在偷窥玛丽的动静。她见过谁了？给了这可怜的孩子什么指令，为什么这么愁眉蹙额！装睡装不下去了，因为浑身抖了起来，咬紧牙关也不顶用。

"你觉得冷吗，妈？"

玛丽坐在床沿，抱住母亲，做出个笑脸来。

"冷倒不冷，是担惊受怕。"

小姑娘柔声问："是怕我？"黛莱丝答道，她本该像怕别人一样怕她：

"但是，这没办法，我不信你也想害我……怎么啦，宝贝，哭什么？"

玛丽陡然悲切起来，无意中对母亲倒是种缓解，顾不到自己的焦心事了。现在轮到病人来安慰人了："得，得，痛痛快快哭吧……"她把玛丽按在自己肩上摇晃着，女儿小娃娃时都没受到母亲这样的爱抚。

"妈，我们究竟做了什么，要受这么大的罪？"

"你是什么也没做。可是我……"

"妈，他跟另一个女人走了，地址也没留……一切都完了！"

玛丽任母亲摸着头发，把眼泪擦在枕头上。

"没完，孩子，还没完！"

"为什么说还没完？"

"他会回来的，你没失掉。"

黛莱丝像读到玛丽心里去了，女儿刚想到的，她已不慌不忙答了出来：

"不，这不是瞎说。我现在很清醒。等你幸福到来之日，会记起我刚才说的那句话。你会记起这阴暗的早晨。"

一颗年轻的心，不需要多少养料，就会重新提起无穷的希望。说来不信，玛丽确实不哭了，紧紧依偎着母亲。母女俩就这样待了好久。

　　玛丽自告奋勇去煮咖啡，烤面包。吃过早饭，黛莱丝同意洗个澡。她没听到后楼梯的铃声，不知道刚送到一封给玛丽的电报。做父亲的要女儿当晚回去："搭下班车速回。"显然心里不踏实。女儿进客厅，见到黛莱丝神情沮丧，浑身哆嗦。黛莱丝说，她相信自己已经得救，现在再也没勇气听安娜摆布了。安娜做了侦探的情妇，跟看门女人都给高价收买了去。玛丽来后，她们隐蔽多了。玛丽使她们畏惧。只要有玛丽在，什么都不会发生。小姑娘碍着那些人的鬼蜮伎俩。他们固然想利用她，但又怕暴露自己的本来面目。而她现在说要把母亲丢下不管！

　　黛莱丝哀求苦恼，要不是玛丽拦住，她说不定真会跪下来。绝望有时会变得像孩子般任性：她不乐意玛丽走。她不肯放玛丽走。玛丽保证她一定回来，只是回圣格雷说明一下情况。

　　"你的处境，家里人比你还清楚，不幸的孩子！不必回去的。"

　　"得回去才是，可怜的妈。"

　　"那好吧！"黛莱丝突然让步，这句话想必她做小姑娘时常说的，这时从积年的沉底浮上她的唇边。"那好吧！既然如此，你到哪里我就跟到哪里。"

　　"得从长计议！"

黛莱丝在房间里转悠，用稚气的口吻再三说："你到哪里我就跟到哪里！"

"干吗不去圣格雷呢？既然你要去，我觉得那儿危险比这儿小。在圣格雷，我是堂堂正正的贝尔纳·戴克茹太太。圣格雷的警察还不敢闯进戴克茹府。家里的人还不至于为警察局效力。这一点，十五年前就看清了……再说，"她压低嗓音，用兴奋而神秘的神情接着说，"我一走，安娜的一切诡计都落空了。你父亲有什么好再说的？以我目前的状况，他不会把我摈诸门外。"

说这最后一句话，又恢复了通常的声音，仿佛忽然之间，这几秒钟里，黛莱丝跳出自身，从局外来观察自己、评判自己。

玛丽又说了一遍："得从长计议！"两手捧着母亲的脸轻轻摇晃，好像要把她从梦里摇醒。

玛丽低声补充道："多年之后重回老屋，而且，妈，是你自愿回去的，当年在老屋险些憋死……最后才获得自由——付了多大的代价呀！"

"付了什么代价？"黛莱丝惘然重复了一句……而且也不是笑言："你爸我不恨了，你知道吗？他不会再来惹我。再说，老屋很大，那么多房间都没人住！我无论在哪间房间里把身子一藏，别人也就把我忘了。况且，只要他们不紧盯，我可以重新出来：现在，已不再是一座监狱了。"

玛丽倒不觉得这计划多出格。她这第二次出走，本来担心父亲会怎样对待，现在不用找别的托词了，辩护的理由已有：她得信知道母亲病重，乘第一班火车去的，既然叫她速返圣格雷，她又不能把没人照应的母亲留下不管，就只好把她领了回来。让家里决定该怎么办吧……

"你愿意跟我一起走吗，妈？"

"今晚就走？当然是悄悄地走！明天早晨，安娜来敲门，扑个空！"

黛莱丝扑哧笑了出来，但突然又变得郑重起来，以哀求的目光质询玛丽：她不敢相信有这可能，只有听到女儿在电话里口授一份发往圣格雷的电报，她才于心稍安。

"别讲得这么响！"她央求道，"会给安娜听去的。"

为了瞒过黛莱丝，玛丽颇费心机，才把走的事透露给女佣。等最后一只行李箱合上，病妇又骚乱不宁起来：怕一走出门就被扣住。

玛丽在火车里，面对打盹的母亲，又想起乔治的事。她明天再写信去。要紧的，是先架座桥，两人之间不要就此完了。乔治常变来变去……她要是见到他，准能把他收服。今天早晨如果他在宿舍，在她怀里醒来……玛丽在幽暗的车厢里暗自抽泣，也不遮掩，但突然感到母亲的手摸着她的脸。黛莱丝不耐烦地说：

"我跟你说过，他会回来的！甚至，有些日子，"黛莱丝带着先前那种笑容说，"你会烦他的。他会变得跟别的男人一样，变成普普通通的一个胖男人。"

十一

时间能销蚀一切情爱，但化解怨恨却极其缓慢，不过终究也会涣然冰释的。

在圣格雷的月台上，黛莱丝看着这个谢顶的男子，竟忘了答话。他就是贝尔纳，她的丈夫，要是在巴黎街上遇到，她准会认不得。人倒没有以前那么胖，一件咖啡色羊毛衫却把他喝酒喝出来的大肚子裹得紧紧的；领带，至今也没学会打猎人结。他打量她，神情又厌烦又畏怯，看来又得背上疯女人这包袱了，想不出还有别的生路。不走运总归不走运。就像母亲常说的，离婚的话说得再多也枉然，这不是，分开多年，这女人又落到他头上，真是想不到。不过，这里终归有个原则问题……再说，法律就是法律。

"当心，爸，"玛丽喊道，"你把妈搀到车上去。"

贝尔纳握着方向盘很高兴，可以不必说什么话了。解释一番，甚至简单表白一下，都觉得烦。懒得动弹，或者无所事事，已成了他的一种好尚。为了等访客走后再打道回府，他情愿开车多绕一百里路。他斟酌着时间再出门，免得在广场上遇到神甫或教师。黛莱丝在他身旁而又无须讲话，他感到还算称心。

病人得在小客厅稍候，她的房间还没收拾好。隔壁房间传来低声的议论，她倒没有不安，疲惫胜过了忧虑。剩下要她做的，就是接受他们的裁定：他们下令她照办。说穿了，无非有个地方能躺下来，可闭上眼睛睡觉。她只是盲从一种强大的意志，那意志强大得事隔十五年之后，又把她送回到当初动念作案的小客厅。墙纸和窗帘早已换过，盖家具的罩布也换了一块。高大的梧桐，绿荫森森，显得庭院深深。那些难看的家具还在原来的位置上，是她憎恶情绪的无声证人。

家里把她安顿在西头的上房，那间房一直空着，从来没人住过。那里没有什么能勾起她回想往昔，除了有一天午后……她记起来：全家都搬到阿什鹭鸶去住了，黛莱丝怕人家知道她这天在圣格雷，便躲在这间黝暗的房里，女佣就在隔壁衣柜里整理毯子。

黛莱丝到的当晚，就憋气胸闷，打了一针，由玛丽抱着，才度过第一次危机；半夜里又发作了一次，来势更凶，差点送了命。从这一刻起，一切戒备，无论对黛莱丝，还是对戴克茹家人，都全无必要了。她相信再也没什么值得惊恐了：死亡已介于奄奄待毙的女人与子虚乌有的密探之间。夫家那方面，由于看到黛莱丝危在旦夕，主要的障碍已不推自倒。婆婆躲在阿什鸳鸯，曾有言在先，"只要那怪物在"，她的脚就绝不跨进圣格雷的家门。现在人虽没露面，态度却已见缓和。她给贝尔纳的信上说："让一切都过去吧，让天主大行其道吧！"信中还夸"我们的孙女玛丽真是好样的"。

服侍黛莱丝的事，小姑娘一人全包了：用人尽量少去麻烦，免得多嘴多舌。"她没少给我们惹是生非……"病人一任玛丽照料，这种依赖的态度一直维持到圣诞节前，此后就起了变化。首先，玛丽像换了个人似的，干这差事的热乎劲已经过去。在病人房里也不像原先那么勤快，前额常贴着玻璃窗朝外看，对母亲也只是在饮食上多张罗一点。黛莱丝寻思："玛丽准是接到了命令。她正在跟他们对着干。我们被发现了。她倒是不大出门……但那伙人有的是办法，能把密讯送过来……外面在施加压力。不论怎样，他们都是枉费心机，玛丽不会毒死我的……因为她是我女儿，他们或许另有打算……"黛莱丝一个人喃喃自语，说的就是这层意思。

一天早晨，天色阴晦，急雨拍窗，玛丽把蓝油布雨衣一披，说要出门，问黛莱丝要点什么。至此，黛莱丝不再怀疑自己已被出卖。哦，老花样翻新！先前，孤独寂寞的她，每当天黑下来，看到女佣穿上连衫裙，换上假皮皮鞋，便问：

"你出去，小丫头？倒不怕淋雨？……"现在向玛丽也提同样的问题，怀着同样的确信，世上没有任何力量能阻挡小姑娘去践约。确乎如此，尽管话说得很委婉（她需要动动……在巴黎，是什么天气都出门的，为什么乡下就不行呢，尤其这儿，沙土路吸雨水），但玛丽恶狠狠的表情，意义太明显了："即使踩在你身上，也得过去……"

圣诞假日的前两天，乔治·费洛就回到了圣格雷。他家厨娘把消息告诉了肉店老板。玛丽抵拒不住，去了一信："咱们干吗不道个别呢？明天十点，在西垒那荒废的庄园……"

他不会来的。她心里真是想他不会来的。玛丽转过身来，在门口向母亲飞了一吻，乃母靠着枕头，一直目随着她，眼神里说不出有多焦虑！但对自己照应的病人，那痛苦的表情，早已习以为常了。

穿过广场的时候，玛丽念叨着乔治那绝情的话："我发誓：你哀求也罢，威胁也罢，休想叫我开口！"即使乔治勉强赴约，对玛丽又何尝能有圆满的结果？然而，她依然满怀着希望，满怀着母亲天天给她维系着的希望。好几次，黛莱丝都话中有话，说她看不到外孙了。昨晚，还说：

"看护病人，也能学到本事，能练耐心。将来对他要非常有耐心。"

讲这种话，不是神经吗？玛丽心里当然明白，这天早晨，离开车辙靡乱的阿什鹭莺泥土道，踏上淋了雨刚刚板结的沙土路，头脑里又想起这句话。橡树还没掉叶子，天气倒也暖和。在荒原上，晚秋绵延久长。雨水把少女笼罩在一个恬适的天地，周围散发着腐木与枯蕨的气息。从松树间，窥见他们以前拴马的羊圈，门开着，烟囱冒着烟，有人在烧刨花和松果。也许是羊倌。是羊倌更好……

玛丽进屋，烟雾刺眼。乔治坐在枯枝堆上，两腿朝火伸着，这时陆地站了起来。发觉他瘦了，疲劳时眼睛斜得更厉害了。还戴着眼镜，以前她不许他在她面前戴眼镜，觉得他戴眼镜难看，甚至没刮胡子。这就是他，热情而又文弱的高个子小伙子。而她，精力充沛，脸上淌着雨水，两颊绯红，两眼灼灼有光……连衫裙下，穿着半高筒的漆皮靴。她感谢他应约而来。他要她凑近火坐，自己往一旁挤挤，给她让位子。

墙上的木炭画，涂鸦的字句和姓名，还跟去年一样清晰。只要她愿意，事情就会变得很简单！只要拉过他的手来……但是，先得弄明白他为何而来，她站起身来说：

"烤烤火不冷了……不，你坐着好了。我们之间，并没因那封信一切都了结。我不愿不跟你道别一声就分手。此后，保证还你安宁……"

他说，自己并不巴望她让他太平，但这申辩并未给玛丽带来任何快慰。玛丽又认出他强辩时的神态，又露出乡下人的口音，有些短促的呼吸，和又厚又红的下嘴唇。她冷眼察看，不为他的慌乱所动，甚至带点厌恶的情绪。诚然，他并不爱她；为感情所苦，痛不欲生的，是她。

他自知"失着"，便不再坚拒。（他从不坚拒。）甚至后悔跑来，望着火焰吹起口哨。

"我搜到几张新唱片，很有震撼力……"乔治说，"不错，你跟音乐……"

他不再理玛丽，自得其乐哼起"啦啦！哩！啦啦！"玛丽挂念着母亲，想起在西房湿玻璃窗后她那惊恐的目光。便随口提个问题，打断嘘嘘的口哨声：

"你那朋友蒙杜，近来怎么样？"

"噢，真是新闻！你信不信……不错，你不认识他。真该认识认识他！想得到吗，他突然发现了女人。说女人真妙不可言，你想得到什么就能得到什么。可怜的蒙杜！他现在一门心思就这个念头……假如你认识他……怎么，玛丽，干吗哭？我以为你更懂事了……"

她含着泪，结结巴巴地说（其实是临时编的）：

"哭也不是为你。"

"不是我惹你伤心？我早该料到了。"

他勉强笑了笑。

"我真丢不开她，"玛丽擦着眼泪说，"是啊，以前觉得她非常讨厌……她有时神志不清。不过，很奇怪，倒也不减她的威仪。可她活不长了，也许还能拖几个月吧……哪一次发作，都能要了她的命。"

乔治纳闷："你讲的是谁啊？"

玛丽很吃惊，瞪了他一眼。真叫人想不到，到圣格雷都一天一夜了，竟不知黛莱丝在这儿正生着病。可见他们家防得很严实，在他面前绝口不提黛莱丝这个名字。

"我只得把母亲带回这儿来，"玛丽说，"看来不只是神经衰弱……来后，已发作了两次。她完了。"说着，放声痛哭起来。

乃母的情况未必比前几天更糟。前几天，她没流泪，照常吃饭看报，胃口还蛮好，一边想，黛莱丝死后她的生活会怎样。这时，她擦擦眼泪，觉得不该烦扰乔治；乔治也比较识相，不吹口哨了。"请你原谅。"玛丽对他说。他靠近炉子，伸开两只手在火上烤着，头也不转地问：

"你觉得她还认得我吗？"

"噢，那不成问题！她尽是些怪念头，以为警察要抓她，别的方面还清醒。除非把你也算在她的仇敌之列……"

"这倒真想不到，"他闷声闷气地说，"这样聪明的一个人！不过，顶什么用，你说她要不行了。肯定她已经不治了？"乔治神色惨然。

玛丽盯了乔治一眼，乔治把脸转向炉火。

"再要发作，医生不信她还能闯得过。"

"黛莱丝！"乔治低低喊出声来。玛丽没看他的脸，发觉有好几次他用手背擦眼睛，便问：

"你们的交情就那么深？这我倒不知道。"

"大概见过三四次吧。不过，哪怕只见过一次……"

乔治不作声了。之后，玛丽听他唧唧在说："世界上要没有她了……"

雨水滴滴答答从屋檐滴下来，潴在方砖的缝里。松涛像绵绵无尽的哀诉，包围着荒芜的农庄。玛丽感到自己头脑冷静，精神集中。这小伙子除了为自己，她从没看到他为别人这么痛苦过。他这种伤心欲绝的表情，也是前所未见的。跟她在一起，脸色死板，一副要死不活的样子。人家常说他："觉得像个死人……"而现在，他的两眼第一次有了生气，像个活人。

可是，没想到母亲会背地里来这一手。玛丽才十七岁，怎能想象得出，年纪轻轻的小伙子会对这疯婆子发生感情的依恋？因为，她总有点神经兮兮不大正常……少女蓦地嗓音干涩地说：

"再说，她一直疯疯癫癫的。我们对她的了解，历来如此。她这人精神失常，——而且危险，家里人是付了代价才晓得的。看来，你的兴趣恰恰在此吧，是不是？"

乔治倦于回答的样子：

"你不理解我……你从来就没理解过我。要是我跟你说，我的思绪没法从自身离开……"

"哟，原来如此！"玛丽笑着打断他的话，"我理解你，真的！"

"不，你不理解我，"他坚执地说，言下大有不胜轻蔑之意。"你不知道，一个时时刻刻怀疑自己的人，过的是什么日子……看上去痴不痴疯不疯的……每分钟都感到自己在垮下来，难道是我的错……然而，我第一次看到黛莱丝，就豁然开朗……"

"黛莱丝！你直呼其名，叫她黛莱丝！"玛丽冷笑道。

"豁然开朗，怎么跟你说呢？我常常自怨自艾，她索性把我推到极端。是的，她开头说的那几句话就……把我的心思看得一清二楚，简直神了。我的特性一经她点明，在自己眼里就清晰了起来。有她在，我也活得有意思。即使分处两地，只要想到她……可现在……"

他低声说了句"黛莱丝要死了"，就用双手掩面。玛丽隐隐有种愤激和嫉妒的情绪，就像乔治放一张闹哄哄的唱片，而她正想跟他好好说说话，亲亲嘴。只感到一种巨大的痛苦向她袭来，溟溟蒙蒙，还分辨不清。

"反正，这不能忘……"她狠命说，"天知道，我已原谅了她而她却故态复萌……"

乔治耸耸肩，口气有些厌烦：

"得了，旧话不要再提了！"

"不，就得提！"玛丽怒气冲冲地说，"我觉得你就把那件事看得很重！你想弄清她那行为的动机，有一次，我没套出妈的话，记得吗，你就大为恼火……不记得了？"

"不错……我也弄不清，为什么对下毒的事那么关切。那是因为我……（犹豫了一下用词，睃了玛丽一眼）尊敬她，愿意弄个一清二楚。她这人非寻常女人可比，疑心她做过令人毛骨悚然的事，我受不了。至少，我当时是这么想的……但是，确切的感受，连我自己都觉得难以说明白！我心里感到的，一用明确的字句说出来，就不是原本的样子了。追求什么目标，要到事后自己才会明白。是的，我真心相信你母亲是清白无辜的，我装着不信她会作案，这也仅仅是为了引出我想要的答案，而她，少不了给我当头一棒。她说，这罪行，是她天天在犯，也是大家在犯的众多罪行中的一桩……是的，玛丽，你也在犯。在世人眼里，只有普通刑事罪、侵犯人身罪才算罪……啊！她很快就逼得我从内心深处找出一桩劣迹，从千百只蛇虫百脚里找出一只小小的蝎子……"

"什么蝎子？"

"如果我给你讲中学里的事，你就会说：'就这么点事？有什么大不了的？'我知道的，你母亲也知道的，就算让你也知道，又有什么用……"

"好哇！"玛丽吼道，"我嘛，我是个蠢材。'瞧她那蠢样！'你们说话的口气，我不是不知道。不，不用强辩……"

哈！根本不用求，他本不想多说。这一点，倒是同意玛丽本人的看法：蠢材一个，进不了他深感痛苦而她无法相随的天地。但她至少拥有乃母已无的那份靓丽。她想，人生十七，毕竟是美好的，能依偎在所爱身旁……她坐在柴堆上，用手抚摸着乔治的前额、鬓角和没刮过的脸颊。他大概把她当成骚情的小姑娘。那他就错了，她才不愿意那样呢。但除此之外，还能留下什么别的印象呢？她什么都舍得抛弃，只要能配得上他，在她母亲毫不费力就进入的层次与他相聚……既了解男人，又为他纤腰在抱，难道不能同时做到？或许母亲就……她不胜厌恶地摇摇头。这个疯婆子……疯婆子？在巴黎的时候，乔治认识她之初，还没疯……可怜的玛丽！想到哪里去了？她把脸埋在小伙子的肩窝里，两臂紧紧搂着他，这样待了很长时间。噢，多好的休憩！好像乔治终于接受了她，她都能感受到他的呼吸。

"你认为，"乔治问，"你妈会见我吗？"

玛丽一把推开他，乔治都没来得及拉住。她径直朝开着的门走去，外面烟雨溟濛，她的嘴接着雨水喝了好几口。临了，转过身来，用平静的口气说：

"马上去也可以，只要你愿意。"

"不，不马上去。"

"每天下午……我都在家恭候，为你引见。"

沉默了一会儿，乔治说："或许别让人看见我们在一起的好。你先走吧，既然你是走来的。"

为了向她发话，乔治不得不正面看玛丽的脸。他在那脸上看到了什么？看到了什么使他害怕的东西？他急忙说：

"你妈很喜欢你，知道吗？她心心念念的，全是你的事。她日夜为你的幸福操心。甚至，应该说给你听：因为你，她眼里才有我。这，我可以发誓。你不知道吧？难道你不信？"

"这倒奇怪了，竟要你来安我的心！"玛丽笑道，"你不觉得滑稽吗？"

她挥挥手告别而去。乔治望着雨帘在她身后合拢，旋又走回去蹲在柴堆旁。

十二

玛丽到盥洗室去挂湿淋淋的"油布雨衣"。黛莱丝眼睛紧盯着看，从一些蛛丝马迹中发现，走进她房间的是一个异类：一个死敌。房子在雨天的寂静中陷入麻木不仁，连铃声也不起。贝尔纳又到阿什鹭鸶看望母亲去了。

黛莱丝问："没淋得太湿吧，宝贝？"

没任何回答。

"没碰到什么人？"

"没碰到有趣儿的人……你该吃药了。"

碟子磕在大理石桌面上，药瓶打开，小匙在杯子里搅动，这叮叮当当的声响，从悠远的岁月，又回响在这惕息不安的女人耳畔。先前，在迷迷糊糊的午睡时刻也听到这种声响，她匆遽中倒出最后一滴毒药，一切又归于平静。无声的死亡，既不惊扰房内的寂静，也不打乱世界的宁静，悄悄地成其好事。

这时玛丽走来，手里端着杯子，一边搅动着小匙。走近床边时，身子背着光，俯在药杯上的脸看不大清。她跟乃母一点不像……不过，凸现在窗格子上的侧影，倒像乃母的幽灵，仿佛黛莱丝本人在朝黛莱丝走来。

"不，玛丽……我不喝。"

她惊恐地推开杯子，向女儿投去哀求的目光。玛丽顿时明白了。她完全可以像黛莱丝常做的那样，自己先喝一口，让病人放心。也许她想到了？为什么不试一试？可是她却硬邦邦地说：

"你得喝掉。"

黛莱丝这时哆嗦起来，到圣格雷后还没这么抖过，玛丽假装天真地问：

"是不是我吓着你了？"

真是无以复加了！黛莱丝停一下，喘口气。她已忍无可忍。不能说她已达于人类痛苦的极限，至少已达于她一己所能忍受的痛苦的极限。这是罪有应得。这是向她索取的最后一笔债，是她没法拒绝的。这时她停止哆嗦，从玛丽手里接过杯子，一饮而尽，两眼一直盯着这张看不大清的脸。玛丽从黛莱丝手里收回杯子，就像十五年前黛莱丝替贝尔纳把杯子拿走一样，然后去盥洗室冲干净，像黛莱丝以前做的那样。

黛莱丝靠着枕头仰起脸。她期待着这一刻，可以向圣主说："遵奉旨意，您的创造物跟自己无休止争斗之下，如今疲惫已极，命在旦夕了！"说罢，把脸侧过去一点，望着墙上的石膏十字架。又俨然把左脚搁在右脚上，慢慢伸开两臂，摊开双手。

因为黛莱丝已达顶点，开始从另一面下坡了。她现在明白，杯子里没毒药，女儿跟谋害她的事不沾边。"以前怎么会信的呢，难道我疯了？"那么，其他的一切呢？这漫无际涯的噩梦呢？雾障消散，她的眼睛看到了真实的世界。

"玛丽！"

女儿瘫坐在靠椅里，陡地站起身来。

"今天早晨你去见谁了？不，别背对着窗子，你站正了，让我看得见你的脸……"

"你想知道我见谁了？有个男的约我去，在一个空地方幽会……"

"你干吗要吓唬我，孩子？"

"我没想吓唬你。刚才在西垒跟我说话的人，并不是你的对头。而且，正相反……他过几天就会到这儿来的。"

"世上没人喜欢我。"

"恰恰有。在荒芜的农舍等我的那人，就是一个……不对吗？名字不用我说了。你猜得到。"

"你见到他了？是他等你？好吧！你瞧着我的眼睛。难道我有愿望的神色？玛丽，我为你四处奔波，你难道不记得了？我不是早跟你说过……"

小姑娘固执地摇摇头。

"我心里盼望什么，你不知道？"

也许知道……但玛丽想起在西垒厨房里的乔治，想起乔治的眼泪。

"你可能是这样……可他对你却……"

"傻孩子！"黛莱丝埋怨道，"一个老太婆听别人讲自己的事，装着解事的样子，总耐人寻味。人家赞赏她，喜欢她，看到她要死了，不禁悲从中来。年轻人需要倾诉，可是找不到愿意听的人。二十岁上，讲话有人听，听而识其意，就很难得……但是，宝贝，那是另一档子事……那跟爱情毫不相干。我都不好意思说出这个词来。从我嘴里说出来，别人会笑掉牙的。"

"如果你看到他那份伤心……"

"那敢情，他眷恋着我，那是他的事。我去之后，头几天他会怅然若失……过后，你瞧着吧！以后，他那些故事会把你听烦的。那时，你会说：'要是可怜的妈妈还在，倒可以替我分担一些去……'"

说到这里，她自然而然笑了起来，显得年轻了些。然而，牙床外露，尊容确乎有点怕人。是的，那属于另一档子事，玛丽想。有什么可担心的呢？不管怎么说，是乔治先她而到西垒，想显出一腔柔情，是她扫了他的兴。经验告诉她，这类失意，会使人抱有敌意，变得冷漠。还是她母亲说得对：

"你才十七岁，怎么可能对男人有全盘了解……你对他的影响力，会一年年扩大……你就瞧着吧！"

雨停了。广场上的梧桐，还滴滴答答滴着水珠儿。

"趁有太阳，你可以出去，到南面的小径上走走。"

"那你呢，妈？"

"我想闭眼睛歇一会儿。别为我担心……现在你走好了，我不怕一个人待着。"

玛丽搂着她问："你真的不要紧吗？"黛莱丝点点头，微微一笑，听玛丽的足音渐去渐远。终于，她能沉湎于这一发现之中：得知她快要死了，乔治为之痛苦，为之痛哭。不，让这种喜悦，这种怪诞的喜悦，离得远远的吧！这些心灵，好像为索取未了之情，在我们行将就木的时候，又来纠缠，以其全部重量压着已半截入土的我们……乔治说不定会来，玛丽将会在场，黛莱丝要为这三曹对案准备起来，自己不宜露一点痛苦和情感。

十三

乔治第一次来的那晚，桌上只点一盏灯。黛莱丝做手势，表示她不能说话。乔治看到放在毛毯上的手臂，骨瘦如柴，起了很多棕色斑点。一点点认出：脸上还保留着挺鼻梁，突前额，和高颧骨。然而，目光很有生气，那定定的逼视，简直叫人招架不住！因为乔治站在床头，黛莱丝拉过他的手；玛丽站得稍后一点，从旁观察。

"玛丽，过来一点。"

小姑娘走近几步。黛莱丝抓起她的手腕，竭力把两人的手合在自己手里。玛丽退缩了一下，但乔治硬把它抓住，直到玛丽不再挣脱。他们不敢分开，因为黛莱丝的手按着他们合在一起的手。

黛莱丝慢慢松开手来，他们以为她睡着了，便蹑手蹑脚朝门口走去。这时，黛莱丝睁开眼睛，她一口气透不过来。玛丽怎么半天不回来！大概送客送到了大门口。脚下踩着污泥和腐叶，兴许在交换定终身的吻……胸口剧痛，等玛丽好不容易回来，才平息下来。玛丽坐在离床最远的角落里。

黛莱丝从这张向后仰的脸上什么也看不出，不知这姑娘心里在想什么。"这老婆子几天内走的路程，我一辈子也及不了她的一半……只因为她，乔治才要我，才收留我。这是为了她，为了纪念她……"

黛莱丝怎么也想不到，女儿会有这样一腔怨恨。要是知道，会感到难堪，还是得意？她自己也不清楚，究竟愿意要哪种答案，只忽然发话道：

"玛丽，你觉得幸福吗？"

小姑娘把手从眼睛上挪开，说：

"我以为你睡着了……"

声音里带着恳求，又道：

"对我发誓，说你感到幸福。"

玛丽朝桌子走去，说："该喝药了……"黛莱丝重又听到开药瓶、小匙碰杯子的声响。

将近午夜，病人又发作了一次。昏厥之后，她首先看到玛丽关切的神情。

"妈，你一定很难受吧？"

"噢，不，没什么感觉，除了你扎针时我痛了一下……"

啊哟，怎么回事？这痰厥，这紫涨的脸，不是病痛的症候吗？或许人能历经怆痛的地狱而不留一点记忆？

大夫半夜里给喊醒，一脸的不高兴，直到来时眼泡还肿着，头顶上一绺头发翘了起来，只在睡衣外套了件大衣。给黛莱丝听完诊，随玛丽走到走廊里。低声交谈之中，忽然讲出了几句话：

"是的，是的……要全喊来。阿什鹭鸶没多远……明天一早，不能再晚了……"

难道是了局？不过，黛莱丝自己并不觉得特别难受，不信会死。睁眼醒来，见贝尔纳披着羊皮袄，玛丽站在一旁，正凝视着她。她向他们微微一笑，说自己觉得好多了。贝尔纳鞋子踩得咯吱咯吱响，走出房间。小姑娘略略照料了一下病人，把她安顿在靠椅里。然后，在楼梯口赶上了父亲。这次，黛莱丝听不到他们说话，但婆婆的尖嗓门，一下子就听出来了。敢情全家在此等待大事到来：生活悬搁了起来……黛莱丝想：此中有个误会，她还不会就死呀。

贝尔纳回到屋子，已脱去羊皮袄：

"我来替换一下玛丽……该让这两个可怜的孩子聚聚了……"

黛莱丝明白：婚约已定。贝尔纳在稍远处坐下来，从袋里抽出一份报纸。他会整天待下去吗？中饭时出去，下午又回来，一直待到玛丽来关百叶窗。后来几天，都是如此。他不说话，报刊在手指间窸窸窣窣响，突然翻报纸或折起来，就稀里哗啦很响，弄得黛莱丝很烦。

他最后一次进房，正碰到大夫上门。大夫每次都到得很晚，是一天里跑的最后一家。大夫身上一股烟斗味，胡子上沾着雨水，黛莱丝倒并不反感。用听诊器匆匆一听，便宣称："病情不见得会有大碍！"家里人会觉得她是故意拖着不死……乔治干吗一直留在圣格雷？难道他也在等什么吗？玛丽要黛莱丝宽下心来："法律考试，不听课，自己可在家准备。"或许他父亲用得着他，才留下来的，何况，巴黎对他已不再有吸引力。一天，小姑娘多了一句嘴：

"你该记得：你是见到他以后才昏过去的。等你好些，他再来看你。医生不许家属以外的人来探病……怎么啦？"

黛莱丝连眼睛都没睁一睁，说：

"可是，孩子，我并不想见他……"

这个她早已忘掉的贝尔纳，重又盘踞在她的生活里。这尊像重新供在自己面前，这个没从前胖却比从前邋遢的汉子，低着头，露着后颈，一声不吭，两只充血的酒徒眼睛，大概得过一次轻度中风。啊！她已没有心思去想，当初怎么会犯案杀人……现在，这同一个人就坐在身旁，以其全部的重量压迫着她。要撂开他，永远摒弃他，这愿望再容易理解不过了……可惜她功败垂成，所以他今天还坐在这儿……现在她行将死去，而他将看着她死去，怀着她十五年前便有的、那种盼着事态快些结束的迫切心情。

贝尔纳稀里哗啦翻着报纸，不时清清嗓子，用小指在耳孔里乱掏。他在拉高斯特咖啡馆有张包桌，每次回来，常以手掩嘴，表示歉意。黛莱丝表示想睡，他便去隔壁房间，但让门开着，她仍听得见他的动静。她自忖："不，我并不巴望他死……"生命在悄悄流逝，在逐年增高的冲积层下，这一愿望却永葆青春，依然长存。

黛莱丝还没拿定主意就死。总的说来，倒有了转机，胃口很好，恐惧心理也一扫而空。当然，心脏随时可能"衰竭"；她婆婆说："大夫有过这句话，不过，到眼下还没'衰竭'……"玛丽不能老看护下去，贝尔纳趁天好也出去打猎了：得请一个人来。

一天早晨，玛丽问母亲，是否还疑心安娜。黛莱丝耸耸肩说："你知道，我那时神经有毛病……可怜的小丫头！"

"她今晚到……给你带替换衣服来……是的，只来两个月：她跟一个开汽车的订了婚，那司机跟着东家在外地跑。就是从现在起，还有两个月……"

"还有两个月？"

玛丽涨红了脸，说：

"你就该好了，妈。"

安娜的到来，改变了黛莱丝的生活。贝尔纳父女只在早晚露一下脸。黛莱丝又变成一个只要有保姆在才放心的孩子。安娜在此，就什么也不怕。最脏的活，安娜做起来都像桩乐事。她不觉得厌烦："有全套嫁妆要做呢，您想想看！"她瘦了，硬说不是盼未婚夫。不过，她很快就要离去，司机就要回来了……他在找位子……倒不一定非留在巴黎不可……黛莱丝听着这卑微的打算，心想："那时我也该死了。"没有安娜，她不能想象怎么活。

从屋子的那一头，突然传来了乐声：钢琴，小提琴，大提琴，充满了这阴暗的午后。

"是留声机……他们回来了……"安娜说。

逢到好天，未婚夫妇骑马外出，清早就听到马蹄踢蹬院子里的石板。他们回来，老远就传讯过来：八只马蹄敲击着冰冻的大路。然而，雾天雨天，唯有留声机告示乔治在家。黛莱丝还想象，这音乐在小伙子和玛丽之间扬起了不可逾越的波涛。只有她黛莱丝，才能行进在海面上，走近这迷茫的孩子……应该让他再到房间里来一次……她有话要对他说，有紧要的话……不是情感方面的……他放《大公爵三重奏》这张唱片时，谁知道他想的不是她呢？因为记得有一晚曾跟他谈起过这乐曲。

"不，不！"黛莱丝嚷起来。

"您对谁喊'不'呀？是做梦吧，可怜的太太？"女佣走过来问。

黛莱丝抓起她的大手，一直握到汗津津的。

"安娜，你未婚夫还有多少日子才到？"

"半个月，太太。"

"半个月！你想过没有，半个月我还活着呢！"

"还活得好好的呢，都用不着我了。"

傍晚，贝尔纳进房来，黛莱丝说：

"我最后求你一件事……不，放心，别做出这副样子，不会太破费的。"

他怅然说道：

"你知道，松脂……市面越来越糟：今天的行情，听说了吗？"

"这是我最后一次突发奇想……是的，趁我还在世，想请你雇一个司机……安娜的未婚夫……"

"一个司机，你疯了！我那个司机，一年半前就辞退了。雇个司机，正好碰上松脂……"

"是的，为了让安娜留在我身边，这不会拖得很长的……"

"心脏病，谁说得准呢？医生都上了你的当……一个司机！一天到晚，叫他干什么？真是！等到了那一天再说吧！一个司机！不前不后，你倒真挑了个好时候！"

这个闲静少言的人，突然说了一大堆话，都把她听晕了。愤激之下，口不择言，黛莱丝没力气跟他辩。无法可想！她都要死了，还拒绝她唯一一点奢望：安娜的照应……就为了几张钞票！而她，全部财产都提出不要……

黛莱丝喘了口气说：

"我把自己所有的一切都拿出来了……"

"噢！如今……"

贝尔纳收口收得太晚了……黛莱丝知道他的意思：如今总得由他们来继承……她瞪了他一眼，事隔十五年，他还认得这目光。

"说话呀，孩子们……我听不见你们说话。"

"我们在说呀，老太太。"

玛丽把头靠在乔治胸口，低声说："我以为她躺下了呢。你闭上眼睛，样子真像个死人……你知道吗，妈一定要你再去看她一次。啊，我有办法叫你醒醒……妈保证，这次不会晕过去……好像有什么要紧事要嘱托你……"

"我明天去，只要医生允许……"

"噢！现在什么都允许她了……不知她要跟你说什么……你回头告诉我好吗？"

乔治不答。乡政府的钟，当当当敲了很久。老太太在小客厅喊道：

"十一点了！乔治，我要赶你走了。"

他不知道，几乎每晚他走，都惊动黛莱丝，一直听着他的脚步声走在沉睡的村子里，附近的狗突然汪汪叫了起来。最近三天，下了一点雪，但一飘到地上，就融化了，只在屋顶上泛出微弱的光。明天，他要去见黛莱丝。乔治在把近日萦绕心头的话说出之前，黛莱丝还不会离开世界。"我要跟她说……"他抬头望着寒冬的星空。要对她说什么呢？说关于他的事，她尽可高枕无忧；说她没有伤害他，也没伤害任何人；说她的才情，能使心已半死的人感奋起来；说她人得人心之深，能开发出成果来……啊！这一切都无足轻重，不论是玛丽还是另一个女人，圣格雷还是巴黎，父辈的锯木场还是法学院！黛莱丝给他疏导这股源头活水，认为他该远走高飞……是的，还有这份痛苦，这股向着无穷却终究受挫的冲劲……从此，他对自己再也不感到满意，再也不觉得得意……志向无穷，他开始认识到自身的局限……独自在绝对安全的情况下做的那些见不得人的事，比起弥天大罪，更能见出我们的本性……这个晚上，乔治就这样思绪悠悠，足音回响在人迹已杳的村落院墙间。

"我站在楼梯口，"玛丽尖刻地说，"别超过五分钟：是大夫的命令！五分钟一过，我就进来。"

这女人的声气，乔治感到讨厌，而他将跟她同生共死，厮守一辈子。他推开门，黛莱丝坐在烧得很旺的炉旁。第一眼看去，她好像胖了点，两颊丰满（除非不是轻度浮肿），眼睛显得更小了，旁边的独脚圆桌上，放着摇铃、药瓶和半杯水。百叶窗还没关上，玻璃窗外已一片漆黑。

黛莱丝睃了他一眼，便转过脸去……他吻过她的手，笑了笑。她却显得心事重重，嘴唇动了动，好像找不到合适的字句；他则不言语，想该等她先开口。

"是这样的……首先，要你答应……事情是……我真不敢……"黛莱丝向乔治投去疑虑的一瞥。"一切全看你了……你父亲有卡车，是不是？"

以为她在说胡话：

"有卡车怎么样？"

"因为他开过重型卡车……不错，就是安娜的未婚夫……你父亲如果能雇他……他有一级司机的执照……这样，我就能留住小丫头……我都不敢存太多希望，不然就太好了！"

黛莱丝拼命要猜透乔治的表情。他显得不高兴。紧绷着脸，是什么意思呢？

"托你的事，要是觉得为难……"

他赶紧申辩："噢，不！"他跟父亲去说说看，但眼下怕未必有空位子。在此期间，总能给那人找点差事干干……黛莱丝瞧着乔治，长长舒了一口气。乔治低着头，一副恶狗那样的狡诈神态，像那晚在巴克街的模样……依稀有个声音，因时隔久远而显得衰微，这时不断对黛莱丝说："是他，为了这最后一次！这可爱的少爷……"就是这个乔治，刚才又给了他一巴掌，所以他才这么痛苦地端详着她。他看出黛莱丝的惶惑，觉得是时候了，该告诉她想好了要说的话，否则她再也听不到了。他开口说：

"不，你没做过于我有损的事……"

可是，准备好的话一下子全忘了，便随口问了一句：

"你现在要睡了？"

这时，玛丽开门进来，嚷嚷说已过了五分钟。她靠着门框，看乔治站着，身子略微俯向黛莱丝的靠椅，黛莱丝人看不见。乔治似乎没听到玛丽嚷嚷，又问了一遍：

"你想睡了？"

病人摇摇头：她一点都睡不着，因为心口憋得慌。黝黑之中，时间显得很长。

"给你找本书？"

不，她已不能看书了。

"我什么也干不了，就听一个钟头一个钟头的钟声，坐等生命的终止……"

"你的意思是说：黑夜的终止？"

黛莱丝突然抓住他的手。那柔婉而绝望的目光，他连几秒钟都顶不住。

"是的，孩子：生命的终止，黑夜的终止。"

（全书完）

黛莱丝的一生

作者 _ [法] 弗朗索瓦·莫里亚克　　译者 _ 罗新璋

编辑 _ 周娇　　装帧设计 _ 星野　　主管 _ 李佳婕

技术编辑 _ 顾逸飞　　责任印制 _ 刘淼　　出品人 _ 许文婷

营销团队 _ 毛婷　阮班欢　王维思　　物料设计 _ 星野

果麦
www.goldmye.com

以 微 小 的 力 量 推 动 文 明

图书在版编目（CIP）数据

黛莱丝的一生 / （法）弗朗索瓦·莫里亚克著 ; 罗
新璋译. -- 天津 : 天津人民出版社, 2025.7. -- ISBN
978-7-201-21247-0

Ⅰ. I565.45

中国国家版本馆CIP数据核字第2025DV8101号

黛莱丝的一生
DAILAISI DE YISHENG

出　　版	天津人民出版社	
出 版 人	刘锦泉	
地　　址	天津市和平区西康路 35 号康岳大厦	
邮政编码	300051	
邮购电话	022-23332469	
电子信箱	reader@tjrmcbs.com	

责任编辑	康嘉瑄	
特约编辑	周　娇	
装帧设计	星　野	

制版印刷	北京盛通印刷股份有限公司	
发　　行	果麦文化传媒股份有限公司	
开　　本	880 毫米 ×1230 毫米　　1/32	
印　　张	10.75	
印　　数	1—7,000	
字　　数	197 千字	
版次印次	2025 年 7 月第 1 版　　2025 年 7 月第 1 次印刷	
定　　价	48.00 元